125 Jahre Kophusen. Aus diesem Anlass engagiert die Gemeinde den einstigen Fernsehstar Arno Menzinger, um gemeinsam mit seinem Team den Kophusener Jedermann zu inszenieren. Noch bevor das große Vorsprechen im Kreis Steinburg beginnt, geben zwei Marionetten, mit einem Pfeil durchbohrt, an dem ein Zitat aus dem Stück prangt, Rätsel auf. Kommissar Philip Goldberg ist alarmiert. Schon kurz darauf finden die Beamten eine tote Frau, und der liebeskranke Hauke Thomsen ist wie vom Erdboden verschluckt. Peter Brandt, der eigentlich den Jedermann spielen soll, befürchtet das Schlimmste für seinen Freund und Kollegen. Die turbulente Jagd nach dem Täter führt das Kophusener Ermittler-Trio dieses Mal in eine Welt aus Schein und Sein. Ende: tödlich.

ELBSPIEL ist der dritte Teil der ELB-Krimireihe um den Kommissar Philip Goldberg.

Nicole Wollschlaeger, 1974 in Pinneberg geboren, absolvierte zunächst eine Ausbildung zur Buchhändlerin. 2004 schloss sie ihr Schauspielstudium in Hamburg ab. Bis 2016 lieh sie ihre Stimme der Kinderbuchreihe „Das magische Baumhaus" und tourte mit ihren Lesungen durch ganz Deutschland. 2013 erschien ihr erster Roman „Schatten über Nargon" im Carlsen Verlag. Mit ELBSCHULD startete 2016 die Krimireihe um das Kophusener Ermittler-Trio.

Nicole Wollschlaeger

ELBSPIEL

Kriminalroman

Der dritte Fall für Kommissar
Philip Goldberg

Ausführliche Informationen finden Sie
unter: www.nicolewollschlaeger.de

Weitere Titel der Autorin:

ELBSCHULD
ELBSCHMERZ
ELBGIFT

Schatten über Nargon
Kinderbuch ab 10 Jahren

2. Auflage 2019
© 2018 Nicole Wollschlaeger

Herstellung und Verlag:
BoD – Books on Demand, Norderstedt
ISBN: 9783752895261
Quelle: Hugo von Hofmannsthal: Jedermann
Frankfurt am Main, Fischer Taschenbuch, 1981
Umschlaggestaltung: Eva Cichon & Svenja Sund
Motiv: Nicole Wollschlaeger
Lektorat: Stefan Wendel, Lübeck
Korrektorat: Sonja Hartl & Rita Nandy

Für Reinhold Timm

»Der wahre Schauspieler ist von der unbändigen Lust getrieben, sich unaufhörlich in andere Menschen zu verwandeln, um in den Anderen am Ende sich selbst zu entdecken.«

Max Reinhardt

Prolog

Für einen Augenblick standen sie sich wortlos gegenüber. Der Stich in seiner Rippe schmerzte. Während Goldberg die rechte Hand auf die Wunde presste, um die Blutung zu stillen, hatte er den linken Arm ausgestreckt, um sie auf Distanz zu halten. Zum Glück rührte sie sich nicht. Sie stand einfach da, starrte mit geröteten Augen ins Leere. Von dem Messer in ihrer Hand tropfte sein Blut. Goldberg versuchte die Schmerzen zu ignorieren. Er brauchte einen Arzt. Vielleicht hatte das Messer innere Organe verletzt. Fieberhaft überlegte er, wie er sie überzeugen konnte, von ihm abzulassen, sich zu ergeben. Seine Dienstwaffe lag unerreichbar im Safe, den er im Kleiderschrank aufbewahrte. Ein Schritt von ihm, und sie würde erneut zustechen. Der nächste Stich wäre nicht so glimpflich, davon war er überzeugt. Sein Blick glitt durch den Raum, blieb aber an nichts hängen, was ihm hätte nützen können. Er schaute wieder zu ihr. Ihre Hand krallte sich an dem Messer fest, als wäre es eine Rettungsleine. Ihr Blick noch immer leer und starr. Er musste mit ihr reden, sie zurück in die Realität holen. Nur was, um alles in der Welt, sollte er sagen? Zögernd wagte er einen Versuch.

»Hey.« Sie reagierte nicht. Er spürte den Druck zwischen den Rippen, das Pulsieren des Blutes. Ihm blieb nicht viel Zeit. »Es tut mir leid. Aber mich zu töten bringt sie nicht wieder zurück.«

Ihr Blick flackerte auf. Er hatte ein Déjà-vu. Gott, wie bekannt ihm dieser Irrsinn vorkam. Hörte das denn nie auf?

»Sie fehlt mir. Ich kann sie sehen, wie sie im Garten schaukelt. Wie sie am Tisch sitzt und ihre Nudeln isst, den Mund mit Tomatensoße verschmiert. Und obwohl es mir das Herz zerreißt, muss ich immerzu an sie denken.«

Auch jetzt sah er sie vor sich. Daneben ihre Mutter. Die gleichen Augen, die gleiche Nase. Wie schwer musste es erst für sie sein? Jeder Blick in den Spiegel zeigte nicht nur sie selbst, sondern auch ihr totes Kind. Goldberg unterdrückte die Trauer. Er hielt die Schmerzen kaum noch aus.

»Bitte, Judith, hör auf. Lass sie gehen. Lass nicht zu, dass sie dich auffrisst. Das hätte sie nicht gewollt.«

Ihr Gesicht blieb starr, doch ihre Augen wurden glasig. Sie füllten sich mit Tränen.

»Sie ist immer bei uns, auch jetzt.«

Seine Worte zeigten Wirkung. Ihr Blick veränderte sich. Erst wurde er weicher, dann blinzelte sie und die Tränen liefen ihr ungehindert über die Wangen. Sie biss sich auf die zitternde Unterlippe. Für einen Augenblick hatte er das Bedürfnis, sie in den Arm zu nehmen. Die

Frau, die schon einmal versucht hatte, ihn zu töten. Wie verrückt diese Welt doch war und wie verdammt nah die widersprüchlichsten Gefühle beieinanderlagen.

»Glaub mir, ich leide genauso wie du. Jede Nacht durchlebe ich es aufs Neue, immer und immer wieder.«

Ihre Augen weiteten sich. Scheiße, dachte er, als er bemerkte, wie sich ihre Miene verhärtete. Das hätte er nicht sagen sollen. Sie öffnete den Mund. Ein gequälter Laut entfuhr ihm.

»Soll ich auch noch Mitleid mit dir haben?«

Ihre Wut war deutlich zu hören. Er hatte einen Fehler gemacht. Adrenalin pumpte sich durch seinen Körper.

»Du Arschloch hast nicht die leiseste Ahnung von dem, was ich durchmache. Sie war mein Kind, meine Tochter. Und du hast sie auf dem Gewissen.«

Sie hob die Hand mit dem Messer. Absurderweise fragte er sich nun, wie sie aus der Klinik hatte fliehen können. Gerade noch rechtzeitig wich er ihrem Hieb aus. Der Schmerz schnitt sich tief ins Fleisch. Das Messer in ihrer Hand glitt durch die Luft. Goldberg hastete auf die andere Seite des Bettes. Mit einem Satz sprang sie über die Matratze und griff nach seiner Schulter.

»Philip.«

Ihr kräftiger Arm riss ihn herum, sodass er das Gleichgewicht verlor. Das Messer sauste auf ihn nieder. Ununterbrochen schrie sie seinen Namen. Dann spürte er den Stich.

Panisch riss er die Augen auf. Sein Herz schlug ihm bis zum Hals. Instinktiv wanderte seine Hand zu den Rippen, dorthin, wo sie zweimal zugestochen hatte. Nichts.

Goldberg hob das Federbett und warf einen schnellen Blick darunter. Kein Blut, keine Schmerzen. Erleichtert sank sein Kopf zurück ins Kissen. Sein Atem beruhigte sich. Er spürte den Schweiß im Gesicht. Seine Narbe am Hals pochte. An die Decke starrend wartete er, bis sich die Bilder des Albtraums verflüchtigten. Dann richtete er sich auf. Der Brief lag auf dem Nachttisch mit dem Absender nach oben: Forensische Psychiatrie Schleswig

Warum hatte er ihn bloß gelesen? Er wusste doch, was es in ihm auslösen würde. Ihre wenigen Zeilen hatten nicht nur alte Gefühle geweckt, sondern auch seinen Beschützerinstinkt. Und das nach allem, was geschehen war. War er so naiv zu glauben, dass es vorbei war? Dass es jemals vorbei sein konnte? Ja, das hatte er geglaubt. Doch nun dämmerte ihm, dass er falschlag.

1

Wie selbstverständlich bewegte er sich über die Bühne, als hätte er nie etwas anderes getan. Die durchtrainierten Arme ragten aus dem weißen Hemd, das er bis zu den Ellenbogen hochgekrempelt hatte. Den geöffneten Kragen säumte eine dunkle Krawatte, die lose umherschwang. Das Sakko seines dunkelblauen Anzugs hatte er sorgfältig über die Stuhllehne gehängt. Beides schien maßgeschneidert. Sein Lächeln zeigte zwei Reihen makelloser Zähne. Ebenso makellos wie seine Haut, straff und leicht gebräunt. Es verlieh ihm das Aussehen eines Vierzigjährigen. Sicher tat er eine Menge dafür, damit das so blieb.

Er wählte seine Worte mit Bedacht, was der Euphorie jedoch keinen Abbruch tat. Im Gegenteil. In den Gesichtern der zahlreichen Besucher spiegelte sich seine Begeisterung wider. Sie verfolgten jede seiner Bewegungen. Er zog sie alle in den Bann. Selbst Kommissar Goldberg fiel es schwer, sich dem zu entziehen. Nach Kräften bemühte er sich, eine distanzierte Haltung zu bewahren, doch immer wieder entglitten ihm die Gesichtszüge. Arno Menzinger hatte auch in ihm das Feuer entfacht. Er riss sich los. Wenigstens einer musste in dieser aufwallenden Hysterie einen klaren Kopf behalten. Denn mit einem Blick auf die Zuschauer wurde deutlich, dass er der Einzige war.

Peter Brandt nickte selig lächelnd bei jedem Satz, den Arno Menzinger von sich gab. Am erstaunlichsten verhielt sich Hauke Thomsen. Sogar der Dauernörgler brachte dem Mann vor ihnen eine Begeisterung entgegen, die ungewöhnlich und, wie Goldberg fand, im höchsten Maße alarmierend war. In letzter Zeit hatte der Kollege die düstere Stimmung gänzlich abgelegt und schien in eine Art Glückstaumel verfallen zu sein. Was nicht zuletzt an der Frau lag, die neben ihm saß: Sophie. Seit einem halben Jahr legte Hauke sich nun schon ins Zeug, die Frau mit den feuerroten Haaren für sich zu gewinnen. Auf der Wache liefen bereits Wetten. Obwohl Sophie nicht abgeneigt schien, ließ sie ihn lange zappeln, was Hauke nur noch mehr anspornte. Er entpuppte sich als Gentleman, der freundlich, höflich und sogar charmant sein konnte. Eine ungeahnte Metamorphose spielte sich vor ihren Augen ab.

Der Rest der Zuschauer war gleichfalls hingerissen. Männer wie Frauen. Arno Menzinger beherrschte eine Mischung, die selbst auf die männliche Bevölkerung Kophusens übergriff. Er verstand es, entschlossen und bescheiden zugleich zu wirken. Goldberg hatte sich seine Pläne genau angehört. Alles schien gut durchdacht und organisiert zu sein. Die Finanzierung war gesichert. Die örtliche Sparkasse übernahm den Löwenanteil, der restliche Betrag speiste sich aus Geld- und Sachspenden ansässiger Firmen und Bewohner. Selbst die Kirchengemeinde, allen voran Pastor Milan Kramer, machte sich für dieses Mammutprojekt stark, was für einige Gerüchte im Dorf sorgte. Peter hatte ihnen erzählt, Milan würde für niemand Geringeres als den Teufel vorsprechen.

Das Casting sollte morgen stattfinden. Jeder Bürger aus dem Kreis Steinburg durfte daran teilnehmen. Dieses Meisterstück, wie Arno es immerzu nannte, band die gesamte Region mit ein. Angeblich liefen bereits Gespräche mit dem NDR über eine Liveübertragung. Goldberg hatte beschlossen, diese Information mit Vorsicht zu genießen. In dieser Branche war es üblich, viel Lärm zu machen, meistens um nichts. Das wusste er von einem Kollegen, der in Berlin bei einigen Dreharbeiten beratend tätig gewesen war.

Die große Aufregung war seit Wochen zu spüren. »Ein Ruck wird durch die ganze Region gehen.« Arno wurde nicht müde, das abgegriffene Zitat zu bemühen. Doch aus seinem Mund klang es verheißungsvoll. Die Beteiligten, mit deren Hilfe dieser Ruck gelingen sollte, standen mit ihm auf der Bühne der Kophusener Grundschule. Zu Arnos Linken Bürgermeisterin Ellen Stanz, eine rundliche Frau mit langen dunklen Haaren. Ihre etwas unterkühlte Art hatte sie vollständig abgelegt. Arno genoss ihre uneingeschränkte Unterstützung. Zu seiner Rechten stand der Bank-Filialleiter Tim Bode. In einem schlecht sitzenden Anzug, die Hände zu einer Raute geformt, war seine Parteizugehörigkeit nicht zu übersehen. Er war es, der Arno für das Projekt engagiert hatte. Die beiden Männer kannten sich angeblich aus ihrer gemeinsamen Schulzeit in Köln und hatten sich nie aus den Augen verloren.

Arno Menzinger war ein Promi, dessen eindrucksvolle Karriere als Schauspieler vor einigen Jahren über die Affäre mit dem Kindermädchen gestolpert war, das sich illegal in Deutschland aufhielt. Prompt ließ sich seine Frau von ihm scheiden und nahm die Kinder mit. Das Gerichtsverfahren hatte sehr viel Aufsehen in der Presse erregt. Nachdem sich die Wogen geglättet hatten, versuchte Arno, sich auf dem Parkett des öffentlichen Lebens als Regisseur neu zu positionieren. Mehr oder weniger erfolgreich. Die Idee, den Kophusener Jedermann zur 125-Jahr-Feier der Gemeinde zu inszenieren, war nicht sonderlich originell. Das Spektakuläre an seinem Jedermann war, dass er ihn mit Laien auf die Bühne bringen wollte, den Bürgern aus dem Kreis Steinburg. Das Stück war ausreichend bekannt und besaß genug Prestige, um medienwirksam aufbereitet zu werden. Eine Aufführung von Arno Menzinger in einem Ort wie Kophusen war an sich schon eine kleine Sensation. Die berühmte Konkurrenz aus Österreich musste er nicht scheuen. Denn Arno selbst war vor etlichen Jahren die Ehre zuteilgeworden, den Jedermann in Salzburg zu spielen. Der Mann war ein Medienprofi und wusste, wie man so ein Event entsprechend in Szene setzte. Eingerahmt von einem »weißen Dinner« sollte die Open-Air-Aufführung vor der Kirche stattfinden. Zugegeben eine perfekte Kulisse. So war jedenfalls Arnos Plan. Kein schlechter, fand Goldberg. Den Jedermann mit Laien aufzuführen stellte er sich zwar sehr schwierig vor, aber es sollte ein Geschenk an die Gemeinde werden und es galt der olympische Gedanke. Deshalb auch dieses unsägliche Vorsprechen. Ganz Kophusen redete seit Wochen von nichts anderem mehr.

Goldberg würde sich morgen auf die Wache zurückziehen und hoffen, dass alles reibungslos verlief.

Seine Kollegen indes ließen sich das nicht entgehen. Hauke, weil Sophie für die Rolle der Buhlschaft vorsprach und er sichergehen wollte, dass Arno niemanden bevorzugte. Und Peter hatte beschlossen, selbst vorzusprechen. Als Jedermann. Dem Kommissar graute es schon jetzt: Er sah seinen Kollegen die nächsten zehn Wochen auf der Wache mit einem Textbuch sitzen, die gereimten Verse von Hofmannsthal rezitierend. Wenn es wenigstens ein Shakespeare gewesen wäre, dachte Goldberg, da wäre sogar er schwach geworden.

Magdas Hand holte ihn zurück. Sie beugte sich zu ihm und flüsterte: »Arno ist ein fantastischer Schauspieler. Er hätte es weit bringen können, wenn er nicht aus Versehen in Samira hineingefallen wäre.«

Ihre Mundwinkel verzogen sich zu einem ironischen Lächeln. Goldberg gab ihr einen Kuss auf die Schläfe. Den ganzen Tumult würde er schon ertragen. Zum Glück stand auch Magda dem Spektakel eher kritisch gegenüber, obwohl sie gerne ins Theater ging. Ihr missfiel das Drumherum, das Gebalze und Gezeter, das offenbar nötig war, um sich in dieser Welt zu behaupten. Er legte den Arm um ihre Schultern.

»Er sieht gut aus, hat Charisma. Die Frauen liegen ihm sicher zu Füßen«, bemerkte er.

»Ja, den Chirurgen sei Dank.«

»Sie sollten es sich doch noch einmal überlegen, Frau Deterding. Andere würden für die Rolle der Buhlschaft töten.«

»Kein Interesse.« Sie sah hinüber zu Hauke. »Glaubst du, aus den beiden wird ein Paar?«, flüsterte sie und nickte in dessen Richtung.

Goldberg war sich sicher, dass Sophie seinen Kollegen nur hinhielt, aber ihm fiel kein triftiger Grund dafür ein. »Ich weiß es nicht.«

»Sie hat etwas Undurchsichtiges an sich.«

»Ja, und genau das scheint es zu sein, was unseren Polizisten so fasziniert.«

Goldberg wandte sich wieder zur Bühne. Arno Menzinger stand in der Mitte und hob die Arme.

»Zum Schluss habe ich noch eine Überraschung für euch: Der NDR wird morgen einen kleinen Beitrag drehen und im Nordmagazin senden.« Ein Raunen ging durch die Stuhlreihen. »Also, meine Lieben, habt keine Scheu! Zeigt uns, was in euch steckt, und gebt alles.« Er ballte die Hände zu Fäusten und rief: »Mein Jedermann, ich gehör' zu dir, um deinetwillen steh' ich hier.« In einer dramatischen Geste ließ er den Oberkörper sinken und verbeugte sich tief vor seinem Publikum. Applaus brandete auf.

Draußen versammelten sich die Sponsoren und Veranstalter, um von der örtlichen Presse fotografiert zu werden. Als Kulisse diente der riesige Magnolienbaum auf dem Schulparkplatz, der in voller Blüte stand. Es hatte sich sogar ein Journalist der überregionalen Presse hierhin verirrt. So wie Arno mit ihm sprach, kannten die beiden sich. Die Bürgermeisterin und der Bankchef genossen den Wirbel um ihre Person sichtlich, sie hätten eine perfekte Buhlschaft abgegeben, fand Goldberg.

»Soll ich dich noch einmal abhören?« Haukes Stimme hatte den Klang eines verliebten Säuselns angenommen. Abrupt drehte sich Goldberg zu ihm um. Er konnte es immer noch nicht fassen. Langsam begann er, das wütende Schnauben seines Kollegen zu vermissen.

»Nein, das ist lieb von dir, Schatz, aber ich fahre nach Hause. Das wird ein anstrengender Tag morgen.« Sophie strich ihm zärtlich über die Wange.

Hauke nickte enttäuscht. »Ja. Klar. Kein Problem«, sagte er tapfer.

»Grüß Friedrich von mir«, mischte sich Peter in das Gespräch ein, was Hauke nicht einmal bemerkte. Dieser Mann hatte nur Augen für die schöne Sophie.

»Mein Vater ist übers Wochenende segeln. Ich sehe ihn erst nächste Woche«, erwiderte sie und gab Hauke einen flüchtigen Kuss auf die Wange. »Wir telefonieren, Schatz.«

»Ja, ist gut.«

Haukes Blick folgte ihr, wie sie in ihren schlammfarbenen Beetle stieg. Es hatte ihn mit Haut und Haar erwischt. Goldberg erkannte seinen Kollegen kaum wieder. Anfangs war Peter begeistert gewesen, dass sein Plan, die beiden zu verkuppeln, so reibungslos verlief. Aber nach einigen Wochen gingen ihm Haukes verträumter Blick und die ständige Telefoniererei schon ein bisschen auf die Nerven. Ihr Kollege hatte sich in ein willenloses Geschöpf verwandelt, dessen Existenz hauptsächlich darin bestand, Sophies Leben so angenehm wie möglich zu gestalten und ihr jeden Wunsch von den Lippen abzulesen.

»Gehst du auch zum Casting?«, fragte Peter an Magda gewandt.

»O Gott, nein. Ich werde in zehn Wochen in meinem weißen Kleid an einem weiß gedeckten Tisch sitzen und die Aufführung bei einem guten Glas Weißburgunder genießen.«

»In Begleitung des weiß gewandeten Dienststellenleiters von Kophusen.« Goldberg nahm ihre Hand und küsste sie.

Das Schnauben links von ihnen blieb aus. Hauke war voll und ganz damit beschäftigt, dem wegfahrenden Beetle hinterherzuwinken.

»Bitte, hör auf damit, sie kann dich doch gar nicht mehr sehen«, bemerkte Peter.

Hauke ignorierte seinen Kollegen und warf dem Wagen einen letzten Handkuss zu.

Peter wandte taktvoll den Blick ab. »Zu Rosi?«

Sie nickten. Gemeinsam schlenderten sie die Hauptstraße entlang. Es war Samstagnachmittag. Rosi, Haukes Schwester, der die Wirtschaft Bei Rosi gehörte, hatte den Biergarten hinter dem Haus eröffnet. Bärbel Thomsen, die Mutter der beiden, stellte gerade die Sonnenschirme auf, als die vier durch die Gartenpforte traten. »Ach, schon wieder da? Das hat ja nicht lange gedauert. Hat der aufgeblasene Gockel keine Lust mehr gehabt?«

Es war nur eine rhetorische Frage gewesen, weshalb niemand etwas erwiderte. Bärbel war einer der wenigen Menschen, die nichts von dem Rummel um Arno hielten, und sie machte keinen Hehl daraus. Nachdem sie Holger endgültig verlassen hatte, war sie zurück nach

Kophusen gezogen und kümmerte sich um Rosis Pension, die sie beharrlich aufgepäppelt hatte. Dem neu gestalteten Internet-Auftritt sei Dank: Die Zimmer waren zum ersten Mal mit zahlenden Gästen belegt. Das war das einzig Positive, das sie dem Jedermann-Spektakel zugestand.

»Hauke-Maus, wo hast du denn Sophie gelassen?«, fragte sie.

»Sie ist nach Hause gefahren und übt für morgen.«

»Das arme Ding will da wirklich hin? Ich habe gehört, dass Natascha aus Elskop auch für die Rolle vorspricht. Und ihr wisst ja, so wie die aussieht!« Bärbel formte die Lippen zu einem Schmollmund und stemmte die Hände in die Hüften. Hauke bedachte sie mit einem strafenden Blick. »Ich bin ja schon still. Was wollt ihr haben?«

Sie notierte die Bestellung auf einem altmodischen Block und verschwand im Inneren des Hauses. Die Vierergruppe entschied sich für den Tisch im Schatten einer Kastanie. Gemütlich plauderten sie über die bevorstehenden Ereignisse. Die Proben zum Jedermann sollten am kommenden Montag beginnen.

Rosi servierte die Getränke und setzte sich kurz dazu. Trotz der ausgelassenen Stimmung war Goldberg abgelenkt. Er versuchte, sich nichts anmerken zu lassen. Die ständig wiederkehrenden Gedanken an Judiths Brief verdrängte er, mitsamt dem Albtraum von letzter Nacht. Als spürte sie sein Unbehagen, legte Magda ihm die Hand auf den Oberschenkel. Goldberg durchströmte ein wohliger Schauer. Sanft erwiderte er ihre Geste und gab ihr einen Kuss auf die Wange. Es lief gut zwischen ihnen. Einzig dieser Brief bereitete ihm Kummer. Früher oder später musste er sich damit befassen, so viel stand fest.

Auf dem Tisch klingelte Peters Mobiltelefon. Der Kollege nahm das Gespräch an, außer einem »Hm« hin und wieder gab er nichts von sich. Zwei Minuten später stand er auf.

»Das war Michael, der Hausmeister der Schule. Er will mir etwas Seltsames zeigen«, erklärte er. »Ich guck mir das eben an. Bin gleich wieder da. Rosi, stell mir den Vogel warm, ja?«

»Mach ich«, entgegnete sie.

Mit wenigen Schritten war Peter am Gartentor. Goldberg sah ihm verwundert nach. Was hatte das zu bedeuten?

»Warte, Peter, ich komme mit.« Er gab Magda einen Kuss und eilte ihm hinterher. Er hatte ohnehin keinen Hunger.

»Du willst dich doch nur vor dem Essen drücken«, bemerkte Peter.

Das stimmte. Goldberg hatte sein Problem immer noch nicht lösen können. Stattdessen schob er es auf seinen Gefühlszustand. Liebe ging ja bekanntlich durch den Magen.

»Warst du endlich beim Arzt?«, fragte Peter, als sie durch die Pforte auf den Bürgersteig traten.

»Nein.«

»Der Mann in Kremperheide wird dir gefallen. Lass dich doch wenigstens mal durchchecken.«

Peter meinte es gut mit ihm. Schon seit Monaten versuchte er, ihn zu einem Arztbesuch zu bewegen. Seine

Frau Marion hatte er an Krebs verloren. Der Tumor war viel zu spät entdeckt worden, weil sie sich sämtlichen Untersuchungen verweigert hatte. Mit Ärzten hatte sie auf Kriegsfuß gestanden, nachdem ihre Mutter an Brustkrebs erkrankt und durch einen Fehler während der Operation gestorben war. Bei Peter hatte dieses einschneidende Erlebnis genau das Gegenteil bewirkt. Er hielt alle Check-ups ein und achtete penibel darauf, sich gesund zu ernähren. Seit letztem Winter besuchte er jede Woche den Yoga-Kurs von Sohanraj im Namaste. Er schwor auf die Kraft der Asanas.

»Dann komm wenigstens mit zum Yoga. Glaub mir, es wirkt.«

»Mal sehen.«

»Von mal sehen wird nichts besser.«

Peter konnte trotz seiner liebenswürdigen Art äußerst energisch sein. Man sollte nicht den Fehler machen, ihn zu unterschätzen. Schweigend legten sie die letzten Meter zur Schule zurück. Der Hausmeister wartete bereits am Eingang auf sie.

»Gut, dass du gleich gekommen bist«, begrüßte er Peter.

»Goldberg. Philip Goldberg.«

»Ja, der Neue, ich weiß. Sehr erfreut.«

Die beiden gaben sich die Hand.

»Was gibt es denn so Dringendes?«, fragte Peter.

»Gerade eben, als ich angefangen habe, die Stühle zusammenzuräumen, habe ich das Ding entdeckt. Es lag auf dem Boden. Kommt, ich zeige es euch.«

Michael Löns führte sie in die Aula. Die vorderen Stuhlreihen standen schon ordentlich aufgestapelt auf rollbaren Untersätzen. Man konnte sehen, wo der Hausmeister seine Arbeit abrupt unterbrochen hatte.

»Da ist es.«

Goldberg blickte zu Boden.

»Jemand muss das Ding während der Versammlung dort abgelegt haben. Als ich die Stühle heute in aller Früh aufgestellt habe, war es noch nicht da.«

»War die Aula abgeschlossen, bevor die Versammlung eröffnet wurde?«, fragte Goldberg.

»Ja, klar.«

Peter ging in die Hocke. »Das ist eine Marionette.«

Von den Gliedmaßen führten vier dicke Fäden zu dem Kreuz, an dem sie befestigt waren. Die Holzpuppe war schätzungsweise zwanzig Zentimeter groß und hatte eine rote Gugel auf dem Kopf, eine zipfelartige Mütze, wie sie einst Narren am Hof getragen hatten. Das Gesicht war aufwendig geschnitzt, und obwohl es keine Ähnlichkeit mit der lebenden Person aufwies, erkannte Goldberg ihn sofort. Denn der Rest des Körpers steckte in einem dunkelblauen Anzug. Jemand hatte dem hölzernen Miniatur-Arno einen Pfeil in die Brust gejagt, an dem ein Zettel mit einer getippten Nachricht hing. Goldberg las sie laut vor: »»Es ist an dem, nun geh hinein, von deinen Sünden wasch dich rein.‹«

»Das ist ein Zitat aus dem Jedermann«, sagte Peter.

»Kennst du das Stück auswendig?«

»Ja. Also, nein. Na ja, fast«, stammelte er. »Ich habe mich eben auf morgen vorbereitet.«

»Indem du gleich den gesamten Text auswendig lernst?«

Peter rollte mit den Augen. »Jedenfalls sagt das der Glaube zum Jedermann. Kurz vor Schluss.«

»Du willst die Rolle wirklich haben, oder?«

Peter ignorierte Goldbergs Bemerkung und zückte das Mobiltelefon. Er schoss einige Fotos und schickte sie an seine E-Mail-Adresse. Goldberg indes zog einen Beweismittelbeutel aus der Innentasche seines Leinensakkos.

»Übertreibst du da nicht ein wenig?«, fragte Peter.

»Das werden wir sehen.« Er hockte sich neben seinen Kollegen. Mit gespreizten Fingern hob er den Holzfuß vom Boden an. Arnos Körper baumelte in der Luft. »Haben Sie so etwas hier in der Schule schon mal gefunden?«, erkundigte sich Goldberg beim Hausmeister.

»So was nicht, nee. Die Kids spielen lieber mit ihren Handys als mit Puppen.«

Goldberg hielt den kleinen Arno vor sich und betrachtete ihn. »Nicht gerade sehr subtil.«

»Da hat sich einer große Mühe gegeben«, bemerkte Michael. »Ich habe selbst mal geschnitzt. Das ist nicht so einfach, wie es aussieht.«

»Derjenige, der das gemacht hat, beherrscht sein Handwerk«, pflichtete ihm Peter bei.

»Auch so ein Beruf, der inzwischen fast ausgestorben ist«, sagte Michael.

»Offensichtlich stößt Arno mit seiner Art nicht auf jedermanns Begeisterung«, bemerkte Goldberg mit einem angedeuteten Lächeln.

»Vielleicht ein Mitglied von den Marschbrettern?«, überlegte Peter laut, der das Wortspiel nicht bemerkt hatte.

»Wer oder was sind die Marschbretter?«

»Das ist die Theatertruppe aus Kophusen. Die führen zweimal im Jahr ein Stück hier in der Aula auf. Ich weiß, dass die nicht so begeistert über die Ankunft von Arno sind.«

»Und warum?«

»Stell dir vor, du machst seit etlichen Jahren Theater und dann kommt da so ein Promi daher, zieht ein riesiges Spektakel auf und niemand fragt dich, was du davon hältst.«

Goldberg nickte. Schauspieler konnten sehr eitel sein, das hatten Amateure und Profis wohl gemeinsam.

»Man hat ihnen ja noch nicht mal angeboten mitzumachen oder ein Extra-Casting anberaumt«, fuhr Peter fort.

»Warum die Marschbretter?«

»Die Bretter, die die Welt bedeuten, stehen in der Marsch.«

»Das klingt eher nach Selbstironie als nach gekränkter Eitelkeit.« Behutsam verstaute Goldberg den kleinen Arno in dem Beutel, musste ihn jedoch offen lassen, da die Füße herausragten. »Sucht Arno noch eine gute Idee fürs Merchandising?«, fragte er.

»Du bist geschmacklos, Philip«, entgegnete Peter und nahm seinem Chef zur Sicherheit den Beutel ab.

»Das ist nicht geschmacklos, sondern genial.«

Peter schüttelte den Kopf und stand auf. »Michael, ich muss dich bitten, mit niemandem darüber zu sprechen.«

»Geht klar.«

Mühsam erhob sich Goldberg. Die Knieschmerzen wurden nicht besser. Magda hatte ihm einen Orthopäden empfohlen, aber seine Phobie gegen jede Art von Ärzten wog schwerer. Wenn er diese Angst schon überwand, dann kümmerte er sich am ehesten um einen Termin beim Gastroenterologen. Doch allein der Gedanke an eine Magenspiegelung hielt ihn davon ab.

»Glaubst du, das hat was zu bedeuten?«, fragte Michael an Peter gewandt.

»Wir kümmern uns darum, sollte dir noch etwas Ungewöhnliches auffallen, gib uns bitte Bescheid. Meine Nummer hast du ja.«

Die beiden Polizisten überquerten den Schulhof Richtung Straße. Arno Menzingers Füße wippten im Takt von Peters Schritten. Goldberg hatte die vage Ahnung, dass sie sich mitten im Prolog eines Theaterstücks befanden, und hoffte, diesem Schauspiel schnell ein Ende setzen zu können. Möglichst noch bevor sie den Höhepunkt im dritten Akt erreichten.

2

»Das wird der Hammer!« Hauke saß am Schreibtisch und fuchtelte mit den Armen, als müsse er eine Horde Mücken verscheuchen, die es auf seinen Astralkörper abgesehen hatten. »Sie war fantastisch. Und dieses Kleid. So etwas habt ihr noch nicht gesehen!« Der lang gezogene Pfiff, der aus seinem Mund kam, klang anzüglich.

»Und Natascha?«, fragte Peter.

»Die war unterirdisch. Keine ernst zu nehmende Konkurrenz für Sophie. Hat sich ständig verhaspelt und der Text hörte sich bei ihr an, als würde eine Dreijährige vor dem Weihnachtsbaum stehen. Völlig monoton, keine Emotionen. Das hatte nichts Authentisches an sich. Die kann Arno nicht besetzen.«

Goldberg warf Peter einen Blick zu, der genau das Gleiche zu denken schien. Das waren nicht die Worte ihres Kollegen, aus Haukes Mund sprach Sophie. Die Veränderung war so gravierend, dass es den beiden fast peinlich war, mit anzusehen, wie er sich von dieser Frau absorbieren ließ.

»Außerdem hat Sophie ja schon Erfahrung im Schauspielbusiness. Sie hat früher als Kind jahrelang bei den Marschbrettern gespielt. Und jetzt ist sie bei der Gruppe in Itzehoe. Arno wäre dumm, wenn er sie nicht besetzen würde.« Hauke trank einen Schluck aus dem Kaffeebecher, bevor er weitersprach. »Wisst ihr, dass auch Greta Jansen vorgesprochen hat? Unglaublich, oder? Die Frau sieht doch aus wie hundert und präsentiert sich halb nackt. Sophie fand es mutig von ihr, sich in ihrem Alter noch in so einem Negligé zu zeigen.« Hauke leerte den Becher. »Wie war es eigentlich bei dir, Peter? Ich konnte leider nicht bleiben, Sophie war noch so in ihrer Rolle drin, die habe ich besser nicht ans Steuer gelassen.«

Vor einigen Monaten hätte Hauke einen derartigen Satz noch mit einem verächtlichen Schnauben kommentiert. Kopfschüttelnd starrte Goldberg den Kollegen an, der die Absurdität seiner Worte gar nicht zu bemerken schien.

»Danke der Nachfrage! Bei mir lief es sehr gut.« Peter klang beleidigt.

Goldberg hatte allerdings wenig Mitleid mit ihm. Schließlich war er es, der ihnen diese Verwandlung eingebrockt hatte. Hätte er nicht die glorreiche Idee gehabt, die Tochter seines Freundes Friedrich zum Kartenspiel einzuladen, würde Hauke jetzt wie gewohnt auf dem Stuhl sitzen und sich leidenschaftlich über diesen Theater-Firlefanz auslassen. Aber Hauke registrierte Peters Unterton nicht. Er ließ die Bemerkung wider Erwarten unkommentiert, was Peter mühsam zu ignorieren versuchte.

»Ist das alles?«

Peter zögerte, bevor er antwortete. Es war ihm sichtlich unangenehm. »Ich glaube, ich habe sie ziemlich beeindruckt.«

»Wieso, was hat Arno denn gesagt? Also zu Sophie meinte er, dass bei ihr schon sehr viel Schönes dabei sei. Man müsste noch dran arbeiten, aber sie hätte so eine unglaubliche Bühnenpräsenz.«

Peters Miene verdüsterte sich.

»Na los, komm schon. Was hat er zu dir gesagt?«, forderte Hauke.

»Arno hat am Schluss meines Monologs gelächelt und gesagt, es sei schon viel Schönes dabei und ich hätte eine unglaubliche Bühnenpräsenz.«

Die beiden Männer blickten sich an. Ihre Enttäuschung stand ihnen ins Gesicht geschrieben. Goldberg bekam Mitleid. »Kommt schon, so einer wie Arno will sich nur nicht in die Karten gucken lassen. Der hält sich alle Optionen offen. Wartet ab, morgen um acht wisst ihr mehr.«

»Ich muss Sophie anrufen.« Hauke sprang auf und verließ eilig die Wache. Die schwere Glastür fiel hinter ihm ins Schloss.

»Peter, der Jedermann ist dir auf den Leib geschrieben.«

»Ja schon, aber die Konkurrenz ist groß. Du hättest Knuth sehen sollen. Der alte Sturkopp hat plötzlich einen Charme versprüht, dass ich beinahe meinen Text vergessen hätte.«

Peter wollte diese Rolle. Unbedingt. Warum, wusste Goldberg nicht so recht. Er vermutete, dass er sich einsam fühlte und die Probenarbeit eine willkommene Ablenkung für ihn wäre. Magda sah es ähnlich, sie glaubte, dass Peter im Grunde immer noch nicht über den Verlust seiner Frau hinweggekommen war. Sie hatte sogar schon die Idee gehabt, heimlich eine Kontaktanzeige für ihn aufzugeben. Das plötzliche Klingeln des Telefons riss sie aus ihrem Gespräch.

»Revier Kophusen, Polizeiobermeister Brandt am Apparat.«

Während Peter telefonierte, sah Goldberg zum Fenster hinaus. Hauke ging vor dem Eingang auf und ab und sprach dabei aufgeregt in sein Handy.

»Ja, klar. Wir kommen.« Peter legte auf.

»Was ist passiert?«

»Eine zweite Marionette.«

»Wo?«

»Vor Rosis Bar.«

»Wer ist es dieses Mal?«

»Rosi.«

Fassungslos starrte Hauke auf die kleine Holzpuppe, die eindeutig seine Schwester darstellte. Die Puppe sah ihr nicht im Geringsten ähnlich, aber die Marionette trug genauso eine rote Schürze wie Rosi. Darunter das blaue Kleid, das sie meistens anhatte. Irgend so ein Vollhonk musste beides extra genäht haben. Die Nachricht, die an dem kleinen Pfeil, hing, war ein weiteres Zitat aus dem Jedermann:

Seid allesamt willkommen sehr,

erweist mir heut 'die letzte Ehr.

Rosi hatte ihr Abbild zuerst entdeckt und in weiser Voraussicht ein Foto gemacht, bevor sie die Puppe mit einem Taschentuch aufgehoben und in einen Müllbeutel gehüllt hatte. Nun lag die Marionette auf einem der Tische im Gastraum.

»Irgendwie gruselig«, sagte sie.

»Was für ein krankes Hirn macht denn so etwas? Ihr beide müsst den Laden schließen. Sofort«, befahl ihr Bruder.

»So ein Quatsch, Hauke-Maus. Du hast zu viele Horrorfilme gesehen.«

»Mama, mit so einem Irren ist nicht zu spaßen!«

»Jetzt mach mal halblang, Bruderherz. Du bist doch sonst immer derjenige, der diesen Unsinn nicht ernst nimmt.«

»Ja, und ich hatte jedes Mal unrecht.«

Mutter und Schwester warfen sich einen kurzen Blick zu. Sie waren sich einig. »Kommt überhaupt nicht in die Tüte. Rosi-Häschen und ich lassen uns nicht aus der Ruhe bringen. Ich werde schon auf mein Kind aufpassen. Sobald sich dieser Irre hier blicken lässt, ziehe ich ihm die große Bratpfanne über den Kopf.«

Obwohl Rosi bei ihrem Spitznamen zusammenzuckte, nickte sie zustimmend. »Lass Arno erst mal mit den Proben anfangen, dann beruhigt sich das ganz schnell wieder«, sagte sie.

»Ab morgen Abend haben wir eine Horde von abgelehnten Möchtegern-Schauspielern am Hals, dann geht es erst richtig los«, widersprach Hauke.

»Nun beruhigen wir uns erst mal alle.« Bärbel hob beschwichtigend die Hände. »Philip, was meinst du dazu?«

Hauke schnaubte, was ihm sämtliche Blicke einbrachte. Das Erstaunen der anderen wandelte sich zu einem Lächeln.

»Was ist denn mit euch los?«

Seine Mutter gab ihm einen Kuss auf die Stirn. »Nichts. Wir haben dein Schnauben vermisst.«

»Was soll das heißen?«

»Das wirst du noch früh genug merken, Hauke-Maus«, sagte sie und wandte sich wieder seinem Chef zu. »Also, was sagst du, Philip?«

Bevor er antworten konnte, klingelte Haukes Telefon. Sophies lächelndes Gesicht erschien auf dem Display und vertrieb augenblicklich sämtliche Gedanken.

»Da muss ich ran«, sagte er und entfernte sich ein paar Schritte. Am Fenster tippte er auf den grünen Hörer. Kaum hatte er das Smartphone am Ohr, redete Sophie drauflos.

»Hauke, was soll das heißen, in Kophusen rennt ein Irrer rum?«

Er hatte ihr vorhin eine kurze Nachricht geschrieben mit der Bitte, vorsichtig zu sein. »Keine Angst, Sophie, ich werde dich beschützen.«

»Beschützen wovor? Wovon redest du?«

»Das sind laufende Ermittlungen, darüber darf ich nicht sprechen, Spatz.«

»Bitte. Ich würde wirklich gerne wissen, wie es in deinem Polizistenalltag so zugeht.«

Hauke musste lächeln. Hilke, seine Ex-Frau, hatte sich nie für seinen Job interessiert. Er warf einen vorsichtigen Blick zu Philip und senkte die Stimme. »Schatz, das darf ich wirklich nicht sagen.«

»Nicht einmal mir?«

»Sehen wir uns heute Abend?«

»Komm schon, ich will es wissen.«

Ihre Stimme hatte diesen ungeduldigen Unterton, den Hauke so mochte. Sie war eine eigensinnige und impulsive Frau. Mit ihren Gefühlsausbrüchen kam er gut klar. Wenn sie sich wieder beruhigt hatte, konnte sie dafür umso zärtlicher sein. Er musste grinsen. Zwar hatten sie noch nicht miteinander geschlafen, aber sie standen kurz davor, das spürte Hauke. Gestern nach dem Casting hatten sie wild im Auto geknutscht. Noch zog sie seine Hand unter ihrer Bluse wieder hervor, doch es würde nicht mehr lange dauern, bis sie bereitwillig in seine Arme sank.

»Das geht nicht. Also, was ist mit heute Abend?«

»Ich muss arbeiten, das wird mir zu spät. Sorry.«

»Schade.«

»Außerdem muss ich mich auf die morgige Entscheidung vorbereiten.«

»Du wirst die unglaublichste Buhlschaft, die die Welt je gesehen hat.«

»Du bist süß. Ich muss jetzt Schluss machen. Mein Chef sitzt mir im Nacken.«

»Ja, ist gut. Bis morgen.«

»Bis morgen.« Hauke gab dem Handy einen Abschiedskuss auf das Display. Lieber hätte er Sophie geküsst, aber er verstand, dass sie sich ausruhen wollte. Sie arbeitete als Teamassistentin in einem Labor in Kiel und hatte einen sehr nervigen Job. Ständig musste sie die Fehler ihres Chefs ausbügeln und das hieß, eine Reihe von Überstunden machen. Hauke war tatsächlich über sich selbst erstaunt, wie genügsam er bei Sophie war. Seit der Scheidung von Hilke war es ihm bisher nur um schnellen Sex gegangen, er hatte keine Lust auf eine anstrengende Beziehung und den dazugehörigen Beziehungsterror gehabt. Doch bei Sophie begnügte er sich mit ihrem strahlenden Lächeln. Sex war nicht mehr so wichtig. Das zwischen ihnen beiden war etwas Besonderes. Etwas, das Zeit brauchte und Geduld. Und natürlich Fingerspitzengefühl. Siegessicher schob er das Mobiltelefon zurück in die Seitentasche der Uniform und wandte sich wieder den anderen zu.

Seine Mutter hatte begonnen, die Tische für das morgige Frühstück der Pensionsgäste vorzubereiten. Philip zuckte mit den Schultern.

»Wie ich sehe, bleibt alles beim Alten. Sagt aber nicht, ich hätte euch nicht gewarnt.«

»Ist gut Hauke-Maus. Du wirst uns schon nicht erdrosselt im Bierfass finden.«

3

Am Montagmorgen hatte Hauke sich bereit erklärt, in die Rechtsmedizin nach Kiel zu fahren. Auf dem Rückweg wollte er Sophie einen kleinen Überraschungsbesuch abstatten. Philip hockte wie so oft auf dem ockerfarbenen Besuchertresen und ließ die Beine baumeln. Peter saß am Rechner und recherchierte zur Kunst des Puppenschnitzens.

»Glaubst du, die Kriminaltechnik wird etwas an den Marionetten finden?«, fragte er, ohne vom Bildschirm aufzublicken.

»Wenn die jemals dort ankommen, vielleicht.«

»So habe ich ihn noch nie erlebt.«

Philip hob die Augenbrauen.

»Ich meine, das ist doch schon peinlich, oder? Ein gestandener Mann, der sich wie ein Pubertierender benimmt.« Peter schüttelte den Kopf. »Was habe ich da bloß angerichtet.«

»Gräme dich nicht. Er wird schon früh genug aufwachen.«

»Wie kann ein so netter Mann eine so berechnende Tochter zustande bringen?«

»Vergiss es, sie sind beide erwachsen. Erzähl mir lieber etwas über diese Puppe. Gibt es hier jemanden, der bekannt ist für Marionettenbau?«

Peter überlegte kurz. Er wohnte schon sein ganzes Leben in dieser Gegend und kannte fast jeden persönlich. Aber Marionetten? Das Hobby war in seinen Augen etwas verschroben, auch wenn er Pinocchio und die Augsburger Puppenkiste geliebt hatte. Doch sobald er diese Marionetten in Wirklichkeit sah, überkam ihn immer ein leichtes Unbehagen. Sie erinnerten ihn an eine Geschichte der Gänsehaut-Reihe, in der Slappy, die Bauchrednerpuppe, plötzlich lebendig wurde. Sein Neffe Max hatte diese Bücher verschlungen, und Peter hatte sie ihm immer wieder vorlesen müssen. Er schob die Erinnerung beiseite.

»Mir fällt niemand ein.«

»Wie sieht es mit Tischlern aus?«

»Gibt es kaum hier auf der Ecke. Höchstens Ladenbau, die tischlern dir dann deine Küche in Maßanfertigung. Aber das Handwerk stirbt aus. Die Leute kaufen ja alle nur noch in großen Möbelhäusern.«

Philip nickte. »Was ist mit den Marschbrettern? Die bauen doch ihre Kulissen selbst, oder?«

Peter sah vom Rechner auf. »Ja, das stimmt. Klaus und Edith Fischer machen das. Die sind schon ewig dabei. Soweit ich weiß, waren die Gründungsmitglieder damals. Edith näht die meisten Kostüme selbst, während ihr Mann sich um den Bühnenbau kümmert.«

»Handwerker?«

»Klaus hat lange im Maschinenbau gearbeitet, aber ob der sich auch mit Holz auskennt, weiß ich nicht. Und Edith ist gelernte Schneiderin.«

»Dann statten wir den beiden jetzt mal einen Besuch ab.«

»Dir ist klar, dass wir gar nichts in der Hand haben, oder?«

»Wir haben zwei Marionetten, die eindeutige Ähnlichkeiten mit lebenden Personen aufweisen, durch deren Brust ein Pfeil ragt.«

»Das willst du ihnen sagen? Dann kannst du nämlich gleich einen Aushang bei Rosi machen.«

»Ich habe da schon eine Idee.«

Peter nahm seine Dienstmütze samt Jacke vom Haken und stieg zusammen mit Philip in den Wagen.

Das Ehepaar Fischer wohnte in Herzhorn, direkt hinter dem Deich. Goldberg parkte den Wagen am Bahnhof, und sie liefen das kurze Stück zu Fuß. Peter war der Meinung, dass ihnen Bewegung guttun würde. Zwar teilte Goldberg diese Auffassung nicht, aber er wollte sich eine weitere Diskussion ersparen. Wahrscheinlich versuchte sein Kollege, für die Rolle des Jedermann ein wenig abzunehmen. Den Fischers gehörte ein Neubau, der sich so gar nicht in das Bild seiner Umgebung einfügte. Für Goldbergs Geschmack war das Haus fast ein wenig protzig.

»Haben die kürzlich geerbt?«, fragte er leise, als sie vor der Haustür standen.

»Ja. Woher weißt du das?«

»War nur so eine Idee.«

Nach zweimaligem Klingeln öffnete sich die Tür, und eine junge Frau stand vor ihnen. Der Kommissar zückte seinen Dienstausweis. Mit osteuropäischem Akzent teilte sie den beiden Beamten mit, dass das Ehepaar Fischer im Garten sei, und führte sie durch das Haus zur Terrassentür. Wie Goldberg erwartet hatte, war die Einrichtung überbordend und geschmacklos. Überall standen große Hunde aus Porzellan, die jeden ihrer Schritte zu überwachen schienen. Im Garten kläffte ein lebendiges Exemplar. Allerdings war es keineswegs so anmutig und groß wie seine keramischen Artgenossen. Dieses Büschel Fell glich eher einer zu groß geratenen Ratte mit ausgeprägtem Mitteilungsbedürfnis. Aufgeregt rannte das arme Tier in einem Zwinger hin und her und bellte sich die Seele aus dem Leib. Ein trauriger Anblick.

»Peter? Was treibt dich denn hierher? Haben wir etwas ausgefressen?«

Die beiden Männer begrüßten sich per Handschlag, wobei sich Klaus Fischer als Einziger über seinen Witz amüsierte, das ohrenbetäubende Kläffen des Hundes ignorierend.

»Das ist Philip Goldberg, Dienststellenleiter in Kophusen«, rief Peter.

Klaus reichte dem Kommissar die massige Hand. Sie war feucht und warm. Goldberg musste sich zwingen, die eigene nicht am Hosenbein seiner neuen Leinenhose abzuwischen.

»Angenehm. Was kann ich für euch tun?«

Bevor Goldberg den Grund für ihren Besuch erläutern konnte, trat Edith Fischer zu ihnen auf die Terrasse, begleitet von dem neu anschwellenden Gebell.

»Ayra. Aus!«, rief sie. Der Hund gehorchte und verzog sich zu Goldbergs Erleichterung in eine Ecke seines Zwingers. »Was führt dich zu uns, Peter?«, wollte auch sie wissen.

»Hallo, Edith, das ist …«, weiter kam Peter nicht.

»Ich weiß, das ist der Neue. Angenehm.« Sie reichte Philip die Hand. »Was können wir für euch tun?«

Ihr Ton war verbindlich und mäßig freundlich. Die grauen Haare trug sie zu einem geflochtenen Zopf gebunden. Klaus wirkte gegen sie wie ein liebenswerter, etwas unbedarfter Kerl. Goldberg ahnte, wer hier nicht nur über die Einrichtung des Hauses bestimmte.

»Ich hörte, Sie kümmern sich bei den Marschbrettern um die Bühnenausstattung und die Kostüme«, eröffnete Goldberg die Befragung.

Er hatte nicht vor, die Marionetten zu erwähnen. Zum Glück war ihm ein triftiger Grund eingefallen, welcher diesen unerwarteten Besuch erklären würde.

»Ist das ein Verbrechen?« Edith musterte ihn misstrauisch.

Goldberg lachte. »Nein. Ich versuche nur, mir ein Bild von der Sicherheitslage zu machen. In diesen Zeiten ist es wichtiger denn je, Veranstaltungen solcher Größenordnung zu schützen. Und deshalb wollte ich Sie kennenlernen, Sie werden sich ja sicher an dem großen Ereignis beteiligen.«

Die Sicherheitslage war ihm am plausibelsten erschienen und würde vermutlich keine weiteren Fragen aufwerfen.

»Na klar! Wenn die Marschbretter mal die Gelegenheit haben, Open Air zu spielen, dann sind wir natürlich dabei!«, erwiderte Klaus.

Seine Begeisterung war nicht zu übersehen. Der Schweiß rann ihm von der Stirn und tropfte auf das blaue T-Shirt, das den Bauch im Zaum hielt.

»Mein Mann übertreibt. Wir wissen noch nicht einmal, ob wir bei Herrn Menzinger erwünscht sind. Er hat schließlich sein eigenes Team mitgebracht.«

»Hat er nicht mit euch gesprochen?«, fragte Peter.

»Nein. Auf der Mitgliederversammlung letzte Woche hat er durch Gregor, seinen Regieassistenten, den Verein zur Mithilfe eingeladen. Aber er hielt es nicht für nötig, selbst zu erscheinen.«

»Jetzt sei nicht so, Edith, du weißt doch, wie aufwendig es ist, ein Stück auf die Beine zu kriegen.« Klaus wandte sich an die beiden Beamten. »Sie ist manchmal etwas streng.«

»Sprich nicht von mir in der dritten Person, wenn ich daneben stehe.«

»Seht ihr.«

»Fertigen Sie alles selbst für die Stücke der Marschbretter?«, fragte Goldberg.

»Klar, natürlich unter Mithilfe vieler fleißiger Hände. Letztes Jahr hat meine Frau Romeo und Julia sogar komplett ausgestattet. Die Leute kamen nur wegen ihrer Kostüme, sage ich Ihnen.«

Nun ließ Edith sich zu einem Lächeln hinreißen. »Du übertreibst. Obwohl ich wirklich zugeben muss, es war meine bisher beste Arbeit. Ein Dreivierteljahr hat mich das gekostet.«

Die Polizisten nickten anerkennend.

»Ich habe es gesehen«, warf Peter ein, »es war umwerfend.«

»Das glaube ich gern«, sagte Goldberg, »schwebt Ihnen schon etwas für den Jedermann vor? Die Buhlschaft vielleicht?«

Ihr Lächeln wurde breiter. »Wenn es nach mir ginge, ich würde sie in einen Hauch von Nichts hüllen.«

Klaus lachte laut auf und warf seiner Frau einen anzüglichen Blick zu. Jetzt wusste Goldberg, dass es nicht nur das Theater war, was sie beide verband. Er tippte auf regelmäßige Besuche im Night Wash, einem einschlägigen Club hier in der Gegend.

»Und Sie, Herr Fischer, entwerfen das Bühnenbild?«, lenkte Goldberg das Gespräch zurück in weniger schlüpfrige Gefilde.

Klaus räusperte sich. »Ja.«

»Aus Holz oder wie darf ich mir das vorstellen?«

»Genau. Die werden immer wiederverwendet. Jedes Mal übertapeziert. Für den Jedermann käme das natürlich nicht infrage. Die Kirche ist ja an sich schon eine imposante Kulisse.«

»Kennen Sie sich gut mit Holz aus?«

»Klar.«

»Mein Mann ist sehr talentiert. Er macht wunderschöne Arbeiten aus Holz.«

»Na ja, ich schnitze ein bisschen für den Hausgebrauch.«

Goldberg erwiderte den Blick nicht, den Peter ihm zuwarf. Er ließ sich nichts anmerken. »Mein Vater war leidenschaftlicher Tischler und hat sehr filigrane Puppen geschnitzt. Darf ich vielleicht etwas sehen?«, log er.

»Ja, klar! Kommen Sie mit.«

Der Bühnenbauer führte sie durch das Erdgeschoss hinunter in den Keller. Alles war neu, selbst die Werkstatt wartete mit einer nagelneuen voll ausgestatteten Werkbank auf. Klaus ging zu einem riesigen Metallschrank und öffnete die Türen. Er trat beiseite, um den Polizisten die Sicht nicht zu versperren. Der Anblick traf sie unerwartet. Instinktiv wichen die beiden Beamten einen Schritt zurück.

Auf den vollgestopften Regalen saßen lauter Holzmännchen mit überdimensionalen Genitalien. Die unförmigen, groben Gesichter hatten nichts mit der Präzision der gefundenen Marionetten gemein. Das weibliche Pendant dazu besaß riesige Brüste, die eher angeklebten Silikonbällen glichen. Die Lippen schienen das Werk eines dilettantischen Schönheitschirurgen zu sein. Goldberg hatte Mühe, die Fassung zu wahren.

»Meine Frau übertreibt immer ein wenig. Es ist einfach ein Hobby von mir«, erklärte der Künstler, der stolz auf die Schar seiner Lieblinge blickte. »Ich stelle sie aus. Arno hat mir versprochen, dass sie einen Ehrenplatz während des Fest-Wochenendes bekommen. Wir beide sind so.« Er kreuzte zwei Finger.

»Bemerkenswert«, sagte Goldberg. Dann schob er das Bild von Ediths Shakespeare-Kostümen beiseite, das gerade in seinem Kopf entstand. Er konnte nur hoffen, dass die Buhlschaft mit einer weniger plakativen Interpretation des weiblichen Geschlechts auf die Bühne kam. Andernfalls freute er sich schon auf Magdas Kommentare. »Herzlichen Dank, Herr Fischer, dass Sie uns einen so privaten Einblick in Ihre Arbeit gewährt haben. Ich fürchte, wir müssen weiter.«

Klaus nickte. »Aber klar, immer im Einsatz.«

Zurück im sicheren Wagen, brauchten sie einen Moment, um sich von dem bizarren Anblick zu erholen. Peter stand der Ekel ins Gesicht geschrieben. »Man sieht doch immer wieder überraschende Dinge in Kophusen.«

»Bitte sage mir, dass die arme Julia nicht mit künstlichen Brüsten und aufgespritzten Lippen auf die Bühne musste.«

Peter lachte. »Nein. Ehrlich, die Kostüme waren toll. Aufwendig gearbeitet mit unzähligen Details.«

Goldberg versuchte, seinem Kollegen zu glauben, was ihm angesichts des eben Gesehenen schwerfiel.

»Die beiden waren schon immer etwas speziell, aber harmlos. Mit der Ausstellung wird Arno sich allerdings keinen Gefallen tun. Das könnte einige Zuschauer abschrecken.«

»Verstören trifft es wohl eher«, bemerkte Goldberg. »Warum nur will er diese Dinger einem breiten Publikum zugänglich machen?«

Peter zuckte mit den Achseln. »Klaus Fischer hat die Marionetten jedenfalls nicht gemacht. Wer war es dann?«

»Fällt dir niemand ein?«

»Nee. Aber ich denke weiter darüber nach«, versprach Peter und ließ den Sicherheitsgurt in den Bügel schnappen.

»Was hältst du davon, wenn wir Arno einen Besuch abstatten?«

»Das ist keine so gute Idee. Ich bin befangen. Streng genommen müsstest du mich von dem Fall abziehen.«

»Offiziell gibt es keinen Fall und solange Hauke Sophie hauptberuflich den Hof macht, brauche ich dich dringend an meiner Seite.«

Peter startete den Dienstwagen und bog links Richtung Kollmar ab.

Arno Menzinger hatte sich pressewirksam für ein privates Quartier ganz in der Nähe entschieden. Er wollte Zusammengehörigkeit demonstrieren und nicht in einem anonymen Hotel in Hamburg absteigen. Das luxuriöse Ferienhaus stand etwas außerhalb von Kophusen und war Teil eines Resthofs. Die Besitzer waren dabei, das Anwesen zu sanieren. Das Dach des Hauptgebäudes war zu einer Hälfte mit neuem Reet und zur anderen von einer Plane bedeckt. Als Peter die Kopfsteinauffahrt hochfuhr, winkten ihnen die Arbeiter vom Dach zu.

»Auch ein aussterbender Beruf«, bemerkte Goldberg und erwiderte den Gruß. »Kennst du sie?«

»Ja, das ist der Reetdachdecker aus Horst mit seinen Jungs.« Peter hob die Hand zum Gruß.

Das Anwesen besaß eine kleine Parkfläche am Ende der Auffahrt. Vor einer Reihe alter Gebäude stiegen sie aus.

»Wem gehört das Ganze?«, fragte Goldberg.

»Einem Immobilienmakler aus Hamburg. Er hat es vor einem Jahr gekauft und macht jetzt mehrere Wohneinheiten daraus.«

»Ferienwohnungen?«

»Teils, teils.«

Sie traten auf die riesige Rasenfläche, um zum Eingang des Ferienhauses zu gelangen, das sich hinter dem Hauptgebäude befand. Goldberg ertappte sich bei dem Gedanken, dass es eine schöne Bleibe für ihn und Magda sein würde. Sie besaß zwar ein kleines Haus in Kollmar direkt hinter dem Deich, aber das konnte auf Dauer etwas eng werden. Bisher war es kein Thema zwischen ihnen gewesen. Goldberg war froh, dass sie nach dem Wirrwarr ihrer Scheidung überhaupt zueinandergefunden hatten. Er wollte sie nicht drängen und behielt seine Idee vorsichtshalber für sich. Ihm fiel Judiths Brief ein. Er musste diese Sache unbedingt aus der Welt schaffen. Sonst würde es ihn am Ende doch noch umbringen. Hastig schob er den absurden Gedanken beiseite.

»Ah, Sherlock Holmes und Dr. Watson. Kommen Sie herein«, sagte Arno Menzinger, als er ihnen die Tür öffnete.

Er führte sie durch die großzügige Diele in das lichtdurchflutete Wohnzimmer, dessen breite Fensterfront den Blick auf ein Rapsfeld freigab. Eine gläserne Galerie erstreckte sich oberhalb des gesamten Raumes. Goldberg war beeindruckt und fragte sich, was dieser Umbau den Immobilienmakler gekostet haben mochte.

»Wir sind im Arbeitszimmer. Peter, schau nicht so genau auf unser Flipchart, wir sitzen an den Besetzungsplänen.«

Arno lächelte Peter verschwörerisch an. Goldberg konnte spüren, welch elektrisierende Wirkung es auf seinen Kollegen ausübte. Dann wandte sich der Regisseur dem Kommissar zu.

»Schade, dass Sie uns nicht auch mit einer Darbietung beehrt haben. Der Kopf der exekutiven Staatsgewalt Kophusens auf der Bühne hätte mein Ensemble auf wundervolle Art und Weise komplementiert.«

Goldberg versuchte ein Lächeln. Aus der Nähe betrachtet punktete Arno mit einer Mischung aus Sympathie und Seriosität. Den blauen Anzug hatte er gegen eine eng sitzende Jeans getauscht. Von den weißen Hemden besaß er offenbar mehrere. Seine grünen Augen sahen Goldberg über den Rand der Lesebrille hinweg an.

»Ich besitze kein Talent für die Bühne«, erwiderte er.

Arno strahlte und nahm die Brille ab. »Das klingt nach der großen Leinwand.«

Goldberg musste sich zwingen, dem Charisma dieses Mannes zu widerstehen. Nicht umsonst war er einst ein gefeierter Schauspieler gewesen. Der Sprung nach Hollywood wäre ihm beinahe geglückt, hatte Peter ihm erzählt. Goldberg wusste von solchen Dingen nichts. Er besaß nicht einmal einen Fernseher und ins Kino ging er selten.

»Besser nicht, das verdirbt den Charakter«, sagte er.

Arnos Gesicht veränderte sich. Goldberg bemerkte Peters irritierten Blick aus dem Augenwinkel, ignorierte ihn allerdings. Eigentlich war Hauke für solche Manöver zuständig, aber wenn der sich lieber in Kiel herumtrieb, musste Goldberg eben selbst ran.

Der Schauspieler nahm es mit Humor. Sein kehliges Lachen erfüllte den Raum. »Sehr gut! Kommt rein«, rief er und ging voraus.

Das Arbeitszimmer machte dem Namen alle Ehre. Überall verteilt lagen Bücher, Papierstapel und Zeitungsausschnitte. Es schien im Chaos zu versinken. Mittendrin saßen Ellen Stanz und Tim Bode. Die modernen Lounge-Sessel irritierten Goldberg. Für seinen Geschmack passten sie nicht recht in das rustikale Ambiente des Hauses. Gregor Martens, der Regieassistent, saß auf dem ledernen Schreibtischstuhl. Ein Mann mit übergroßer Brille und Vollbart. Goldberg schätzte ihn auf Ende dreißig.

»Sie kennen sich ja alle. Mehr oder weniger«, sagte Arno.

Gregor stand auf und reichte ihnen die Hand. »Sehr erfreut, die Ordnungshüter näher kennenzulernen. Peter, hast du alles gut überstanden? Hast uns gestern sehr beeindruckt.«

Goldberg sah, wie sein Kollege den Blick verlegen zu Boden richtete, ein Lächeln unterdrückend.

»Bescheidenheit ist eine Zier, aber weiter kommst du ohne ihr. Merk dir das. Das gilt besonders für Künstler«, sagte Gregor und setzte sich wieder. »Was führt Sie zu uns?«

Der Assistent übernahm wie selbstverständlich die Gesprächsführung. Goldberg war überrascht von dem Mann. Die langen Beine übereinandergeschlagen, seine Arme auf der Lehne des Sessels abgelegt, schien es, als wäre er der Star, den man gebeten hatte, in die Provinz zu kommen. Arno Menzinger störte das offenbar nicht.

Im Gegenteil. Seelenruhig nippte er an einer Espressotasse und blickte sie erwartungsvoll an. Zu gern hätte Goldberg von dem Espresso gekostet, nur um zu sehen, ob sie wirklich so viel von den schönen Dingen des Lebens verstanden, wie sie vorgaben. Die Frage lag ihm auf der Zunge, aber er schluckte sie hinunter.

»Wir kommen, um ein wenig mehr über das Projekt zu erfahren. Sie wissen, dass solche Großveranstaltungen momentan ein höheres Sicherheitsrisiko bergen«, erklärte er. Alle in dem Raum nickten betroffen. Kurz nach dem Amoklauf in Münster war das ein mehr als akzeptables Argument. »Wir brauchen den Plan der Bühne. Wo und wann aufgebaut wird, welches Personal Sie dafür einplanen und eine Liste aller Beteiligten.«

Arno stellte die Tasse ab. »Sobald wir hier fertig sind, maile ich sie euch zu.«

»Was ist eigentlich mit den Marschbrettern?«, fragte Peter.

Arno seufzte, als müsse er einem Angehörigen eine traurige Nachricht überbringen. »Mein lieber Peter, wie sage ich es, ohne despektierlich zu klingen? Wir stemmen hier eine Großproduktion, die weit über Kophusen hinaus Furore machen wird«, begann er. »Versteh mich nicht falsch, wir bewegen uns hier auf öffentlichem Parkett. Klaus und Edith leisten für Amateure wirklich fantastische Arbeit.« Er zögerte. »Aber ich fürchte, es wird für eine professionelle Aufführung wie die unsere nicht reichen.«

»Wir haben einen riesigen Berg vor uns«, erklärte Gregor. »Da wir mit Laienschauspielern arbeiten, brauchen wir wenigstens im Hintergrund Profis, die die

Darsteller richtig in Szene setzen und sie unterstützen.«

»Deswegen die Ausstellung?«, fragte Goldberg.

»Wir wollen hier nicht einfallen wie eine Horde Heuschrecken«, sagte Arno sanft. »Der Kophusener Jedermann wird ein Gemeinschaftsprojekt des gesamten Kreises. Diese Region und ihre Bewohner werden zum Kunstprojekt. Der Schützenverein, die Freiwillige Feuerwehr, alle werden Gelegenheit haben, die Tage mitzugestalten. Aber für unsere Inszenierung brauche ich Visionen. Pyrotechnik, Lichteffekte, mit allem Pipapo. Da sind Profis gefragt, so leid es mir tut.«

»Herr Goldberg«, mischte sich die Bürgermeisterin ein, »auf ein Wort.« Ellen erhob sich, und er folgte ihr ins Wohnzimmer. »Ich verstehe Ihre Fürsorge, das ist schließlich Ihr Job«, begann sie in gedämpftem Ton. »Aber Sie glauben doch nicht ernsthaft an eine Terrorgefahr hier bei uns? Oder gibt es konkrete Hinweise?«

Es war keine besonders gute Idee gewesen, die Sicherheitslage im Beisein von Ellen Stanz anzusprechen. In dem Augenblick, in dem er sie gesehen hatte, hätte er sich etwas anderes ausdenken müssen. Aber ihm war auf die Schnelle nichts Besseres eingefallen. Sie war mit Kophusen verwachsen, und sie würde ihren kleinen Ort niemals sehenden Auges der Gefahr eines terroristischen Akts oder eines Amoklaufs aussetzen. Er musste sie beruhigen.

»Kein Grund zur Sorge, Frau Stanz. Wir haben keinerlei Hinweise. Gar nichts. Ich will nur vorbereitet sein. Das ist alles.«

Sie bedachte ihn mit einem skeptischen Blick. Goldberg fürchtete, dass sich die sprichwörtlichen Hunde nicht ohne Weiteres wieder schlafen legten.

»Das Projekt liegt mir genauso am Herzen wie Ihnen«, sagte er beschwichtigend. »Und erst Peter. Wäre er nicht Polizist, der Mann würde für diese Rolle töten, glauben Sie mir.«

Ein angedeutetes Lächeln huschte über ihr Gesicht. »Sie hätten ihn sehen sollen. Er war eine Wucht. Sein Körper spricht eine ganz eigene Sprache. Arno ist hingerissen von ihm.«

»Das glaube ich gern. Wer das komplette Stück auswendig lernt, nur um eine Rolle zu ergattern.«

»Das ganze Stück, ehrlich?«

Goldberg nickte.

Sie warf einen prüfenden Blick zur Tür. »Unter uns«, flüsterte sie, »Herr Brandt ist es geworden. Er wird den Jedermann spielen.«

Den tiefen Seufzer, der in seinem Brustkorb lauerte, unterdrückte Goldberg. Er wollte sich ja für Peter freuen, aber gleichzeitig ahnte er, falls es zu weiteren Zwischenfällen kommen sollte, würde er die Ermittlung wohl allein führen müssen. Hauke, der liebeskranke Romeo, war momentan keine Hilfe, und Peter war ab morgen damit beschäftigt, sich den Jedermann zu erarbeiten. Da blieb kaum Platz für laufende Ermittlungen. Er hoffte, dass diese Marionetten nur ein schlechter Scherz gewesen waren. Das Vibrieren in der Hosentasche lenkte ihn von seinen Überlegungen ab. Er nickte Ellen entschuldigend zu und nahm das Gespräch an, ohne auf das Display zu schauen. »Goldberg.«

»Hallo, Philip, hier ist Manfred.«

Er erkannte die raue Stimme sofort. Den Wehrführer der Freiwilligen Feuerwehr Kophusen hatte er letztes Jahr auf einem Empfang der Bürgermeisterin kennengelernt. Sie waren sich auf Anhieb sympathisch gewesen und hatten spontan die Telefonnummern ausgetauscht. Manfred Klein machte eine kurze Pause. Er schien aufgewühlt.

»Was ist passiert?«

»Ich bin auf der Wache und wollte meine Uniform holen, da habe ich es entdeckt.«

»Was hast du entdeckt?«

»Da liegt jemand im Führerhaus vom LF 8.«

»Du sprichst von einem Löschfahrzeug?« Goldberg schaltete auf Betriebsmodus. Seine Muskeln spannten sich.

»Ja, entschuldige. Die Tür vom Fahrzeug stand offen und da bin ich stutzig geworden. Ich habe reingeschaut und dabei die Frau entdeckt.«

»Ist sie tot?«

»Leider ja, aber sie sieht irgendwie ungewöhnlich aus.«

»Inwiefern?«

»Na ja, in meinem Beruf begegnet man schon der einen oder anderen Leiche, aber diese Frau wirkt mehr lebendig als tot.«

Goldberg runzelte die Stirn. Er dachte an die Marionetten.

»Besser, du schaust dir das selbst an.«

»Ja, ich komme. Du kennst das ja, bitte nichts berühren. Wir sind unterwegs.«

»Keine Sorge, die fasse ich bestimmt nicht an.«

»Wir sind in zehn Minuten bei dir.« Goldberg beendete das Gespräch. »Tut mir leid, Frau Stanz, wir müssen.«

»Ist etwas passiert?«

Er schüttelte den Kopf und rauschte an ihr vorbei ins Arbeitszimmer. »Peter, kommst du?«, rief er und machte auf dem Absatz kehrt. Im Gehen hörte er, wie sein Kollege sich umständlich verabschiedete, bis er ihm schließlich nach draußen folgte.

»Philip, was ist denn um Himmels willen los?«

»Wir haben keine Zeit. Ich erkläre es dir im Auto.«

Als sie vor dem alten Gebäude der Feuerwache hielten, wartete Manfred vor dem großen Tor auf sie. Schweigend stiegen sie aus dem Wagen. Der Wehrführer nahm einen letzten Zug der selbst gedrehten Zigarette. Danach trennte er die Glut vom Rest des Stummels und ließ die Asche auf den Boden fallen. Mit dem Fuß trat er sie sorgfältig aus.

»Da drin ist sie«, sagte er und deutete mit dem Tabakstummel in der Hand auf die offene Tür.

Goldberg ging in die kleine Halle. Er hatte nicht die geringste Ahnung, was ihn dort im Führerhaus erwartete. Vorsichtshalber hatte er der Kripo noch nicht Bescheid gegeben, um keinen falschen Alarm auszulösen. Unter einer »lebendig wirkenden Leiche« konnte er sich nichts vorstellen. Die Fahrertür stand offen. Nach drei großen Schritten hatte er das Fahrzeug erreicht. Er umrundete die Tür, stellte sich auf die Zehenspitzen und warf einen vorsichtigen Blick hinein. Manfred hatte nicht übertrieben. Um keine Spuren zu verwischen, schwang er sich aus eigener Kraft hinauf. Die Frau trug ein leichtes Sommerkleid. Sie saß hinter dem Steuer, als würde sie jeden Moment losfahren wollen. Ihre Augen waren geschlossen, auf dem Gesicht lag ein angedeutetes Lächeln.

»Peter, ruf Bruno und die Spurensicherung an«, rief Goldberg, ohne den Blick von dem Fund zu nehmen. Sobald er eine Leiche sah, überfiel ihn eine seltsame Ruhe. Das war dieses Mal nicht anders.

4

Die Tür zum Labor stand einen Spalt offen. Hauke hatte
bereits mehrfach geklopft, aber es war still geblieben.
Ohne nachzudenken, schob er die schwere Stahltür auf.
Er würde die beiden Holzdinger einfach irgendwo able-
gen, wo Bruno Leiser, der Rechtsmediziner, und sein
Team sie schnell finden konnten. Der Mann war ein alter
Freund von Philip, der würde schon nicht sauer sein,
wenn er hier unangemeldet aufkreuzte. Geräuschlos betrat
er den Raum. Normalerweise hatte Peter bisher solche
Botengänge übernommen. Sein Kollege liebte das. Er
selbst war noch nie hier gewesen, die Besuche während
der Polizeiausbildung ausgenommen. Es roch säuerlich.
Mit gerümpfter Nase blickte er sich nach einem Schreibtisch um. Fehlanzeige. Nur Metalltische, auf denen fein
säuberlich lauter Instrumente lagen. Über den Tisch links
von ihm war eines dieser grünen OP-Tücher gebreitet
worden. Den Ausbuchtungen nach zu urteilen lag dort
ein Mensch. Hauke lief ein Schauer über den Rücken.
Ihm wurde schlagartig kalt. Natürlich hatte er schon Tote

gesehen, aber das hier war etwas völlig anderes.

Obwohl ihn bei dem Gedanken an die Leiche ein mulmiges Gefühl beschlich, ging er direkt auf den Tisch zu. Er konnte der Versuchung, unter das Tuch zu blicken, nicht widerstehen. Die Tüten mit den Marionetten legte er auf einem Regal ab. Vorsichtig berührte er den Stoff. Er zögerte. Seine Vernunft setzte ein und warnte ihn davor, das Tuch beiseitezuziehen. Schließlich wusste er nicht, in welchem Zustand die Leiche war. Aber seine Neugier hielt dagegen. Er könnte vor Sophie ein wenig Eindruck schinden. Der Gedanke überzeugte ihn, und Hauke lüpfte das Tuch. Er schluckte. Die Frau war kreidebleich. Eine große y-förmige Narbe auf dem Brustkorb ließ ihn zusammenzucken. Es hatte etwas Unwirkliches an sich.

»Selbstmord. Ich konnte keine Fremdeinwirkung feststellen.«

Erschrocken ließ er das Tuch fallen und fuhr herum. Ein Mann kam auf ihn zu. In der OP-Kleidung sah er unerwartet attraktiv aus.

»Entschuldigen Sie, ich bin Hauke Thomsen, Revier Kophusen. Ich bringe Ihnen zwei Beweismittel zur Untersuchung.« Er räusperte sich verlegen.

Der Mann blieb vor ihm stehen und musterte ihn. Plötzlich lachte er. »Sie sind Hauke? Der Hauke Thomsen? Wir kennen uns vom Telefon.«

Dann musste das Bruno sein. Während der Ermittlungen um Hilde Deterding hatten sie damals zusammen telefoniert.

»Sie müssen entschuldigen, Hauke. Ich darf Sie doch Hauke nennen?« Es war eine rhetorische Frage, denn der Mann wartete keine Antwort ab, sondern sprach ohne Pause weiter. »Philip hat mir Sie in allen Einzelheiten beschrieben, und ich gebe zu, Sie sind so gar nicht das, was ich mir vorgestellt habe.«

»Und Sie sind Rudis Nachfolger?«

»Entschuldigen Sie«, er streckte seine Hand aus, »Bruno Leiser.«

Hauke ergriff sie.

»Hauke, unter uns, stimmt es wirklich, dass Sie einmal in Hawaii-Hemd und farblich abgestimmter Hose zum Dienst erschienen sind?«

Hauke zog seine Hand zurück. Doch die Wut, die in ihm aufflackerte, verrauchte so schnell, wie sie gekommen war. Sollte Philip sich ruhig über ihn lustig machen. Ihm doch egal.

»Ja, das stimmt.«

Bruno grinste breit. »Nichts für ungut. Philip hat das nicht böse gemeint. Er musste das nur mal loswerden. Von Berlin nach Kophusen ist schon ein Quantensprung, den man erst einmal verarbeiten muss. Nehmen Sie ihm das bitte nicht übel.«

Hauke nickte großmütig und griff nach den Marionetten. »Die hier haben wir bei uns gefunden.«

Der Rechtsmediziner musterte den Inhalt der Tüten. »Das sind keine Leichen, das haben Sie bemerkt, oder?«

»Philip sagte ...«

»Das ihr mir die Dinger ruhig bringen könnt, obwohl das überhaupt nicht in mein Aufgabengebiet fällt?«

»So was in der Art.«

Hauke beugte sich über den Tisch. »Eine von diesen Dingern soll meine Schwester sein.«

Bruno Leiser hob den Kopf und starrte ihn entgeistert an. »Im Ernst?«

»Ja.« Hauke deutete auf die entsprechende Puppe.

»Na schön, ich mache mich gleich an die Arbeit und gebe Ihnen Bescheid, sobald ich fertig bin.«

Zum ersten Mal fand Hauke den Mann sympathisch. Bruno nahm die Hände aus den Taschen und griff nach den beiden Plastikbeuteln. »Wenn Sie möchten, können Sie warten. Ich beeil mich.«

»Vielen Dank, aber ich habe noch etwas in Kiel zu erledigen.«

»Wie Sie wollen, Hauke. Ich bin ja hier.« Er betrachtete die beiden Marionetten und stieß einen bewundernden Pfiff aus. »Da war ein echter Künstler am Werk.«

»Ja, aber als zukünftiger Ehemann scheidet der Künstler aus.«

Bruno nickte stumm, ohne die Beweisstücke aus den Augen zu lassen.

Auf dem Weg zum Wagen dachte Hauke ausnahmsweise mal nicht an Sophie. Im Geiste sah er seine Schwester vor sich, auf einem dieser Metalltische liegend mitsamt einer riesigen Narbe zwischen ihren Brüsten. Bruno Leisers Reaktion hatte ihm die Gefahr, in der sie schwebte, deutlich vor Augen geführt. Da konnten seine Schwester und seine Mutter noch so unerschrocken sein. Er griff zum Telefon.

»Hallo, Bruderherz, alles klar?«

»Und bei euch?«

»Mach dir bitte keine Sorgen um uns.«

»Das hast du auch damals gesagt, als du dir den Fuß beim Rollschuhfahren gebrochen hattest. Ich musste dich ins Krankenhaus tragen, weil du nicht mehr auftreten konntest.«

Sie seufzte laut. »Wie oft wirst du mir diese Geschichte noch aufs Brot schmieren?«

»So lange, bis du endlich vernünftig wirst.«

»Bis später, Hauke.«

Rosi hatte aufgelegt. Typisch, dachte er. Man merkte, dass sie Geschwister waren. Zwei sture Esel aus demselben Stall. Hauke stieg in den Wagen und startete den Motor. Sein alter Jetta brauchte drei Anläufe, bevor er sich entschied anzuspringen. Vielleicht wurde es Zeit, sich von diesem Schmuckstück zu verabschieden. Sophie hatte ihr Urteil über sein geliebtes Auto kurz und bündig in einem Wort zusammengefasst: Schrottkarre. Es hatte ihm wehgetan, aber kein normaler Kerl stellte seinen Wagen über eine Klassefrau. Der Jetta würde ihn nachts nicht ranlassen. Sophie irgendwann schon.

Das Labor, in dem sie arbeitete, lag fast außerhalb von Kiel. Sie hatte irgendetwas mit Agrarwirtschaft zu tun. So ganz hatte Hauke es nicht verstanden und, ehrlich gesagt, hatte er auch nicht bis zum Ende zugehört. Aber das konnte er jetzt wiedergutmachen. Nach zwanzig Minuten erreichte er den grauen Gebäudekomplex, den er keines Blickes würdigte. In Gedanken war er bei Sophie. Wie sie wohl in einem weißen Kittel aussah? Sicher ziemlich scharf.

Die Empfangsdame sagte ihm, dass es Besuchern nicht möglich sei, in das Labor zu kommen. Es herrschten strenge Hygiene- und Sicherheitsvorschriften. Hauke setzte sein Polizistengesicht auf, zog seine Dienstmarke hervor und erklärte, dass Sophie Siemers eine Zeugin in einem Mordfall sei, die er augenblicklich sprechen musste. Die Rezeptionistin schien nur mäßig beeindruckt, führte aber ein kurzes Telefonat.

Hauke nickte ihr höflich zu und entfernte sich vom Tresen. Es dauerte einige Minuten, bis Sophie die Treppe herunterkam. Sein Herzschlag beschleunigte sich. Die Realität übertraf seine kühnsten Erwartungen.

»Hauke, was willst du hier?«

»Überrascht?«

»Ja und ob.« Sie blickte sich um, als würden sie beobachtet werden.

Hauke scherte sich nicht darum. »Ich wollte wissen, wie du in diesem Laborkittel aussiehst. Und was soll ich sagen, die Reise war es wert.«

Er zog sie an sich, doch sie wehrte seinen Annäherungsversuch brüsk ab.

»Nicht hier.«

»Was ist denn los?«

»Hauke, ich arbeite hier.«

»Na und?«

Sie trat einen großen Schritt nach hinten, um etwas Abstand zwischen ihnen zu schaffen. Hauke war irritiert. Er hatte erwartet, sie würde sich über seinen spontanen Besuch freuen. Stattdessen benahm sie sich, als wäre es ihr peinlich, ihn zu kennen. Unbewusst bekam sein Gesicht den Ausdruck eines geprügelten Hundes, was Sophie etwas freundlicher werden ließ.

»Hauke, ich habe einen wichtigen Abgabetermin einzuhalten. Du hättest vorher Bescheid sagen müssen.

Was machst du überhaupt in Kiel?«

Was sollte diese Frage? Er besuchte seine Freundin, brauchte man dafür jetzt einen besonderen Grund, oder was? »Ich interessiere mich für deinen Beruf.«

Sie lächelte gequält, dann wieder dieser prüfende Blick nach allen Seiten. Haukes Herz setzte für einen kurzen Augenblick aus, bevor es schmerzend weiterschlug.

»Das ist wirklich süß, aber ich habe gerade keine Zeit. Hör zu, ich rufe dich an, sobald ich Feierabend mache, und wir treffen uns vor der Bekanntgabe am Deich, o.k.?« Zögernd kam sie einen kleinen Schritt näher und strich ihm flüchtig über den Kopf.

»Entschuldige, ich wollte dich nicht nerven«, sagte Hauke kleinlaut.

»Du nervst nicht, es passt nur heute gar nicht. Ich muss wieder hoch. Wir reden nachher.«

Widerwillig ließ sie seinen flüchtigen Kuss auf die Wange über sich ergehen, bevor sie die Treppe hinaufeilte. Hauke blickte ihr nach. Hatte er sich da in etwas verrannt? Er schüttelte den Kopf. Nein, sie hatte einfach viel zu tun. Nicht umsonst redete sie ständig von dem Stress, den sie auf der Arbeit hatte. Bevor er sich zum Gehen wandte, warf er einen heimlichen Blick auf die Empfangsdame. Zum Glück schien sie sich nicht für ihn zu interessieren. Ihre Augen waren starr auf den Monitor gerichtet. Er trottete an ihr vorbei hinaus auf den Parkplatz. Der Besuch war ein Reinfall gewesen. Aber wenigstens hatte er ein kurzes Date ergattern können. Zum Deich würde er eine Flasche Schampus mitbringen. Und zwar nicht den billigen, sondern einen richtig teuren, dem man den Preis ansah. Sophie sollte Augen machen. Es war an der Zeit, seine romantische Seite zu zeigen, dachte er und stieg in den Jetta.

Beim Revier angekommen, fand er es verwaist vor. Er nahm das Telefon und versuchte es auf dem Handy seines Chefs. Der war zwar kein großer Freund von moderner Technologie und besaß immer noch eine dieser alten Krücken, aber er ging wenigstens ran. Im Gegensatz zu Peter, der Anrufe meistens erst nach langem Klingeln beantwortete.

»Hauke.«

»Wo zum Teufel seid ihr?«

»Auf der Feuerwache in Kophusen. Besser, du kommst vorbei.«

Das ließ sich Hauke nicht zweimal sagen.

5

Die Beamten der Spurensicherung waren wider Erwarten zügig eingetroffen. Simon Bloch und Frank Stötzner arbeiteten schon eine halbe Ewigkeit zusammen. Polizeiintern nannte man sie auch die simonischen Franklinge. Goldberg hatte sie bei seinem ersten Fall in Kophusen kennenlernen dürfen. Inzwischen gehörten sie zur Familie, wie Peter es auszudrücken pflegte. Tatsächlich wiesen sie eine erstaunliche Ähnlichkeit miteinander auf. Beide hatten dunkles Haar und braune Augen. In ihren weißen Schutzanzügen konnte man sie kaum auseinanderhalten. Nur bei näherer Betrachtung erkannte man, dass Frank einige Zentimeter größer war als Simon. Ihre Arbeit machte ihnen Spaß, besonders dann, wenn sie auf etwas Ungewöhnliches stießen, was hier der Fall war.

»Da hat sich jemand Mühe gegeben«, sagte Frank, der neben der Leiche auf dem Beifahrersitz hockte.

»Hier in der Pampa passiert nix, die sehnen sich so sehr nach einem echten Tatort, dass sie jetzt anfangen, ihre Leichen selber zu basteln«, sagte Simon in der offenen Fahrertür stehend.

Die beiden Männer sahen sich an und grinsten.

»Kommt schon, Jungs, damit ist nicht zu spaßen«, entgegnete Peter gereizt. »Was hat das zu bedeuten?«

Simon räusperte sich. »Ihr hattet recht. Die Dame hier ist keine normale Leiche. Das ist eine Mumie.« Er fing Franks Blick auf. »Hey, Die Mumie von Kophusen, klingt nach einem echten Schocker.« Er lachte.

»Eine Mumie?«, fragte Goldberg ungläubig.

»Die Mumie in der Marsch wäre auch nicht schlecht«, feixte Frank.

»Könntet ihr euch bitte auf die Arbeit konzentrieren?«, sagte Peter.

»Spielverderber«, murmelte Frank und fuhr fort: »Eure Leiche ist vermutlich präpariert worden.«

»Was soll das heißen, präpariert?« Peter war sichtlich angewidert.

Simon sprang vom Tritt herunter und kam um das Fahrzeug herum. »Das ist Brunos Job. Wartet ab, was der sagt. Wir sind nur für die Spuren zuständig. Aber wenn ihr mich fragt, habt ihr es mit einem Fall von Modern Embalming zu tun. Auf Deutsch: Thanatologie.«

»Ihr sagt, die Leiche ist konserviert worden?«, fragte Goldberg.

»Sieht so aus.«

»Soll das heißen, jemand hat die Frau umgebracht und hinterher bearbeitet, um sie dann Tage später hier abzulegen?«, fragte Peter.

»Na ja, Mord würde ich ausschließen. Sieht mir eher harmlos aus«, sagte Frank.

Goldberg kannte den Begriff. In Berlin mussten sie einmal eine Leiche gleich nach der Beisetzung wieder exhumieren. Die war ebenfalls kurzfristig konserviert worden, weil man sie aus Amerika eingeflogen hatte. Dort war das Modern Embalming gängige Praxis. Um die Toten aufzubahren, musste man den Verwesungsprozess verzögern.

»Die Einstiche an Hals und Extremitäten sind deutlich sichtbar«, erklärte Simon. »Das Blut wird durch eine verwesungshemmende Substanz ersetzt.«

»Aber dazu braucht man eine entsprechende Ausrüstung, oder? So etwas macht man doch nicht in seinem Hobbykeller.«

Simon schüttelte den Kopf. »Das war ein Profi. Ich kannte mal einen Thanatopraktiker, diese Leute sind wahre Künstler.«

Bei dem Wort zuckte Goldberg unmerklich zusammen. Für seinen Geschmack gab es in Kophusen derzeit eindeutig zu viele davon.

»Bruno wird seine helle Freude an der Dame haben. Ist er unterwegs?«

Goldberg hob den Kopf und nickte. Frank lächelte. Alle, die tagtäglich mit dem Tod zu tun hatten, stumpften mit der Zeit ab. Einige von ihnen entwickelten einen soliden Zynismus, andere wiederum einen makabren Sinn für Humor. Vielleicht brauchte man eine gesunde Portion Distanz, um diesen Job überhaupt machen zu können, überlegte er. Ohne wäre man sicher in kürzester Zeit reif für die Psychiatercouch.

»Eine perfekt konservierte Leiche, am Steuer eines Feuerwehrautos. Kollegen, der Ausflug aufs Land hat sich wie immer gelohnt. Langsam glaube ich, ihr inszeniert eure Fälle, damit man euch die Wache nicht dichtmacht.«

Peter strafte den Kollegen mit einem strengen Blick, doch der blieb von Frank unbemerkt. Simon griff nach dem Metallkoffer, der am Vorderrad stand, und reichte ihn hoch.

»Na dann mal los«, sagte er und schwang sich zurück auf die Beifahrerseite.

»Darf ich noch mal?« Peters Neugier war größer als sein Ekel. Er schlich am Kühler vorbei und hievte sich ins Führerhaus. Simon blickte sich um.

»Mann, zieh dir wenigstens Handschuhe über«, schnauzte er.

»Ich fass schon nichts an«, beschwichtigte Peter.

Simon seufzte. »Ach nein? Und was ist mit dem Griff, an dem du dich gerade festhältst?«

Peter folgte seinem Blick. »Entschuldige.«

»Los, runter hier«, rief Frank. »Wir haben nicht ewig für eure Kophusener Spezialaufträge Zeit.«

Aber Peter hatte der Anblick der Toten erneut gefangen genommen. Er konnte es immer noch nicht fassen. »Die sieht so friedlich aus. Als würde sie schlafen.«

»Das gehört zum Komplettservice dazu.«

Goldberg beschlich eine unbestimmte Ahnung. Kaum hatten sie Theaterleute in Kophusen, fanden sie eine inszenierte Leiche. Der Zusammenhang war nicht zu übersehen. Aber woher stammte sie?

»Wie verhält es sich mit Fingerabdrücken?«, fragte der Kommissar.

»Sieht gut aus, aber ob ihr sie damit identifizieren könnt, ist eine andere Frage.«

Peter war von dem Fahrzeug heruntergesprungen und stand inzwischen bei Manfred, der die ganze Zeit über schweigsam auf dem Stuhl an der Seite gesessen hatte.

»Fahr man nach Hause. Das dauert. Du kannst hier eh nichts tun«, sagte Peter sanft.

Manfred nickte und erhob sich. »Ja, Elsa wartet schon. Die muss unbedingt Gassi.«

»Wir sagen dir Bescheid, wenn wir hier fertig sind.«

Der Wehrführer gab den Beamten die Hand und verabschiedete sich. Danach trat Peter zu seinem Chef. »Das hängt doch alles zusammen.«

»Es gibt keine Zufälle«, erwiderte Goldberg.

Sicher schrumpfte Peters Lust, den Jedermann zu spielen, schlagartig. Peter war ein sensibler und integrer Polizist, er würde sich gründlich überlegen, ob er sich unter diesen Umständen noch an dem Stück beteiligen wollte.

Frank nahm den Fotoapparat zur Hand und begann routiniert, den Tatort zu dokumentieren. Goldberg ging beiseite, um ihm Platz zu schaffen und um seinen Blickwinkel zu ändern. Er umrundete den Wagen.

»Wir müssen das Dietmar Klose von der Kripo melden.«

»Ja, da kommen wir nicht drum herum. Ich weiß«, sagte Goldberg. »Peter, gibt es im Jedermann eine Stelle, die irgendetwas mit diesem Ort zu tun haben könnte?«

»Nee, dazu fällt mir nix ein.«

»Warum hat man die Leiche ausgerechnet hier abgelegt? So oft rückt die Feuerwehr nicht aus. Die Wahrscheinlichkeit, sie schnell zu finden, war eher gering.«

»Die kommen hier aber regelmäßig zu den Gruppentreffen zusammen. So unwahrscheinlich ist das nun auch wieder nicht.«

Ein Motorengeräusch ließ sie aufhorchen.

»Hauke kommt«, bemerkte Peter, ohne den Blick von dem Löschfahrzeug zu nehmen. »Der wird sich freuen.«

Einige Augenblicke später betrat ihr Kollege die Halle. »Was ist hier los?«

»Komm her und sieh selbst«, rief Peter und deutete auf die Fahrerkabine.

Mit einer knappen Kopfbewegung begrüßte Hauke die beiden Männer der Spurensicherung und zog sich an dem Handgriff nach oben. Simon, der noch immer mit dem Lenkrad beschäftigt war, fluchte leise. »Mann, das sind Spuren! Ihr benehmt euch wie blutige Anfänger.«

Hauke ignorierte die Bemerkung. »Ach, du heilige Scheiße!«

»Ist deine erste Leiche, was?«, spottete Frank von unten, der dabei war, die Türen zu fotografieren.

»Sehr witzig«, murmelte Hauke.

»Nicht so schüchtern«, frotzelte Simon, »die weckst du nicht mehr auf.«

»Noch so ein Witzbold.« Hauke sah die Frau aufmerksam an. »Die sieht komisch aus.«

»Nach einigen Tagen würdest du auch komisch aussehen. Wenn wir wissen, wer sie ist, mache ich euch bekannt. Die läuft dir wenigstens nicht weg.«

Goldberg verfolgte das Geplänkel und wartete auf Haukes gebührende Reaktion. Doch sie blieb aus. Wie aufs Stichwort sprang Hauke herunter. »Warum sieht die so komisch aus?«

Peter wollte gerade zu einer Erklärung ansetzen, als Simons Pfiff erklang.

»Was haben wir denn da? Das ist ein Tod mit einer Message.«

Goldbergs Augenbrauen schoben sich nach oben. »Was hast du gefunden?«

»Im oberen Gaumen steckt ein Pfeil. Frank, mach mal ein paar Fotos.«

Nachdem die Bilder geschossen worden waren, entfernte Simon vorsichtig den Pfeil aus dem Gaumen der Frau. Er hielt ihn vor sich. Alle starrten auf das in Plastikfolie eingerollte Papier. Behutsam löste er die Rolle vom Pfeil. Es dauerte eine Weile, bis er das Plastik entfernt hatte. »Ist ein krank Weib, was kümmerts mich, soll sehen, wo sie bleib«, las er laut vor.

»Wieder ein Jedermann-Zitat«, flüsterte Peter. »Wie bei den Marionetten.«

Zurück auf der Wache rief Hauke bei Rosi an. Erst beim fünften Mal nahm sie den Hörer ab. Ohne eine Begrüßung fuhr er sie an.

»Was ist denn los? Warum geht ihr nicht ans Telefon?«

»Wir arbeiten. Schon mal was von Mittagsgeschäft gehört?«

»Du musst zumachen. Sofort.«

»Spinnst du?«

»Wir haben eine Frauenleiche.«

Die Geräusche der Gäste drangen an sein Ohr. Rosi schwieg.

»Hast du mich verstanden?«

»Ja. Aber das kannst du vergessen. Ich lasse mich nicht einschüchtern.«

»Hast du gehört, was ich gerade gesagt habe?«

»Ich bin nicht taub, Bruderherz. Ich kann jetzt nicht reden, komm nachher vorbei und dann erzählst du mir alles in Ruhe. Hier ist die Hölle los.«

Damit beendete sie das Gespräch. Verdattert blieb Hauke sitzen. Dann besann er sich und wählte einen neuen Kontakt auf seinem Handy aus. Sophie meldete sich nicht. Weder mobil noch im Labor war sie zu erreichen. Er hinterließ ihr eine Nachricht am Empfang. Hinterher legte er das Telefon demonstrativ vor sich auf der Schreibtischplatte ab.

»Frauen«, war alles, was ihm dazu einfiel.

»Rosi will nicht auf dich hören, hm?«, fragte Peter besorgt. »Was hast du erwartet?«

Hauke zuckte mit den Schultern.

Er stand auf und ging in die kleine Pantryküche, die an den Büroraum grenzte.

Nach wenigen Handgriffen war das erste Blubbern der betagten Kaffeemaschine zu hören. Unruhig setzte er sich wieder an seinen Platz.

»Und was jetzt?«, fragte er.

Philip saß auf dem Tresen, an dem noch immer das Ocker der Siebzigerjahre haftete. Hauke sah, dass es in seinem Kopf arbeitete. Der leere Blick bedeutete nicht, dass er abwesend war. Im Gegenteil, sein Gehirn hatte mit der Arbeit längst begonnen.

»Bis wir wissen, wer sie ist, müssen wir herausfinden, wo man sie präpariert hat«, meinte Peter.

»Was ist mit dem Holthusen?«, fragte Hauke.

»Als Täter?«

»Warum nicht, ist der Einzige in Kophusen, der davon etwas versteht.«

»Der Mann ist Tierarzt«, entgegnete Peter, »dann könnte es eher der alte Battenberg sein.«

»Nein, für den lege ich meine Hand ins Feuer. Der macht so etwas nicht.«

Josef Battenberg war der einzige Allgemeinmediziner in Kophusen gewesen. Vor ein paar Jahren hatte er seine Praxis aus Altersgründen aufgegeben. Jan Holthusen hatte neben dem Tiermedizinstudium eines für Humanmedizin abgeschlossen. Später hatte er sich entschieden, lieber Tieren als Menschen zu helfen. Ausgenommen Hilde Deterding, die sich nur von ihm behandeln ließ. Hauke schüttelte sich bei dem Gedanken.

»Wir müssen die Bestatter der Gegend abklappern und fragen, ob einem von denen eine Leiche fehlt«, sagte Peter angewidert.

»Wer zum Teufel klaut denn bloß eine Leiche?«

»Was ist mit heute Abend?« Peter blickte fragend in die Runde. »Sagen wir das ab?«

»Das werden die Sponsoren nicht gerne sehen.« Die Geldgeber waren eine Sache. Hauke hatte mehr Angst um Sophie, behielt seine Sorge aber für sich.

»Hier geht es um Menschenleben.«

»Wir sollten mit Ellen reden. Vielleicht kann sie als Bürgermeisterin die anderen überzeugen.«

»Wer würde davon profitieren?«, fragte Philip, aus seinem tranceähnlichen Zustand erwacht.

»Wovon?«, entgegnete Hauke.

»Dass der Kophusener Jedermann nicht stattfindet?«

Das war eine gute Frage, dachte er, aber ihm fiel beim besten Willen niemand ein. Kophusen stand kopf vor Begeisterung. Er war ja selbst ganz aus dem Häuschen bei dem Gedanken, Sophie als Buhlschaft auf der Bühne zu sehen. Wer sollte daran Interesse haben, sich die gesamte Region zum Feind zu machen? Denn genau das hatte dieser kranke Wahnsinn zur Folge.

»Die Besetzung ist bisher nicht offiziell bekannt gegeben. Enttäuschung darüber, keine Rolle ergattert zu haben, fällt also aus«, mutmaßte Peter.

»Es sei denn, es ist bereits etwas durchgesickert«, wandte Hauke ein.

Philip schüttelte den Kopf. »Nein. Das hier sieht geplant aus. Hauke, ich möchte, dass wir beide nachher zu der Besetzungsverkündung gehen. Kannst du dich für diesen Abend von deiner Sophie loseisen?«

»Sehr witzig, Chef. Natürlich kann ich das, wenn es der Dienst erfordert. Ich bin mir meiner Verantwortung als Polizist sehr wohl bewusst.«

»Vergiss es nachher nicht gleich wieder.«

Hauke ignorierte den spöttischen Blick, den die Kollegen sich zuwarfen. Philip musste sich gerade melden, dachte er, so wie der um seine Magda herumscharwenzelte. Aber gut, er würde den beiden schon zeigen, dass er durchaus in der Lage war, sich wie ein Polizist zu verhalten, auch mit Sophie in der Nähe. Vielleicht war das gar nicht so schlecht. Er würde ihr heute den perfekten

Bullen vorführen. Sie sollte sehen, dass er in dem Job ein echter Kerl war. Möglicherweise führte ihn das sogar schneller zum Ziel. Seine Mundwinkel schoben sich in die Breite.

»Das ist genau das, was ich meine, Hauke. Heute Abend will ich dieses liebestolle Grinsen nicht auf deinem Gesicht sehen.«

Das Telefon klingelte. Hauke kam Peter zuvor und nahm den Hörer ab. Es war Bruno.

»Ich habe etwas für euch«, begann der Rechtsmediziner ohne Umschweife. »Mich haben diesen Puppen nicht losgelassen. Und wat soll ick sajen, dit hat sich jelohnt.«

»Moment, ich stelle Sie auf laut.«

Das Motorengeräusch eines Autos erklang. Offenbar war er noch unterwegs.

»Philip, biste ooch da?«

Der Kommissar musste lächeln. Zwei Berliner unter sich, dachte Hauke und regelte die Lautstärke herunter.

»Ick bin janz Ohr, Bruno.«

»Juut. Bevor ick mir um eure ägyptische Mumie kümmere, ick hab Fingerabdrücke jefunden. Ein jewisser Gregor Martens. Ist in der Datenbank. Überfall.«

Die drei Polizisten sahen sich an. Die Atmosphäre in dem Raum schlug sofort um. Auch der Rechtsmediziner wurde ernst und wechselte ins Hochdeutsche.

»Saß dafür sogar im Jugendarrest ein. Er kam aber schnell wieder raus. Kennt ihr ihn?«

Peter warf Philip einen besorgten Blick zu. »Ja, den kennen wir.«

»Haben Sie noch andere Fingerabdrücke gefunden?«, fragte Hauke.

»Können wir dieses Sie nicht endlich sein lassen?«

»Von mir aus, Bruno.«

»Sehr schön. Keine weiteren verwertbaren Spuren. Für eine genauere Analyse brauche ich allerdings mehr Zeit.«

»Dank' dir für die schnelle Arbeit. Die Liste der Gefallen wird immer länger«, rief Philip.

»Glaub mir, das habe ich nicht vergessen. Und eure Nofretete rechne ich nicht mal dazu. Das verbuche ich unter persönlichem Interesse.« Er legte auf.

»Gut«, sagte Philip und sprang vom Tresen, »ich denke, wir sind uns einig. Peter, ich will alles über diese Theatertruppe haben, was du ausgraben kannst. Ich möchte von jedem eines deiner berüchtigten Dossiers.«

Peter wandte sich dem Bildschirm zu. Es dauerte nicht lange und er drehte seinen Monitor so, dass ihnen das Gesicht eines Fünfzehnjährigen entgegengrinste.

»Hier, das Bild aus der Vorzeigedatei. Das ist Gregor. Hundertprozentig«, kommentierte Peter.

»Was macht dich so sicher? Das Foto ist mindestens zwanzig Jahre alt«, wandte Philip ein.

»Siehst du die Narbe?« Peter vergrößerte das Foto.

Hauke erkannte einen langen Streifen quer über dem Kinn.

»Das ist er, da gehe ich jede Wette ein.«

Peter gab per Mausklick den Befehl zum Drucken. Geräuschvoll spuckte das Gerät das Bild von Gregor Martens aus. Hauke nahm das Foto an sich.

»Warum ist der so blöd und hinterlässt seine eigenen Fingerabdrücke auf der Puppe? Der muss doch wissen, dass wir ihn in der Datenbank haben.«

»Nur weil die Abdrücke von ihm sind, heißt das noch lange nicht, dass er auch die Puppen hergestellt hat«, wandte Philip ein.

»Ja, ist schon klar.«

»Lasst uns versuchen, die Fakten zu ordnen«, schlug sein Chef vor und schwang sich mit einem Haferkeks zwischen den Zähnen zurück auf den Tresen.

Im Vorbeigehen schnappte Hauke sich auch einen von diesen kleinen Talern, die Peter angeschleppt hatte, und setzte sich in seinen Bürostuhl. Peter ließ vom Bildschirm ab und sah Philip aufmerksam an.

»Fangen wir mit unserer Frauenleiche an. Ideen?«

»Ich gehe gleich mal die Vermisstenanzeigen durch, vielleicht finde ich etwas«, schlug Peter vor. »Danach klappere ich die Bestatter ab. Möglich, dass einer von denen einen Diebstahl gemeldet hat.«

»Bewahren die die Leichen auch bei sich auf? Ich dachte, dafür sind die Friedhöfe zuständig«, fragte Hauke.

»Trauerfeiern finden heutzutage auch direkt im Beerdigungsinstitut statt. Vor allem, wenn die Hinterbliebenen ihre Liebsten aufbahren und in aller Ruhe Abschied nehmen wollen. Bei Marion hatte ich das auch erst überlegt.«

Hauke sah ihn stirnrunzelnd an. »Hast du echt darüber nachgedacht, sie aufbahren zu lassen?«

»Ja. Aber am Ende wollte ich nicht, dass alle sie so sehen.«

Sie schwiegen. Hauke wusste, dass Peter seine Frau vermisste und noch immer schwer an ihrem Tod zu knabbern hatte. Sein bester Freund hatte es verdient, glücklich zu sein. Es musste doch irgendwo ein weibliches Wesen für ihn geben. Und seit er regelmäßig zu diesem Yogafritzen ging, sah er richtig gut aus.

»Peter, überprüfe das Krematorium in Tornesch. Nicht auszuschließen, dass die Leiche von dort stammt«, sagte Philip.

Hauke zuckte zusammen. Er erinnerte sich zwar gerne an seine Heldentat dort, es war aber trotzdem kein Ort, an den er unbedingt zurückkehren wollte.

»Wird erledigt.«

Philip nickte. »Oder man hat sie ausgegraben.«

Hauke verzog das Gesicht. Langsam wurde es in seinem gemütlichen Kophusen ziemlich ungemütlich. »Philip, nichts für ungut, aber seitdem du hier bist, wimmelt es hier nur so von Bekloppten.«

»Ich glaube kaum, dass Philip damit etwas zu tun hat«, wandte Peter ein.

»Sei lieber froh, Hauke, ohne Arbeit würde die Wache in dieser großzügigen Besetzung nicht mehr existieren.«

Zähneknirschend musste Hauke zugeben, dass ihr Chef damit recht hatte. Aber sollte er sich über diese vielen Spinner wirklich freuen? Sophie war frisch nach Kiel gezogen, ein nettes Städtchen, fand er. Wenn sie gemeinsam eine Wohnung suchten, könnte er sich damit anfreunden. Ein Grinsen breitete sich über sein Gesicht aus. Warum eigentlich nicht? Kiel war schon o.k. So eine Frau wie Sophie würde niemals nach Kophusen ziehen. Selbst Hilke war nicht geblieben.

»Zum Thema zurück«, sagte Philip und riss Hauke aus seinem Tagtraum. »Peter, wende dich auch an die Friedhofsverwaltungen. Irgendwer muss unsere Leiche ja vermissen. Es sei denn, jemand hat sie eigenhändig ermordet und präpariert. Und das können wir, glaube ich, ausschließen.«

Peter schrieb alles fein säuberlich auf. »Mach ich.«

»Warum nur hat man sie ausgerechnet bei der Feuerwehr abgelegt?«, fragte Philip nachdenklich.

»Viel Auswahl gibt es in Kophusen ja nicht«, sagte Hauke.

»Ja, das stimmt«, Peter kritzelte etwas auf sein Papier, »oder das sind zwei völlig verschiedene Fälle, die gar nichts miteinander zu tun haben?«

»Ausgeschlossen. Überall haben wir ein Zitat aus dem Stück gefunden«, entgegnete Philip.

Peter nickte. »Ach ja.«

»Was ist das Motiv?«, fragte Philip.

»Angst«, erwiderte Hauke und leerte seinen Kaffeebecher. »Da will jemand nicht, dass der Jedermann aufgeführt wird. Ganz ehrlich, wenn ich mir vorstelle, dass hier ein Irrer rumläuft und das Stück sabotieren will, dann kommt mir Sophie nicht auf die Bühne. Die Proben haben noch nicht einmal angefangen, wie soll es dann erst bei der Premiere werden?«

Peter sah ihn erschrocken an. »Daran habe ich gar nicht mehr gedacht. Du hast recht, das könnte böse ins Auge gehen.«

»Das impliziert, dass der Täter oder die Täterin außerhalb des Kreises der Theaterleute zu finden ist.« Philip starrte ins Leere.

»Aber er stammt von hier. Die Person muss schließlich einen Schlüssel zur Feuerwehr gehabt haben oder wusste, wo man sich einen besorgen kann. Das spricht für jemanden aus Kophusen«, entgegnete Hauke.

»O.k., aber wer sollte das sein?«, fragte Peter.

Die drei Männer überlegten. Außer den Marschbrettern fiel ihnen niemand mit einem plausiblen Motiv ein. Kophusen, besser gesagt Kreis Steinburg war von einer Euphorie ergriffen, wie Hauke sie noch nie hier erlebt hatte. Die Aussicht auf überregionale Bekanntheit und das Fernsehen jagte sie alle aus dem Häuschen.

»Ich traue das denen nicht zu. Die Marschbretter klauen doch keine Leiche«, sagte Peter skeptisch.

»Du meinst, so etwas tun nur Leute aus der Großstadt?«, fragte Philip.

»Nein, natürlich nicht, aber die sind doch nicht so abgebrüht.«

Das Telefon riss sie aus ihren Überlegungen. Peter nahm den Hörer ab und meldete sich ordnungsgemäß. Hauke bemerkte, wie sich die Stirn seines Kollegen in Falten legte.

»Woher wissen Sie das?«, fragte Peter mit einer Mischung aus Erstaunen und Entsetzen. »Nein, ich bestätige gar nix.« Die Person am anderen Ende schien etwas zu erwidern, doch Peter fiel ihr ins Wort. »Jetzt hören Sie mir mal zu. Dafür gibt es keinerlei Hinweise, außerdem sind das laufende Ermittlungen, darüber kann ich Ihnen nichts sagen. Und Sie tun sich keinen Gefallen damit, einen Artikel zu schreiben, der nur aus lauter Vermutungen besteht.«

Die Person entgegnete etwas, doch Peter ließ sie nicht ausreden. »Ich lege jetzt auf.« Er knallte den Hörer zurück auf die Basisstation.

»Was war das denn?«, fragte Hauke.

»Die Presse«, entgegnete Philip.

Peter nickte. Sprachlos starrte er auf das Telefon.

»Das nächste Mal überlässt du mir das«, bemerkte Philip mit einem angedeuteten Lächeln.

Peter hob den Kopf. »Was für Aasgeier!«

»Woher wissen die von der Frauenleiche?«, fragte Hauke.

»Die haben einen anonymen Tipp bekommen. Jetzt haben wir schon den Norddeutschen Kurier am Hals. Hat keine Fakten, nix, aber will darüber einen Aufmacher schreiben.« Peter schüttelte ungläubig den Kopf.

»Da meint es jemand ernst. Wir müssen davon ausgehen, dass es innerhalb kürzester Zeit hier nur so von Journalisten wimmelt. Wir informieren die Pressestelle und berufen uns auf laufende Ermittlungen. Wir lassen uns auf nichts ein und heizen der Gerüchteküche keinesfalls unnötig ein, verstanden?« Philip sah sie eindringlich an. Die beiden Polizisten nickten.

»Von mir aus kannst du gerne die Brut übernehmen. Ich bin nicht scharf darauf, mit denen zu sprechen«, sagte Hauke.

»Dann sind wir uns ja einig. Glaubt ihr, Manfred hat den Tipp gegeben?«

»Nie und nimmer«, erwiderte Peter.

Hauke schüttelte den Kopf. »Nee, da möchte jemand ordentlich viel Staub aufwirbeln. Das ist keiner von uns.«

»Warten wir es ab«, meinte Philip. »Du machst dich an die Arbeit, Peter, und wir zwei besuchen diesen Gregor. Der Herr Regieassistent muss uns seine Fingerabdrücke auf den Puppen erklären.«

»Und was, wenn die Presse hier auftaucht?«

»Dann schließt du einfach die Tür ab.«

6

Die Gemeinde hatte ihnen die Grundschul-Aula für Proben zur Verfügung gestellt. Gregor Martens saß neben Arno im Scheinwerferlicht auf der Bühne. Gegenüber zwei weitere Personen, ein Mann mit langen Haaren und eine Frau. Beim Näherkommen erkannte Goldberg eine Bühnenskizze, die auf dem Boden lag.

»Guten Tag«, rief er.

Alle vier hoben die Köpfe, als hätte man sie aufgeschreckt.

»Ach, der Kommissar«, begrüßte ihn Arno mit einem Lächeln und stand auf. Er stieg die schmalen Stufen am Rand der Bühne herunter und sie gaben sich die Hand. »Möchten Sie sich doch noch bewerben?«

Goldberg schüttelte den Kopf. »Nein, wir möchten mit dem Herrn Martens sprechen.«

»Mit mir?«, fragte der Regieassistent erstaunt.

»Ja, wenn Sie bitte einen Moment zu uns kommen würden.«

»Herr Goldberg, darf ich Ihnen mein restliches Team vorstellen?« Arno machte eine ausladende Geste Richtung Bühne. »Heute Morgen frisch in Kophusen eingetroffen. Kommt mal herunter. Ich möchte, dass ihr unsere Freunde und Helfer kennenlernt.«

Der Mann war fast zwei Meter groß. Seine dunklen Haare hatte er zu einem beeindruckenden Zopf im Nacken zusammengebunden. Als er Goldberg die Hand gab, hatte dieser das Gefühl, seine würde zerquetscht werden. Der Mann hatte eine enorme Kraft.

»Didi«, stellte er sich vor.

»Ich bin Mona.«

Die Frau war nur halb so groß wie ihr Kollege, der endlich den Griff lockerte. Goldberg zwang sich, sich nichts anmerken zu lassen.

»Freut mich«, sagte er und streckte der blonden Frau todesmutig seine geschundene Hand entgegen.

»Ich bin die Kostümbildnerin«, erklärte sie.

Zum Glück war ihr Händedruck so sanft wie ihre Stimme.

»Sie ist eine wahre Künstlerin. Mona hat in London und Paris gearbeitet«, sagte Arno stolz. »Didi ist nicht weniger erfolgreich. Seine Bühnenbilder und Lichtinstallationen haben es bis nach New York geschafft. Wir arbeiten gerade am Konzept. Jetzt, wo die Rollen besetzt sind. Kommen Sie heute Abend auch?«

Seine gute Laune war nicht zu übersehen. Er sprühte vor Begeisterung. Wieder einmal war es schwer, sich diesem Enthusiasmus zu entziehen. Goldberg warf Hauke einen Blick zu. Sein Kollege war ungewohnt still, doch auf seinem Gesicht lag ein Ausdruck von gespannter

Unruhe. Die Erwähnung der Rollen machte ihn nervös.

»Ja, wir kommen«, sagte Goldberg.

»Wunderbar. Großartig.«

»Allerdings könnte es mehr Aufsehen geben, als Sie erwarten.«

Arno hob die Augenbrauen. »Im Showgeschäft kann es nie genug Aufsehen geben.« Er lachte.

»Mona und Didi, würden Sie uns bitte für einen Moment entschuldigen?«, fragte Goldberg.

»Klar«, erwiderte der Bühnenmeister und zog seine Kollegin zurück auf die Bühne.

Arno und Gregor folgten den Beamten ein paar Schritte zur Seite.

»Was ist denn los?«, fragte der Regisseur.

Goldberg hatte beschlossen, Arno und Gregor über den Fund der Frauenleiche zu informieren. Da die Presse Bescheid wusste, würden sie sich mit Sicherheit nach der Frau in dem Löschfahrzeug erkundigen.

»Wir haben eine Frauenleiche gefunden. Jemand hat der Presse einen anonymen Hinweis gegeben. Das bedeutet, man wird Ihnen heute Abend garantiert einige Fragen dazu stellen. Und ich möchte Sie bitten, nicht darauf zu antworten.«

»Eine Leiche?«, fragte Arno erstaunt.

»Ich darf Ihnen keine näheren Informationen geben. Nur so viel, es ist ein sehr außergewöhnlicher Fund. Falls die Presse versucht, einen Zusammenhang herzustellen, bitte ich Sie, sie an uns zu verweisen.«

Arno und Gregor wechselten einen Blick. Sie nickten.

»O.k., so machen wir das. Hat diese Leiche denn etwas mit uns zu tun?«, fragte der Regisseur.

»Wir ermitteln in alle Richtungen.«

»Na, dann ermitteln Sie mal. Ich muss wieder an die Arbeit.« Er klopfte dem Kommissar freundschaftlich auf die Schulter. »Kommst du gleich nach?«

Gregor nickte. Sie warteten, bis Arno wieder zurück auf die Bühne gestiegen war, bevor Goldberg das Gespräch eröffnete.

»Herr Martens, schnitzen Sie?«

Der Regieassistent schien nicht zu verstehen.

»Holz schnitzen.« Goldberg half ihm auf die Sprünge.

»Ja, früher. Aber heute habe ich keine Zeit mehr dafür.«

»Was haben Sie denn so geschnitzt?«

»Verschiedenes.«

»Puppen?«

»Ja, manchmal auch Puppen.«

Goldberg warf Hauke einen auffordernden Blick zu. Der zückte sein Smartphone und wischte auf dem Display so lange, bis er die entsprechenden Bilder gefunden hatte.

»Haben Sie diese Puppen gemacht?« Hauke hielt ihm das Smartphone unter die Nase.

Gregors Blick erstarrte. »Woher haben Sie die?«

»Also sind diese Marionetten von Ihnen?«, fragte Goldberg.

»Nein.«

»Aber Sie kennen sie?«

Gregor nickte. »Ja, also die Puppen schon, nur die Klamotten nicht. Soll das etwa Arno sein?«

»Von wem stammen die Marionetten?«

Gregor schwieg. Er war sichtlich verwirrt.

»Herr Martens, woher kennen Sie diese Puppen?«

Der Mann zögerte. »Von einem früheren Freund.«

»Name? Adresse?«

»Was soll das? Woher haben Sie die Fotos?«

»Wir haben diese Holzarbeiten gefunden. Hier in Kophusen, gespickt mit Zitaten aus dem Jedermann. Waren Sie das?«

»Was? Nein. Warum sollte ich so etwas tun?«

»Wir haben Ihre Fingerabdrücke an den Marionetten gefunden.«

Gregor starrte ihn an. Es dauerte eine Weile, bis er begriff. »Klar sind da meine Fingerabdrücke drauf. Wir haben sie zusammen geschnitzt.«

»Wer ist wir?«

»Leon und ich.«

»Leon und wie weiter?«

»Kaiser. Ich verstehe gar nichts. Warum sollte jemand unsere Marionetten hier nach Kophusen bringen?«

Die Augen des Assistenten wanderten von den Polizisten zur Bühne und wieder zurück. Gregor verheimlichte ihnen etwas, so viel stand fest. Die Art, wie er zu seinen Kollegen gesehen hatte, ließ auf einen Zusammenhang zu Arno oder dem Stück schließen. Goldberg warf Hauke einen irritierten Blick zu, der dabei war, die Nagelfeile seiner Großmutter aus dem Etui zu ziehen. Seit er mit Sophie zugange war, hatte sich diese Marotte verstärkt. Die Eitelkeit des Kollegen war kaum zu überbieten. Seine Kleidung war weniger leger geworden, und die kurzen Haare trug er seit Neuestem geföhnt und mit Gel fixiert. Es sah gut aus, ohne Zweifel eine deutliche Verbesserung, aber eben nicht der Hauke, den Goldberg kannte. Schon seltsam, wie sehr er sich an den mürrischen Kerl gewöhnt hatte.

»Wer war im Besitz dieser Marionetten?«, nahm er den Gesprächsfaden wieder auf.

»Leon hat sie behalten. Er hat ja auch am meisten daran gearbeitet.« Gregors Stimme war eine Oktave höher gesprungen. Mit beiden Händen strich er sich durch die Haare. Nach einem tiefen Seufzen hob er den Kopf.

Goldberg betrachtete ihn. »Wer ist dieser Leon Kaiser?«

»Ein alter Schulfreund.« Er machte eine Pause. »Hören Sie, das muss unter uns bleiben.«

»Wir behandeln die Sache vertraulich«, bestätigte Goldberg ihm und wartete auf eine zustimmende Bemerkung seines Kollegen. Hauke war immerhin so taktvoll und kam näher an sie beide heran. Von der Feile ließ er jedoch nicht ab.

Gregor räusperte sich und drehte den Kopf zur Bühne, wie um sicherzugehen, dass man sie dort nicht hören konnte. »Leon und ich ...«, begann er zögernd und holte tief Luft. »Wir hatten auf der Schule eine besondere Freundschaft, wenn Sie verstehen. Wir haben uns ausprobiert.«

»Inwiefern?«, fragte Goldberg.

»Mein Gott, wir waren siebzehn, aber ich hab dann Schluss gemacht. Ist nichts für mich auf Dauer.« Gregors Nervosität nahm zu. Er hob beschwichtigend die Hände. Es war, als würde er sich rechtfertigen. Gregor schämte sich offenbar und wollte vermeiden, dass ihr früheres Verhältnis ans Licht kam. »Hören Sie, meine Freundin weiß nichts davon, und bei diesem ganzen Medienrummel will ich nicht, dass die Presse davon

Wind bekommt. Solche Geschichten sind sehr beliebt bei manchen Blättern.«

»Das verstehe ich«, erwiderte Goldberg sanft. »Machen Sie sich keine Sorgen, meine Kollegen und ich werden das unter Verschluss halten, soweit es die Ermittlungen zulassen. Aber was hat das Ganze mit den Marionetten zu tun?«

Gregor verzog den Mund. »Leon und ich wollten Puppenspieler werden.« Über sein Gesicht legte sich ein Ausdruck von Nostalgie. »Er war echt gut. Hat tolle Puppen geschnitzt. Ich hatte nicht halb so viel Talent. Wir hatten große Pläne.«

»Was wurde daraus?«

»Was aus allem wird, wenn man die jugendlichen Träumereien hinter sich gelassen hat. Man begräbt solche Pläne. Ach, es war eine Phase. Ich schrieb kleine Stücke und Leon schnitzte die meisten Puppen dafür.«

»Was ist aus Leon und Ihnen geworden?«

»Nach dem Abitur blieb ich in Berlin und studierte Regie. Leon ging nach Leipzig und wollte das Ding durchziehen. Hat ein paar Workshops mitgemacht, aber wir haben uns dann aus den Augen verloren.«

»Weiß Leon, wo Sie sich zurzeit aufhalten?«

Gregor nickte. »Dank Arno steht es in sämtlichen Zeitungen.«

»Stalkt er Sie?«

»Nein. Vor einer Weile hat er versucht, mit mir Kontakt aufzunehmen, hat mir ein paar E-Mails geschrieben. Das ist alles. Ein Trip durch die alten Zeiten, wenn man so will.«

»Wann war das?«

»Vor einem Monat. Kurz bevor wir mit den Planungen für den Jedermann begonnen haben.«

»Wann haben Sie ihn das letzte Mal gesehen?« Hauke hatte die Maniküre beendet.

»Das ist ewig her. Fünf, sechs Jahre vielleicht. Wir sind uns in Berlin über den Weg gelaufen.«

»Wir würden gerne die E-Mails lesen, wenn Sie so gut wären, sie an diese Adresse zu schicken.« Goldberg reichte ihm seine Visitenkarte.

»Die habe ich nicht mehr. Sind alle gelöscht«, sagte Gregor und nahm die Karte an sich.

»Hey, wie lange dauert das noch mit euch da drüben? Was gibt es denn so Wichtiges zu besprechen?«, rief Arno.

»Entschuldigen Sie, aber ich muss ...«

»Einen Moment noch«, ging Hauke dazwischen. »Haben Sie eine Adresse oder Telefonnummer von ihm?«

»Nein. Seine Nummer hat er mir gemailt, aber wie gesagt, alles gelöscht.«

»Danke, Herr Martens, wenn er sich bei Ihnen melden sollte, geben Sie uns umgehend Bescheid.«

Gregor eilte zurück auf die Bühne.

»Und jetzt?«, fragte Hauke.

»Peter soll versuchen, diesen Leon Kaiser ausfindig zu machen. Sonst probieren wir es über den Server von Gregors E-Mail-Dienst.«

»Das dauert ewig, bis wir dafür eine Genehmigung kriegen. Wenn überhaupt.«

»Ich weiß.«

Während Hauke eine SMS mit Namen und mutmaßlichen Wohnorten Kaisers verfasste, gingen sie langsam Richtung Ausgang.

Kam ein verschmähter Liebhaber den weiten Weg nach Kophusen, um seinen einstigen Jugendfreund in die Bredouille zu bringen? Noch dazu mit ein paar handgeschnitzten Marionetten? Wenn das stimmte, musste er sich irgendwo eingemietet haben.

»Hauke, sag Peter, er soll auch die Hotels in der Nähe checken, ob ein Mann, der vom Alter her passen könnte, hier untergekommen ist. Wenn er der Täter ist, wird er wohl kaum unter seinem Namen abgestiegen sein.«

»Mache ich.«

Der Kommissar blieb stehen und wartete, bis sein Kollege fertig war. Die tote Frau war ein anderes Kaliber als die Marionetten. Wenn Leon tatsächlich dahintersteckte - klaute der Mann eine Leiche? Goldberg hoffte, dass Bruno schnell herausfand, mit wem sie es zu tun hatten und woher die ominöse Tote kam.

»Können wir kurz zu Rosi?« Hauke war ernsthaft besorgt.

Goldberg nickte.

»Kannst du mit ihr reden? Mir glaubt sie ja doch nicht.«

»Was erwartest du, dass sie ihren Laden schließt, jetzt wo das Geschäft ihres Lebens wartet?«

Hauke verzog das Gesicht.

»Sie ist ebenso dickköpfig wie du.«

»Ja, aber was ist, wenn das alles erst der Anfang ist?«

Goldberg sah an seinem Kollegen vorbei auf die leeren Spielgeräte des Schulhofs. Hauke hatte mit der Bemerkung ins Schwarze getroffen. Dieses Stück hatte gerade erst begonnen.

7

Hilde saß an der Tür und verfolgte aufmerksam das bunte Treiben auf der Terrasse. Obwohl es schon nach zwei war, herrschte Bei Rosi großer Andrang. Ungefähr ein Dutzend Leute saßen auf den Stühlen bei Kaffee und Kuchen oder einem späten Mittagessen. Dabei war es erst April, die Saison hatte noch nicht einmal begonnen. Normalerweise schloss Rosi ihre Wirtschaft gegen fünfzehn Uhr und machte erst um achtzehn Uhr wieder auf. Aber seit dem Rummel um Arno Menzinger und seinen Jedermann öffnete Rosi um zehn Uhr morgens und schloss erst, wenn der letzte Gast gegangen war. Die Partnerschaft mit ihrer Mutter schien bestens zu funktionieren. Bärbel blühte förmlich auf.

Goldbergs Blick blieb an Hildes rundlichem Katzenkörper hängen. Mit der Zeit hatte sie ordentlich zugelegt. Das raue Leben auf der Straße war eindeutig vorbei und sie genoss es. Nach anfänglichen Schwierigkeiten hatte sie sich eingelebt und gehörte mittlerweile zur Familie, ebenso wie ihre drei Kinder. Sehr zur Freude der

Gäste. White Sock war der dicke Pascha, der mit ungeahnten Entertainer-Qualitäten brillierte und sich auf diese Weise einige Extra-Rationen Futter vonseiten der Besucher verdiente. Überregionale Bekanntheit erlangte er durch die waghalsigen Sprünge, die er zwischen dem Tresen und den Tischen im Gastraum vollführte. Zum Glück hatte sich noch niemand beim Gesundheitsamt beschwert. Seine artistische Karriere hätte das sicher abrupt beendet. Flöckchen war zierlich geblieben. Sie war der scheue Star, der sich nur selten dazu herabließ, sich den neugierigen Blicken auszusetzen. Meistens verweilte sie unter der Eckbank im Gastraum und verschlief den Trubel. Murle, ihre Schwester, war die Neugier in Person. Ganz der Peter, kommentierte Hauke jedes Mal, sobald sich das pechschwarze Tier zwischen sie setzte. Mit ihren grünen Augen verfolgte sie das Gespräch, als wolle sie sich die Geschichte in allen Einzelheiten einprägen, um sie später brühwarm an ihre Artgenossen weiterzugeben. Außer Hilde war heute keiner der drei zu sehen. Ihrem geheimnisvoll leuchtenden Blick entging nichts, auch Haukes Ungeduld nicht.

»Bei dem Trubel kann jeder hereinspazieren, ohne dass es auffällt«, sagte er.

Goldberg hätte die Katzen gerne als verdeckte Ermittler rekrutiert. Schade nur, dass es unmöglich war, ihnen brauchbare Informationen zu entlocken. »Vielleicht ist das alles nur ein schlechter Scherz.«

»Das glaubst du doch selber nicht.«

Da hatte er recht, aber Goldberg vermied es, zusätzlich Öl ins Feuer zu gießen.

»Hey, wollt ihr etwas essen?«, fragte Rosi im Vorbeigehen, drei Teller mit Kutterscholle balancierend.

Goldberg hatte sich angewöhnt, seine Magenprobleme nicht länger zu thematisieren und den Anschein zu wahren, es sei alles in bester Ordnung. Deshalb bestellte er das Tagesgericht und einen doppelten Espresso. Hauke nahm den üblichen halben Hahn mit Rosis hausgemachtem Kartoffelsalat. Seine Verliebtheit tat seinem Appetit keinen Abbruch.

»Das scheint sie alles überhaupt nicht zu stören.«

»Sei froh, dass die beiden sich nicht einschüchtern lassen. Außerdem, wer sollte ihnen etwas antun wollen?«

Hilde strich um seine Beine und ließ sich laut schnurrend von Goldberg streicheln.

»Du hast diesmal gut reden. Warte ab, bis man in Magdas Buchhandlung eine Puppe findet.«

Goldberg spürte den Stich. Vergangene Nacht war er wieder schweißgebadet aufgewacht. In seinem Traum hatte Judith es nicht nur aus der Klinik geschafft, dieses Mal hatte sie ihn zusammen mit Magda in deren Haus überrascht. Zum Glück hatte er die Nacht allein verbracht. Seine Panik hätte er nicht vor Magda verbergen können. Er wollte nicht, dass sie ihn so sah. So schwach und verwundbar. Den Geistern entkam er nicht, selbst wenn die Träume irgendwann verebbten. Sie waren in ihm und kamen und gingen wie die Flut. Er musste sich um den Brief kümmern.

»Hörst du mir überhaupt zu?« Hauke stieß ihn an. »Rede endlich mit ihr.«

Goldberg schreckte auf. Er verjagte die bedrohlichen Gedanken und beugte sich geistesgegenwärtig zu sei nem Kollegen über den Tisch. »Das tue ich, versprochen, aber sicher nicht jetzt.«

Haukes Stirn legte sich in Falten. Er stöhnte. »Sophie meldet sich auch nicht.«

»Meinst du nicht, du bist in dieser Angelegenheit ein wenig übereifrig?«

Kurz blitzte der altbekannte Hauke auf. Sein gewohnt düsterer Blick durchbohrte Goldberg und entlockte ihm ein Schmunzeln. Es war, als träfe er einen alten Freund.

»Sehr witzig.«

»Ich will dir nicht zu nahe treten …«

»Dann lass es.«

»Entschuldigung. Es geht mich nichts an.«

Hauke nickte und Bärbel brachte ihnen ihre Getränke. »Mama, ich muss mit dir reden«, sagte er und fasste nach ihrer Hand.

»Nicht jetzt, Hauke-Maus. Später«, entgegnete sie hastig und eilte davon.

»Na, toll.«

»Ich schlage vor, wir essen jetzt und fahren danach zurück zum Revier.«

Hauke nahm einen großen Schluck von der Schorle, als sein Handy brummte. Es lag auf dem Tisch. Goldberg sah das breite Grinsen in seinem Gesicht. Es konnte sich nur um eine Nachricht von Sophie handeln.

Auf der Wache war es still. Peter saß konzentriert an seinem Rechner und durchforstete sämtliche Datenbanken nach Leon Kaiser. Doch es gab zu viele mit diesem Namen. Ohne Meldeadresse kam er nicht weiter. Auch im Netz war es aussichtslos.

Die Informationen über Gregor Martens waren ebenso dürftig. Mit fünfzehn hatte er einen Kiosk in Berlin überfallen. Er wurde zu einigen Monaten Haft verurteilt. Nach dieser Sache war er nie wieder straffällig geworden. Peter hatte sich auf die Suche im Netz verlagert. Trotz Gregors künstlerischem Beruf hatte er weder eine eigene Internetseite noch einen Facebook-Account. Er fand unzählige Bilder, aber nichts, das sich lohnte, in die Akte aufgenommen zu werden. Im Gegensatz zu Arno Menzinger. Der Mann hatte zusätzlich zu der Agentur, die ihn vertrat, eine eigene Website. Peter hatte sich gewundert, dass der Regisseur einen Agenten hatte, er hatte gedacht, dies gelte ausschließlich für Schauspieler und Schriftsteller. Aber offenbar irrte er sich da. Die Vita von Arno Menzinger las sich wie das Who is Who der deutschen Prominenz. Als Schauspieler war er im Fernsehen genauso erfolgreich wie im Theater gewesen. Seine Stationen beinhalteten alle renommierten Häuser, auch das Wiener Burgtheater. Einer der zahlreichen Höhepunkte war die Rolle des Jedermanns in Salzburg gewesen. Peter verkniff es sich, die verlinkten Kritiken anzuklicken. Stattdessen zwang er seine Aufmerksamkeit auf die Stückauswahl. Am Wiener Burgtheater tauchte Gregor Martens auf. Es folgte eine lange Liste von Stücken, in denen sein jetziger Assistent als Regisseur fungierte. Peter gab einige Begriffe in die Suchmaschine ein und wurde zu einer Theaterkritik geleitet. Aufmerksam las er die Zeilen und machte sich Notizen dazu. Anschließend stieß er auf weitere Berichte, Zeugnisse von Arno Menzingers Karriere als Schauspieler. Er druckte alles aus und heftete es sorgfältig in das Dossier ab.

Langsam fügten sich die Puzzleteile zu einem Bild. Ihre gemeinsame Zeit begann ca. 2005 am Burgtheater und war recht ereignisreich, fand Peter. Obwohl er sich nicht mit den Gepflogenheiten des Theaters auskannte, konnte er sich durchaus vorstellen, dass die Beziehung der beiden nicht konfliktfrei war. Während Arno ein berühmter Schauspieler war, blieb Gregor zwar ein talentierter und viel gelobter Regisseur, jedoch weitestgehend unbekannt. Zum richtigen Durchbruch hatte er es nie gebracht. Und jetzt, wo Arno versuchte, an seine frühere Berühmtheit anzuknüpfen, probierte der einstige Promi sich ausgerechnet als Regisseur. Arnos Erfolge blieben laut den Kritiken mittelmäßig. Gregor war eindeutig der Talentiertere von ihnen, aber bis auf ein paar kleinere Theater wollte ihn offenbar niemand haben.

Peter stellte sich Arno in der Figur des Jedermanns vor. Ohne Frage würde er dem großartigen Schauspieler niemals das Wasser reichen können. Und doch würde er alles dafür geben, diese Rolle spielen zu dürfen. Es war lange her, dass er solch ein sehnsüchtiges Verlangen gespürt hatte. Warum gerade diese Rolle ihn so magisch anzog, war ihm selbst nicht klar. Einerseits verspürte er eine unbändige Lust, Theater zu spielen, so richtig mit großer Bühne und tollen Kostümen. Andererseits lenkte ihn das Spektakel von seiner langsam aufkommenden Einsamkeit ab. Das ständige Alleinsein tat ihm auf Dauer nicht gut. Er brauchte Abwechslung, ein Abenteuer. Schließlich war er mit knapp sechzig noch fit und lebendig. Doch diese Lebendigkeit ging ihm allmählich abhanden. Er brauchte das Gefühl, am Leben zu sein.

Etwas Neues zu wagen. Außerdem wollte er an diesem historischen Ereignis teilhaben. Kophusen, sein Heimatort, in den überregionalen Nachrichten war schon eine gigantische Sache.

»Kophusen goes Broadway«, flüsterte er und biss von einem Haferkeks ab.

Es wurde Zeit, dass seine Kollegen endlich mit dem Reisgericht kamen. Da er das Mittagessen hatte ausfallen lassen, knurrte sein Magen.

Das Telefon klingelte.

»Ich bin es, Bruno, nur auf die Schnelle, ich habe Neuigkeiten für euch.«

Peter straffte sich. »Und?«

»Eure Nofretete heißt Carmen Kurz.«

»Wie hast du das so schnell rausfinden können?«

»Ist zwar euer Job, aber die Mumie hat mich neugierig gemacht. Eure Nofretete hat saubere Fingerabdrücke geliefert. Ich konnte es nicht lassen nachzuschauen. Und was soll ich sagen, sie ist tatsächlich registriert.«

»Und weshalb?«

»Gegen Carmen Kurz lag eine Anzeige vor, doch mir fehlt leider die Zeit, das weiterzuverfolgen. Das gebe ich dir in deine kompetenten Hände.«

»Und du bist absolut sicher?«

»Hundertprozentig.«

»Kannst du mir noch mehr sagen?«

»Warum glaubt immer alle Welt, ich sei ein Hexer? Das dauert, mein lieber Peter. Bis jetzt steht fest, dass Nofretete fachmännisch konserviert wurde. Das macht die Bestimmung des Todeszeitpunkts schwierig, aber ich kümmere mich drum. Bis bald.«

»Ja, bis bald.« Peter blieb einen Augenblick lang sitzen. Das Bild der toten Frau am Steuer des Löschfahrzeugs tauchte vor seinem geistigen Auge auf. Es war kein Ekel, den er empfand, eher Mitleid. Sie hatte dagesessen, instrumentalisiert für die Zwecke eines anderen. Nur was war der Sinn?

Wieder klingelte das Telefon. »Revier Kophusen, Polizeiobermeister Peter Brandt.«

»Moin, Onkelchen, ist ja schwer was los bei euch.«

»Hallo, Max.« Peter erkannte die Stimme seines Neffen sofort. Der einschmeichelnde Ton drang durch den Hörer in das Ohr des Polizisten und hinterließ eine dicke Schleimspur.

»Was kannst du mir denn über die Leiche erzählen?«

»Das sind laufende Ermittlungen, Max, tut mir leid.«

»Onkel Peter, komm schon, du willst deinem eigen Fleisch und Blut doch nicht in den Rücken fallen.«

»Du weißt genau, dass ich das nicht darf. Und selbst wenn ich es dürfte, würde ich es nicht tun. Deine sogenannte Zeitung ist eine Zumutung, und ich will nichts darüber in diesem Schundblatt lesen.«

»Du gibst also zu, dass du sie liest?«

Max war genau die Sorte von Reporter, die er so hasste. Da half es nichts, dass Max und er sich einmal sehr nahegestanden hatten. Aber seit er für dieses grässliche Blatt schrieb, hatte er sich zu seinem Nachteil verändert. Seine journalistischen Ambitionen hatte Max an den Meistbietenden verkauft. Der Teufel hat immer das beste Angebot, dachte Peter.

»Hör auf, mir das Wort im Mund umzudrehen.«

»Ist es wahr, dass ihr eine konservierte Frauenleiche gefunden habt? Weiß man schon, wer sie ist?«

Woher Max diese Information hatte, lag auf der Hand. Er war mit Torben Behn vom Kophusener Boten befreundet, und der engagierte sich ehrenamtlich in der Freiwilligen Feuerwehr.

»Du schreibst doch sowieso, was du willst.«

»Ich gebe dir die Chance, es exklusiv zu machen: ›Polizeiobermeister findet spektakuläre Leiche‹. Na, wie klingt das?«

»Ich beende jetzt das Gespräch.« Peter knallte den Hörer auf. Wütend blickte er auf das Telefon. Atmen, tief durchatmen, dachte er. Er schloss die Augen und konzentrierte sich auf den Luftstrom, der ihn durchdrang. Es wirkte. Nach wenigen Minuten hatte er sich beruhigt.

Als er die Augen wieder öffnete, hatte er plötzlich eine Idee. Warum war er nicht gleich darauf gekommen? Unter der Nummer in seinem Mobiltelefon lächelte ihm sein Schwager Uwe Gehr entgegen. Wenn der Leiter eines Bestattungsunternehmens nicht wusste, wie man eine Leiche konservierte, wer dann?

»Na, Peter, kann mir denken, weshalb du anrufst.«

»Ja. Euer Sohn hat sich gerade bei mir gemeldet.«

Uwe brummte. Elke, Peters Schwester, hatte ihm schon oft ihr Leid über den missratenen Sohn geklagt. Uwe empfand Max' Berufswahl als persönliche Niederlage, aber er vermied es tunlichst, darüber zu sprechen.

»Es ist also wahr?«, fragte er stattdessen.

»Kann ich dir nicht sagen.«

»Dein Anruf ist Antwort genug. Du willst sicher wissen, ob mir ein Leichnam abhandengekommen ist. Da muss ich dich leider enttäuschen. Alle noch da.«

»Schön. Ich wollte aber noch etwas anderes in Erfahrung bringen. Bietet ihr die Konservierung von Leichen an?«

»Indirekt ja. Kommt nicht so oft vor, meistens bei jungen Menschen, die unerwartet aus dem Leben geschieden sind. Die Eltern möchten sich gebührend am offenen Sarg verabschieden, um den Tod besser zu verkraften.«

»Was heißt indirekt?«

»Wir haben jemanden im Kreis Pinneberg, der sich damit auskennt. Dafür brauchst du eine Spezialausbildung zum Thanatopraktiker.«

»Kommt der zu euch ins Haus?«

»Nein, das macht der bei sich vor Ort.«

»Wie funktioniert das genau?«

»Es ist ein ähnliches Verfahren wie bei der Dialyse. Das Blut des Verstorbenen wird durch konservierende Mittel ersetzt. Die dehydrierte Haut bekommt so ihre Feuchtigkeit und ihren ursprünglichen Farbton zurück. Verfärbungen können für ein bis zwei Wochen hinausgezögert werden, zum Beispiel Totenflecken, Blauverfärbung der Ohren, Finger et cetera.«

»Wie oft wird das gewünscht?«

»Na ja, alle zwei bis drei Monate vielleicht.«

»Kann man so etwas auch selber machen?«

»Nur wenn du dich gut auskennst. Man injiziert das Formaldehyd durch die Halsschlagader, und das Blut lässt man über die Drosselvene ab. Dazu braucht man nicht nur medizinisches Wissen, sondern auch spezielle Gerätschaften. Das Ganze unterliegt strengen Gesetzen.

Man benötigt eine ärztliche Bestätigung, das Okay der Angehörigen, die Autorisierung der Gemeinde und einer von euch muss dabei sein.«

»Verstehe. Aber heimlich wäre es bei den nötigen Vorkehrungen schon möglich?«

»Theoretisch ja, doch praktisch sehr unwahrscheinlich.«

»Und wie lange kann man die Leiche auf diese Weise konservieren?«

»Na ja, meines Wissens ein bis zwei Wochen. Da solltest du dich aber besser mit unserem Mann in Rellingen unterhalten.«

»Danke, nicht nötig. Du hast mir schon geholfen.«

»Keine Ursache.«

»Grüß Elke von mir.«

»Du warst schon lange nicht mehr bei uns.«

»Ich melde mich, wenn es hier wieder ruhiger ist.«

Uwe hatte ihnen schon des Öfteren mit Informationen ausgeholfen. Einen Bestatter in der Familie zu haben war nützlich. Schon angesichts des eigenen Todes, der einen ja jederzeit ereilen konnte. Max fiel Peter wieder ein. Guter Junge, aber leider zu ehrgeizig. Dabei war er früher so ein besonnenes Kind mit ausgeprägtem Gerechtigkeitssinn gewesen. Peter ahnte, dass er sich auf den Weg nach Kophusen machen würde. Dieses unsägliche Blatt, für das er arbeitete, hatte seinen Stammsitz in Hamburg, das war nicht weit weg. Einen Moment lang ließ er sich von alten Erinnerungen einholen. Marion und Max hatten sich sehr gemocht. Der Junge war oft bei ihnen zu Besuch. Mitunter schien es, als wäre Max ihr eigenes Kind. Peter schüttelte die verklärten

Bilder ab und konzentrierte sich wieder auf den Fall. Je eher sie das Rätsel lösten, desto besser.

Der Name Carmen Kurz brachte kaum neue Erkenntnisse. Die Anzeige wegen leichter Körperverletzung stammte aus dem Jahr 1998. Sie war auf einen neunzehnjährigen Jungen losgegangen und hatte ihm eine Ohrfeige verpasst. Daraufhin wurde sie von der Mutter des Geohrfeigten angezeigt. Um an die Namen der anderen Beteiligten zu kommen, würde er die Akte aus Berlin anfordern müssen. Das dauerte erfahrungsgemäß. Carmen Kurz war zu einem Bußgeld verdonnert worden, und damit war die Sache erledigt gewesen.

Es kostete ihn eine knappe Stunde Recherche und zwei mühsame Anrufe bei den entsprechenden Ämtern, bevor er die Adresse des Bestatters herausgefunden hatte. Das Telefonat dauerte exakt eine Minute und vierundzwanzig Sekunden. Danach setzte er ein amtliches Fax mit der Bitte um weitere Informationen auf und ließ es durch das eingestaubte Gerät laufen. Es war schon eine Weile her, dass sie es benutzt hatten. Nach wenigen Minuten kündigte der altmodische Piepton die Antwort an. Gerade als er das Blatt Papier herausnehmen wollte, kam Haukes grüner Jetta mit besorgniserregender Geschwindigkeit und quietschenden Reifen vor der Wache zum Stehen. Kurz darauf traten Hauke und ein bleicher Philip zur Tür herein.

»Hier, dein Essen. Hab mich extra beeilt«, sagte Hauke und stellte die metallene Essensbox vor ihm ab.

»Als ob du deshalb so schnell gefahren wärst«, kommentierte Philip.

»Ja, ich bin eben um das Wohl meiner Mitmenschen besorgt.« Hauke lachte.

»Danke.«

Hauke ging in die kleine Pantryküche und brachte seinem Kollegen Messer und Gabel. Erstaunt nahm Peter das Besteck entgegen und bedankte sich erneut.

»Lass dich nicht täuschen, das hat nichts mit dir zu tun. Sophie hat ihn angerufen«, erklärte Philip und ließ sich auf seinem Stammplatz auf dem Tresen nieder.

»Ja, die schöne Sophie will mich heute Abend nach der Verkündung ausführen.«

Peter warf Philip einen fragenden Blick zu. Der hob die Augenbraue und ließ schulterzuckend die Beine baumeln.

»Was hast du für uns herausgefunden?«, fragte er.

»Die Identität unserer Mumie. Das ist ein Fax von der Bestatterin aus Berlin«, erklärte Peter und fischte das Papier aus dem Gerät. Er überflog die Zeilen, während er sich an den Schreibtisch setzte. Dann sah er auf. »Unsere konservierte Leiche heißt Carmen Kurz.« In wenigen Sätzen referierte er, was er und Bruno bisher in Erfahrung gebracht hatten. »Carmen Kurz ist am Donnerstag verstorben. Sie wurde hygienisch versorgt, weil sie am Sonntag im Bestattungsinstitut aufgebahrt werden sollte. Auf Wunsch der Tochter. In der Früh ist der Diebstahl gemeldet worden.«

»Was?«, rief Hauke von der Küchentür.

»Ja, die Berliner Kollegen ermitteln.«

»Welche Direktion?«, fragte Goldberg.

»Hier steht nur eine Adresse: Kruppstraße.«

»Das ist Zwei, wenn ich mich nicht irre.«

»Ist das deine alte Wirkungsstätte?«, fragte Peter.

»Nein, aber es gibt da jemanden, der uns sicher weiterhelfen wird.«

»Ich fasse das nicht, wer klaut denn eine Leiche? Gibt es überhaupt keinen Anstand mehr?«

»Wenn es den geben würde, wären wir alle arbeitslos, Hauke. Ich gehe mal telefonieren.« Philip zog sich in sein Büro zurück.

Peter öffnete den Verschluss der Tiffin-Lunchbox und ordnete die aufeinandergestapelten Schalen vor sich auf dem Schreibtisch an. Schweigend begann er zu essen, wie Sohanraj, sein Yoga-Lehrer, es ihm empfohlen hatte.

8

Goldberg konnte es kaum fassen. Die Kirche war gerammelt voll. Er kam aus dem Händeschütteln nicht heraus. Ein begrüßendes Nicken hier, ein freundliches Wort dort. Nahezu die gesamte Umgebung hatte sich eingefunden, um live bei diesem Ereignis dabei zu sein. Vor dem Altar war eine lange Tafel aufgebaut. Dort würden die Mitglieder der künstlerischen Leitung, die Bürgermeisterin und natürlich der Hauptsponsor Tim Bode sitzen und einhellig in die beachtliche Anzahl an Kameras lächeln. Die offizielle Verkündung des Ensembles des ersten Kophusener Jedermanns begann in einigen Minuten. Die Pressekonferenz sollte eine geschlagene Stunde dauern. Diejenigen, die sich um eine Rolle beworben hatten, saßen dicht gedrängt in den ersten sechs Kirchenbänken. Man hatte ihnen Plätze reserviert, um sie nah am Geschehen zu haben – und an der Presse. Offenbar hofften Arno und Co. auf eindrucksvolle und vor allem emotionale Bilder.

Goldberg verzog sich zusammen mit Magda und Hauke nach oben auf die Orgelempore. Milan, der Pastor, hatte nichts dagegen gehabt, dass sie sich dort postierten. Im Gegenteil. Es verleihe ihm ein Gefühl der Sicherheit, wenn die Polizei ein wachsames Auge auf das Geschehen habe, hatte er behauptet. Der Fund der Leiche hatte sich wie ein Lauffeuer verbreitet. Der Kophusener Bote alias Torben Behn hatte die Meldung bereits im Internet veröffentlicht. Sie ging gerade viral. Hieß das nicht so?

Hauke gab sich große Mühe, den seriösen Polizisten zu mimen. Sein strenger Blick glitt über das Publikum, blieb aber alle fünf Sekunden an Sophie hängen, die in der ersten Reihe saß. Goldberg musste zugeben, dass sie toll aussah. Ihr smaragdgrünes Kleid stach aus der Masse heraus. Die langen roten Haare trug sie offen – ein auffälliger Kontrast zu den dunkel geschminkten Augen. Allerdings wirkte ihr Lächeln bemüht, und die Wahl ihres Kleides war mehr als berechnend. Haukes Bewunderung tat das jedoch keinen Abbruch. Jedes Mal wenn sein Blick sie streifte, grinste er selig, bis er sich wieder an seine Aufgabe erinnerte und die Gesichtszüge straffte. Der hastige Seitenblick in seine Richtung entging Goldberg nicht, doch der übersah es geflissentlich. Magdas elektrisierende Hand auf seinem Knie führte dazu, dass er sich ebenfalls zusammenreißen musste, um sich nicht ablenken zu lassen. Immerhin grinste er nicht unentwegt wie Hauke.

»Es geht los!«, flüsterte Magda und klatschte begeistert in die Hände.

Ohne ihren ironischen Gesichtsausdruck hätte man meinen können, ihr würde das ganze Spektakel gefallen.

Goldberg wandte sich den Akteuren zu, die unter tosendem Applaus im Altarraum erschienen und auf ihre Plätze zusteuerten. Solche Beifallsbekundungen hatten diese alten Mauern sicher noch nie vernommen. Arno verbeugte sich tief vor seinem Publikum. Als er sich wieder aufrichtete, hob er beschwichtigend die Hände. Dann setzte er zu einer euphorischen Begrüßung an. Er trug denselben blauen Anzug wie vor einigen Tagen. Goldberg überlegte, ob er ihn als sein Markenzeichen etablieren wollte. Ausführlich stellte er die Mitglieder der Jury vor. Bei der Erwähnung von Didi und Mona sah Goldberg zu dem Ehepaar Fischer, das in einer der hinteren Bänke Platz gefunden hatte. Ihre Gesichter wirkten wie versteinert. Das war ein Schlag in das Herz der Kophusener Theaterszene!

Arno bemerkte natürlich nichts davon, es interessierte ihn höchstwahrscheinlich gar nicht. Er betonte, wie schwer ihnen die Entscheidung gemacht worden war angesichts all der großartigen Talente hier auf dem Land. Dabei deutete er auf die Teilnehmer des Castings und bat sie alle aufzustehen. Applaus brandete auf. Peter stand mittig und lächelte verlegen. Kurz sah er zu ihnen hinauf und Magda winkte ihm zu. Der Beifall ebbte ab, die Teilnehmer durften sich wieder setzen. Arno betonte erneut das großartige Potenzial und strahlte dabei in die Kameras der Presseleute. Unter ihnen Max Gehr. Peter hatte sie vorgewarnt. Er würde sicher unangenehme Fragen stellen.

Arno nahm in der Mitte der Jury Platz. Er setzte eine Lesebrille auf, die die Hälfte seines Gesichts einnahm. Anscheinend besaß er mehrere. Mit der so charmanten wie selbstironischen Bemerkung über sein zunehmendes Alter erntete er Gelächter. Die Stimmung war gut. Man konnte die Spannung spüren, die Arno gekonnt in die Höhe trieb. Bevor er mit der Verkündung der Nebenrollen begann, erklärte er, dass in einem Stück jede Figur wichtig sei, egal wie groß oder wie klein der Auftritt sein mochte. Es läge an jedem Schauspieler selbst, seinen Charakter unsterblich zu machen. Die Verlesung der ersten Namen löste erneuten Beifall aus. Die Journalisten fotografierten die strahlenden Gesichter der Glücklichen, sowie die um Fassung bemühten der Ausgeschiedenen.

Goldberg ließ seinen Blick zu Gregor, Mona und Didi wandern. Peter hatte ihnen einiges über Gregors Beziehung zu Arno erzählt. Falls der Regieassistent einer Art Konkurrenzdenken erlag, dann merkte man ihm das nicht an. Er wirkte entspannt und ebenso freudig erregt. Doch er besaß nicht das nötige Charisma, um so eine Veranstaltung zu moderieren. Das war ihm sicher bewusst. Er war kein Schauspieler wie Arno, der es gewohnt war, öffentlich den Zampano zu spielen. Machte Gregor in Wahrheit die künstlerische Inszenierung und Arno heimste die Lorbeeren dafür ein?

»Meine Damen und Herren, nun kommen wir zu den Rollen, die den Löwenanteil der Inszenierung tragen werden. Zuallererst: die Buhlschaft!«

Hauke zuckte zusammen. Goldberg sah zu ihm hinüber. Seine Daumen wurden vom Rest der Hand malträtiert. Arno schraubte die Spannung künstlich in die Höhe, indem er den drei Kandidatinnen gewinnend zulächelte.

»Würde mich nicht wundern, wenn seine Besetzungscouch einige Flecken davongetragen hat.«

»Psst. Ich will das hören«, zischte Hauke.

Goldberg bedachte Magda mit einem gespielt vorwurfsvollen Lächeln.

»Meine Lieben, ihr habt es uns wirklich am schwersten gemacht. Steht doch mal auf.«

Die drei Frauen erhoben sich. Neben Sophie hatten besagte Natascha aus Elskop und Greta Jansen vorgesprochen.

»Wer ist die ältere Dame?«, fragte Magda in den anhaltenden Beifall hinein.

»Eine Verehrerin von unserem Peter«, flüsterte Goldberg.

»Sie sieht gut aus«, entgegnete Magda anerkennend.

»Für ihr Alter schon. Nackt ist sie wohl auch noch ganz passabel.« Hauke grinste.

»Woher willst du das wissen?« Magda sah ihn fragend an.

»Kriegst du denn nichts mit? Sie hat halb nackt vorgesprochen.« Hauke warf ihr einen verschwörerischen Blick zu. Magdas Augen weiteten sich und ihre Lippen formten ein stimmloses: »Wow!«

Der Applaus ebbte ab und Arno redete weiter. »Meine Lieben, wie ihr seht, sind das drei ganz außergewöhnliche Frauen. Aber nur eine kann die Buhlschaft werden. Die Jury und ich haben lange und intensive Gespräche geführt und uns entschlossen, die Inszenierung in jeder Hinsicht einmalig zu machen.«

»Komm schon, sag es«, murmelte Hauke.

»Die Buhlschaft des Kophusener Jedermanns wird«, er machte eine Pause, in der er tief einatmete, »Greta

Jansen!«

Für den Bruchteil einer Sekunde herrschte Toten-stille. Selbst Goldberg hatte den Atem angehalten. Die Menschen wirkten paralysiert.

»Was?« Hauke durchbrach die Stille so laut, dass einige Zuschauer sich zu ihm umdrehten. »Ich muss zu ihr.« Mit einem Satz sprang er auf und rannte die Treppe hin-unter.

Die Menge erholte sich inzwischen von dem uner-warteten Ergebnis und ein lautes Raunen ging durch die Reihen. Zögernd begannen die Ersten zu applau-dieren.

»Jetzt kann sie einem fast schon wieder leidtun«, sagte Magda.

»Aber auch nur fast.«

Sie schauten hinunter zu den drei Buhlschaften, von denen eine selig lächelnd Arno in die Arme sank, die andere seufzend wieder Platz nahm und die dritte starr nach vorne blickte. Selbst aus dieser Höhe konnte man die Wut in Sophies Gesicht erkennen. Der Applaus schwoll an, bis er sich in ein tosendes Meer aus klat-schenden Händen verwandelte. Mit dieser Wahl hatte Arno einen überraschenden Schachzug getan. Nicht nur ihr fortgeschrittenes Alter, sondern auch die damit verbundene Nacktheit würde einiges Aufsehen erregen.

»Guck ihn dir an«, sagte Magda.

Sie konnten kaum mit ansehen, wie Hauke durch den Mittelgang stapfte, sich den Weg durch die voll be-setzte Reihe bahnte und Sophie an sich drückte. Erst wehrte sie sich nicht, doch dann löste sie sich energisch aus seiner Umarmung. Und dann ging alles ganz schnell.

Sie holte mit der Hand aus und verpasste Hauke eine schallende Ohrfeige. Wutschnaubend quälte sie sich über die Beine in ihrer Reihe und stöckelte durch den Mittelgang davon. Hauke blieb wie angewurzelt stehen und sah ihr nach, seine Hand auf der sicher schmerzenden Wange.

»Autsch«, entfuhr es Magda. »Was kann er dafür?«

»Ich tippe auf Kurzschlusshandlung.«

Goldberg war genauso überrascht wie sie. Mit der Ohrfeige hatte Sophie die Aufmerksamkeit des gesamten Publikums auf sich gezogen.

Ein theaterreifer Abgang, die Erwähnung in der Presse war ihr jedenfalls sicher. Hauke wachte aus seiner Starre auf und rannte hinter ihr her. So viel zum Thema Verantwortungsbewusstsein, dachte Goldberg. Aus dem Konzept gebracht, entschuldigte sich Arno bei Sophie, die davon allerdings schon nichts mehr mitbekam, und bei den restlichen Teilnehmern, die ebenfalls nicht ausgewählt worden waren. Schnell hatte er sich aber wieder gefangen und fuhr mit der Veranstaltung fort, als habe es nicht den geringsten Zwischenfall gegeben.

Wie Goldberg befürchtet hatte, besetzten sie die Rolle des Jedermanns mit Peter Brandt, der völlig aus dem Häuschen geriet. Alles klar. Der Kommissar würde die Ermittlung allein führen müssen, seine beiden Kollegen waren in nächster Zeit anderweitig beschäftigt.

»Ist er nicht süß?«

»Süß? Er ist Polizist. Ich brauche ihn. In der Rechtsmedizin liegt eine einbalsamierte Leiche, und meine Kollegen nehmen sich eine Auszeit.« Sein Blick folgte durch das Kirchenfenster Sophies Beetle. Mit wenigen

Zügen parkte sie aus der Lücke neben dem ampelgrünen Jetta. Hauke riss beherzt die Beifahrertür auf und zwängte sich in das anfahrende Auto. Gemeinsam schossen sie davon.

»Sei nicht so streng.«

»Du hast gut reden«, erwiderte Philip und wandte sich zu ihr. »Du wirst dir auch nicht abwechselnd das Gejammer und die Begeisterung der beiden anhören müssen.«

»Du darfst bei mir jammern.«

Goldberg spürte ihre Hand an seinem Nacken. So etwas hatte er lange nicht mehr gefühlt. Es tat gut. Die Angst, es könnte abrupt enden, verscheuchte er. Arnos Stimme lenkte seine Aufmerksamkeit wieder auf die Pressekonferenz. Der Regisseur bat alle Schauspieler zu ihm nach vorne, um ein Bild für die Presse machen zu können. Greta stand neben Peter. Trotz allen Stolzes stellte Goldberg bei seinem Kollegen einen Anflug von Unsicherheit fest. Die nervösen Blicke zur Seite verrieten ihn. Den verstörenden Abend mit Greta hatte er offenbar noch nicht verdaut. Goldberg hoffte für Peter, dass Arno ihnen eine enthemmte Sexszene ersparte.

Der Regisseur bedankte sich bei allen überschwänglich und beendete den offiziellen Teil. Ein Catering-Team aus Glückstadt hatte inzwischen das Buffet mitsamt Heizpilzen draußen aufgebaut. Die Masse drängte ins Freie, während die Beteiligten sich den Fragen der Journalisten stellten. Max Gehr erwies sich als auffällig zahm. Den Leichenfund erwähnte er mit keinem Wort.

»Ein Sinneswandel mit Rücksicht auf Peter?«, fragte Magda.

»Ich glaube kaum.«

Goldberg und Magda blieben auf der Empore sitzen, bis sich der Rummel aufgelöst hatte.

»Und, Herr Kommissar, irgendwelche bahnbrechenden Beobachtungen?« Magda neckte ihn gern mit seiner polizeilichen Amtsbezeichnung.

Goldberg schüttelte den Kopf.

»Du Armer. Komm, lass uns runtergehen. Die Show ist vorbei.«

Sie erhoben sich. Er tastete nach ihrer Hand. Gemeinsam nahmen sie die knarzenden Holzstufen. Unten angekommen stießen sie auf das Dreier-Grüppchen aus Ellen Stanz, Tim Bode und Torben, dem Redakteur des Kophusener Boten. Ihre Köpfe steckten dicht zusammen. Mit gedämpfter Stimme sprachen sie über etwas, das aus der Ferne nicht zu verstehen war. Goldberg drosselte sein Tempo. Im Vorbeigehen lauschte er und schnappte einen Teil ihres Gesprächs auf.

»Kommst du da ran?«, fragte die Bürgermeisterin.

»Ich habe schon mit ihm gesprochen, er schickt mir nachher eines von seinen«, erwiderte Torben.

»Na wenigstens etwas.«

»Die nächste Ausgabe werde ich komplett auf den Jedermann abstellen. Das wird der Knaller.«

Goldberg hörte Torbens heiseres Lachen. Hand in Hand schlenderten Magda und er an dem Trio vorbei ins Freie. Die drei hatten sie nicht einmal bemerkt.

Draußen ging es weniger gedämpft zu. Vor dem Buffet drängte sich eine lange Schlange. Die Ersten hatten sich mit ihren beladenen Tellern um einige Stehtische versammelt, die mit cremefarbenen Tischtüchern verhüllt waren. Der Champagner perlte in den Gläsern. Arno und Konsorten hatten sich nicht lumpen lassen.

»Da ist Rosi«, sagte Magda. »Ich gehe mal zu ihr.«

Etwas abseits der Menge stand sie zusammen mit Bärbel. Beide Frauen nippten an einem Glas Champagner.

»Ja, ich schaue mich mal ein bisschen um.«

»Bis nachher.« Magda gab ihm einen Kuss und ging davon.

Goldberg zwang sich, ihr nicht nachzusehen. Er war auch so schon abgelenkt genug. Stattdessen spazierte er durch die Menschentrauben. Überall hatte man sich zu kleinen Grüppchen zusammengetan. Am anderen Ende entdeckte er die Marschbretter-Fraktion. Zielstrebig bahnte er sich seinen Weg Richtung Klaus und Edith Fischer.

»Philip. Gibt es schon etwas Neues?« Manfred Klein stellte sich ihm in den Weg. Goldberg hatte ihn nicht kommen sehen. »Von der Leiche meine ich«, fügte er flüsternd hinzu.

»Ja, aber das darf ich dir nicht sagen. Du verstehst das sicher.«

»Ja, klar. Es war nur so schrecklich. Dieser Anblick.«

»Wenn du Hilfe benötigst, kann ich für dich den Kontakt zu unserer Polizeipsychologin herstellen.«

»Eine Psychologin? Nein, ich glaube, das ist nichts für mich.«

»Es schadet nicht.«

»Nein, danke. Damit werde ich schon allein fertig.«

»Hast du mit deinen Kollegen über die Sache gesprochen?«

»Hätte ich das nicht tun dürfen?«

»Es ist zur Presse durchgedrungen. Zum jetzigen Zeitpunkt der Ermittlungen ist das nicht sehr förderlich.«

»Oh, das tut mir leid. Das hatte ich nicht bedacht. Aber ich musste meinen Jungs ja erklären, warum unsere Wehr vorerst geschlossen bleibt und niemand die Halle betreten darf.«

»Schon gut. Ist einem deiner Jungs etwas aufgefallen oder hat er eine abweichende Beobachtung gemacht?«

Manfred zögerte mit seiner Antwort.

»Jedes noch so winzige Detail könnte wichtig sein. Aber das muss ich dir als Feuerwehrmann ja nicht erzählen, oder?«

»Also …«, Manfred sog die Luft ein, »einer von uns hat seinen Schlüssel verloren.«

»Den Schlüssel zur Wehr?«

»Ja. Letzte Woche.«

»Weiß er noch, wo das war?«

»Er hat gesagt, dass er bei Rosi versackt ist, und am nächsten Morgen war der Schlüssel nicht mehr da.«

Das erklärte, warum sie keine Einbruchspuren gefunden hatten.

»Er hatte mir das gar nicht erzählt. Erst jetzt rückte er mit der Sprache raus.«

»Wann genau ist er bei Rosi gewesen?«

»Am Freitag.«

»Ich möchte mit ihm sprechen.«

»Kannst du ihn da nicht raushalten?«

»Einen Schlüssel zu verlieren ist keine Straftat, er muss also keine Angst haben.«

»Ja, verstehe. Ich sag ihm, er soll sich bei euch melden.«

»Danke. Schönen Abend noch.« Goldberg nickte ihm zum Abschied zu. Das Grüppchen der Marschbretter hatte sich inzwischen aufgelöst. Er schlenderte weiter zum Buffet, wo sich die Schlange nicht wesentlich verkürzt hatte. Am Ende entdeckte er Peter. Rasch schloss Goldberg zu ihm auf. »Meinen Glückwunsch.«

Peter drehte sich um. Seine Augen leuchteten. Goldberg musste lachen.

»Du strahlst ja richtig.«

»Ich kann es kaum glauben.«

»Die Bürgermeisterin sagte, du wärst mit Abstand der Beste gewesen.«

Sein Kollege schien um einige Zentimeter zu wachsen. »Ist alles Sohanrajs Verdienst. Er hat mir gezeigt, wie man richtig atmet. Das ist wichtig auf der Bühne. Da brauchst du Power in der Stimme. Obwohl wir ja Headset-Mikrofone kriegen, aber trotzdem.« Er machte eine Pause. »Hast du Hauke gesehen?«

Goldberg hob eine Augenbraue. »Der ist mit Sophie auf und davon.«

»Ich dachte, die Ohrfeige hätte ihn aufgeweckt. Heftig genug war sie ja.«

»Ich fürchte nicht.«

»Liebestoll. Und das alles, weil ich mal wieder nicht stillhalten konnte.«

»Mach dir keine Sorgen. Früher oder später kommt er schon dahinter. Wo ist dein Neffe Max?«

Peter blickte sich um. »Vorhin war er noch da. War wohl doch nicht so eine heiße Story wie erhofft.«

»Genieß deinen Triumph. Wir sehen uns morgen auf der Wache.«

»Das werde ich. Obwohl mir Gretas Besetzung eine ordentliche Angst einjagt. Ausgerechnet.«

»Das schaffst du schon.«

Sie verabschiedeten sich und Goldberg machte sich auf die Suche nach Magda. Der Abend schien ruhig zu verlaufen. Ohne unangenehme Zwischenfälle. Die Ruhe vor dem Sturm?

9

Bruno Leiser hatte eine Nachtschicht eingelegt, um dem Rätsel dieser Mumie auf die Spur zu kommen, mit bahnbrechendem Ergebnis. Seine Stimme klang müde aus dem Lautsprecher des Telefons, was zum großen Teil der unchristlichen Uhrzeit geschuldet war. Peter saß wie gewohnt am Schreibtisch und Goldberg auf dem Tresen. Hauke fehlte. Unentschuldigt.

»Carmen Kurz ist eines natürlichen Todes gestorben«, erklärte Bruno. »Sie hatte Krebs. Endstadium. Die Metastasen haben sich fast im gesamten Körper ausgebreitet. Sie ist definitiv thanatopraktisch versorgt worden. Die Leichenstarre wurde fachmännisch gebrochen. Das war eindeutig ein Profi.«

»Sie sollte auf Wunsch ihrer Tochter aufgebahrt werden.«

»Habt ihr den Todeszeitpunkt?«, fragte Bruno.

»Ist das nicht eigentlich dein Job?«, fragte Goldberg amüsiert.

»Ich tippe auf Donnerstag, frühestens Mittwoch. Und? Liege ich richtig?«

»Volltreffer. Donnerstag vergangene Woche«, bemerkte Peter anerkennend.

»Ick bin eenfach juut. Auf ihrem Rücken und dem Gesäß habe ich Abdrücke gefunden, die stammen vom Sarg und vermutlich vom Führerhaus des Feuerwehrautos. Es klingt jetzt makaber, aber vermutlich hat man sie direkt von der Aufbahrungsstelle entführt und in das Auto gesetzt.«

»Das ist pietätlos.« Peter verzog das Gesicht.

»Es ist vor allem strafbar.«

»Kannst du uns sagen, wie lange sie da schon gesessen hat?«, fragte Goldberg vorsichtig.

»Darüber hat sie mir leider keine Auskunft gegeben.«

»Hast du sonst noch etwas Ungewöhnliches entdeckt?«

»Du meinst abgesehen von einer präparierten Leiche in einem Feuerwehrauto?«

»Ja.«

»Nein.«

»Wie sieht es mit Transportspuren aus?«

»Keine gefunden. Vermutlich hat man sie in dem Sarg nach Kophusen gebracht.«

»Danke, Bruno.«

»Ich denke mir schon mal etwas Schönes aus, um euren Schuldschein einzulösen.«

»Mach das. Bis bald.« Peter beendete die Verbindung. »Das ist doch gruselig, oder? Stell dir vor, du lädst alle Verwandten ein, damit die Abschied nehmen können, und dann fehlt die Tote.«

»Mein Kollege aus Berlin meldet sich heute. Der hat sicher ein paar Einzelheiten für uns. Bist du mit den Angehörigen weitergekommen?«

»Frau Hinz hat mir die Handynummer der Tochter gefaxt, aber die ist temporarily not available. Außerdem habe ich die Bestatterin gebeten, sich telefonisch mit uns in Verbindung zu setzen.«

»Weitere Verwandte?«

»Laut Melderegister war sie geschieden und hatte eine Tochter und einen Sohn. Erweiterte Anfrage läuft.«

»Wir müssen mit den Angehörigen sprechen. Auch mit dem Ex-Mann.«

»Ja, wie gesagt, die Anfrage läuft.«

Goldberg schüttelte den Kopf. »Wenn sie im Sarg aus Berlin abtransportiert worden ist, ging das nur mit einem Lieferwagen.«

Peter nickte.

»Die einzige Verbindung nach Berlin ist Gregor Martens, oder?«

»Ja. Arno Menzinger ist gebürtiger Kölner und hat seinen derzeitigen Wohnsitz dort. Didi und Mona kommen beide aus dem Ruhrgebiet.«

»Was hast du über diesen Leon Kaiser?«

»Zu viele Treffer in der Datenbank. Und da wir seinen Wohnort nicht kennen, können wir uns die Meldeanfrage sparen. Den Namen gibt es wie Sand am Meer.«

»Kümmere dich um eine Anfrage bei Gregors Provider. Leon hat diverse E-Mails geschrieben. Wir brauchen die Adresse.«

»Mach ich. Aber du weißt, das dauert. Gestern Abend habe ich übrigens schon die Hotels in der Nähe abgeklappert. Kein Leon Kaiser. In zwei Pensionen ist je ein alleinstehender Herr abgestiegen, aber die passen vom Alter nicht.«

»Wie weit bist du rausgegangen?«

»Im Umkreis von zwanzig Kilometern. So viele Hotels und Pensionen gibt es hier ja nicht.«

»Er könnte ebenso gut in Hamburg abgestiegen sein. Das bringt uns nicht weiter.«

»Irgendwie muss Carmen Kurz doch mit der Sache zusammenhängen?«

Goldberg nickte abwesend. »Aber was ist das Motiv?«

Sie schwiegen einen Augenblick.

Der Leichnam war vermutlich in der Nacht zum Sonntag gestohlen worden, also kam theoretisch jeder infrage. Die Strecke Kophusen – Berlin konnte man in vier bis fünf Stunden schaffen. Die Leiche musste im Zusammenhang mit den Marionetten stehen. Die Jedermann-Zitate an allen dreien waren eindeutig.

»Gestern Abend gab es kaum ein anderes Gesprächsthema«, bemerkte Peter.

»Wundert mich nicht.«

»Wer hat ein Interesse daran, dem Kophusener Jedermann zu schaden? Die Marschbretter klauen keine Leiche aus Berlin.«

Da hatte Peter recht. Die Fischers mochten eine Vorliebe für schräge Dinge haben, aber einer verstorbenen Frau die letzte Ruhe zu rauben gehörte kaum dazu. Außerdem musste es einen Zusammenhang zwischen dem Täter und Carmen Kurz geben, schließlich hatte er (oder natürlich auch sie) von der Aufbewahrung gewusst.

»Es passt nichts zusammen.« Goldbergs Mobiltelefon brummte in seiner Hosentasche. Der Blick aufs Display verriet ihm, dass der Anruf aus Berlin kam. »Das ist mein Kollege«, sagte er an Peter gerichtet und nahm das Gespräch an.

Jörg hatte etwas Zeit gebraucht, um sich die Akten anzusehen, aber jetzt war er im Bilde. Er erzählte Goldberg, dass man ihnen den Diebstahl der Leiche am Sonntagmorgen gemeldet hatte. Carmen Kurz lag in dem Bestattungsinstitut Hinz, um am Sonntag zur Trauerfeier aufgebahrt zu werden. Sie hatten Einbruchspuren an einem der Fenster sicherstellen können. Es hatte sich in Kipp-Stellung befunden. Jedoch gab es keine Fingerabdrücke. Die Leiche der Frau war mitsamt dem Sarg vermutlich durch das Fenster gehoben worden. Auf der Rückseite des Hauses war eine kleine Sackgasse, in der man problemlos parken konnte, ohne Aufsehen zu erregen. Nachbarn gab es nicht viele, und die wenigen hatten nichts bemerkt. Die Täter mussten von der Existenz der Leiche gewusst haben. Man ging von mindestens zwei Personen aus, da einer allein den Sarg nicht durch das Fenster hieven konnte. Der Kreis der Verdächtigen war klein. Carmen Kurz hatte nicht viele Angehörige. Es gab eine Tochter und einen Sohn. Die Tochter hatte die Aufbahrung in Auftrag gegeben. Doch beide Geschwister waren nicht zu erreichen. Weder über Telefon noch unter ihren Meldeadressen, was Goldberg seltsam fand. Die Kollegen hatten sie bereits zur Fahndung ausgeschrieben, die Überprüfung der Handys und Providerdaten lief. Unter diesen Umständen konnten sie nichts weiter tun, als abzuwarten. Der Ex-Mann und Vater der Tochter hatte ein Alibi zur Tatzeit. Die Ermittlungen steckten fest.

»Philip, ich muss los.«

»Gut, magst du mir eine Kopie der Akte mit allen Namen schicken?«

»Ja.«

»Sagst du mir Bescheid, wenn ihr etwas Neues habt?«

»Klar. Bis bald.«

»Bis bald.«

Als Goldberg mit seinem Bericht für Peter beim Ex-Mann angelangt war, klingelte das Festnetz-Telefon. Peter nahm das Gespräch an und rollte mit den Augen. »Was? Nein, dazu kann ich Ihnen gar nichts sagen. Das sind laufende Ermittlungen. Tut mir leid.« Er legte auf. »Aasgeier.«

»Reg dich nicht auf. Das regelt die Pressestelle«, sagte Goldberg.

Peter hörte gar nicht zu. Stattdessen starrte er auf die Schlagzeile, die er sich vorhin ausgedruckt hatte.

»Max macht nur seinen Job«, versuchte Goldberg ihn zu beschwichtigen.

»Und wie: ›Kophusen – Einbalsamierte Leiche für Jedermann‹!«

»Der Sturm legt sich schneller, als er gekommen ist.«

»Dein Wort in Gottes Ohr.«

Goldberg rutschte vom Tresen herunter. Heute Morgen spürte er ein zartes Hungergefühl. Er schnappte sich einen Haferkeks vom Teller. »Wir müssen nach Verbindungen suchen. Freitag letzter Woche wurde der Schlüssel zur Wehr geklaut. Genau einen Tag nachdem Carmen Kurz verstorben war. Offenbar haben wir es mit einem Haupttäter und einem Helfer zu tun. Letzterer hat vermutlich nur als Handlanger fungiert. Vielleicht ist er nicht einmal in die gesamte Geschichte eingeweiht. Der oder die Täterin muss jedenfalls von Carmen Kurz' Ableben erfahren haben und hat sich daraufhin spontan entschieden, diesen Umstand zu nutzen.«

»Das ist einfach nur ekelhaft.«

»Eine aufwendige Aufbahrung für drei Trauergäste erscheint mir unglaubwürdig. Wenn die Tochter das allein zum Zweck des Leichendiebstahls in Auftrag gegeben hat, dann müsste sie in irgendeiner Verbindung zu Kophusen oder einem unserer Gäste stehen.«

»Das heißt, ich nehme mir Familie Kurz der Reihe nach vor.«

»Da kümmern sich die Kollegen schon drum. Die Fahndung ist ja raus. Bleib bitte an Leon Kaiser dran. Versuch, irgendwie ein Foto von ihm aufzutreiben. Wir brauchen Zeugen, die ihn in Kophusen gesehen haben.«

»Sag mal, Philip«, Peter machte eine kurze Pause. »Wie ist das denn mit meiner Rolle? Müsstest du mich nicht eigentlich von dem Fall abziehen?«

»Wenn Hauke weiterhin den Romeo spielt, kann ich nicht auch noch auf dich verzichten. Außerdem könnten wir einen verdeckten Ermittler gebrauchen.« Er zwinkerte Peter zu.

Das Telefon unterbrach sie erneut. Dieses Mal hob Goldberg den Hörer ab. Das Medieninteresse wurde nach Max' reißerischem Artikel natürlich größer. Freundlich, aber bestimmt erklärte er dem Reporter, dass er sich an die Pressestelle der Polizei wenden soll. Nicht umsonst hatten die in der Früh bereits Kontakt mit ihm aufgenommen und ihn zum Stillschweigen verdonnert. Er legte auf.

»Das kann ja noch heiter werden.« Peter seufzte.

»Nachtigall, ick hör dir trapsen.«

10

Langsam kam er zu sich. Das zaghafte Blinzeln verursachte
einen quälenden Druck hinter den Augen. Der Schmerz
breitete sich in Richtung Stirn aus. Reflexartig bewegte
er die rechte Hand. Sie hing fest. Erst jetzt bemerkte er
die Kabelbinder um sein Handgelenk. Panisch sah er
sich um. In dem gedämpften Licht konnte er nur vage
Umrisse erkennen, ein Bett, ein Stuhl und kahle Wände.
Er selbst hockte auf dem Boden. Er versuchte, sich
aufzurichten. Sein Rücken schmerzte ebenso wie seine
Beine. Im Grunde tat ihm der gesamte Körper weh.
Abgesehen von den Schmerzen war sein Kopf wie leer
gefegt. Er hatte keinen Schimmer, was geschehen war
oder wo er sich befand. In seinem Mund machte sich
ein metallischer Geschmack breit. Er spürte die Wunde
in seinem Gesicht. Hatte er sich geprügelt?

Mühsam kam er auf die Knie. Sie hatten ihn an die
Heizung gebunden. Ein schwacher Lichtstrahl fiel durch
den Spalt am unteren Ende des Rollos. War es Tag oder

war es Nacht? Von hier unten war das nicht zu erkennen. Das ungute Gefühl in der Magengegend drängte ihn, sich zu bewegen. Unter großen Schmerzen richtete er sich, soweit es die Kabelbinder zuließen, auf. Er lugte durch den Spalt. Der Sonne nach zu urteilen musste es früh am Morgen sein. Der Blick nach draußen überraschte ihn. Nachdem sich seine Augen an die Helligkeit gewöhnt hatten, erkannte er linker Hand einige Schafe, die auf dem Deich grasten. Ein Stückchen weiter rechts von ihm lag das Café Sünnschien. Bis nach unten waren es geschätzt fünf Meter. Sein Fenster befand sich leider nicht direkt über dem Vordach des Gebäudes. Springen war also keine Option. Aber hatte er wirklich eine andere Wahl? Das Café war leer, ebenso wie die Straßen. Er konnte warten, bis jemand vorbeikam. Dann würde er auf sich aufmerksam machen. Zu blöd, dass er nie eine Uhr trug.

Erschöpft ließ er sich zurück auf den Boden sinken. Suchend blickte er sich in dem Zimmer um. Unter dem Bett entdeckte er einen kleinen Gegenstand. Er neigte den Kopf. Das war sein Handy! Hoffnung flammte in ihm auf. Er musste an dieses Ding rankommen, dann konnte er Hilfe rufen. Er zerrte an dem Heizungsrohr. Es bewegte sich keinen Millimeter. Der Kabelbinder schnitt schmerzhaft in die Haut. Resigniert ließ er den Kopf gegen die Wand fallen. Das Gefühl der Erschöpfung strömte durch all seine Glieder, als hätte er die letzten Stunden mit extremer körperlicher Betätigung zugebracht. Angst stieg in ihm auf. Er wollte sich bemerkbar machen, um Hilfe schreien, doch er entschied sich, es lieber nicht zu tun. Seine Entführer könnten ihn hören. Und was würden sie dann mit ihm tun? Nein, das Telefon war seine einzige Chance. Mit aller Kraft streckte er die Füße danach aus. Plötzlich klopfte es an der Tür. Hastig drehte er sich um, nicht an seinen ramponierten Körper denkend. Er fluchte lautlos. Der Schmerz ließ ihn zu Boden sacken. Dann wurde sein Name gerufen. Doch bevor er etwas erwidern konnte, wurde er ohnmächtig.

11

Als Goldberg sich in sein Büro zurückgezogen hatte, rief der Feuerwehrmann mit dem verlorenen Schlüssel an und bestätigte ihm den Verlust. Er hatte bei Rosi ein paar Biere getrunken, davon auch einige zu viel, und war nach Hause getorkelt. Erst am nächsten Morgen hatte er das Fehlen des Schlüssels bemerkt. Aus Angst vor der Blamage hatte er es seinem Wehrführer zunächst verschwiegen. Auf die Frage Goldbergs, ob ihm etwas Merkwürdiges aufgefallen sei, verneinte er. Er verriet ihm aber, dass einige von den Theaterleuten bei Rosi gewesen seien. Der ganze Rummel interessiere ihn nicht besonders, weshalb er auch keine der Personen mit Namen kannte.

Für Goldbergs Empfinden gab es zu viele Beteiligte in diesem Fall. Das Knäuel aus Personen und Ereignissen hatte weder einen Anfang noch ein Ende. Die Verbindung nach Berlin ergab noch keinen Sinn. Es schien ihm seltsam konstruiert. Er musste an Judith denken, an ihren Hilfeschrei per Post. War er vor zwei Jahren nicht extra nach Kophusen gekommen, weil er die Hauptstadt hinter sich lassen wollte? Allmählich gewann Goldberg den Eindruck, dass diese Stadt ihn immer wieder einholen würde, egal, wie weit er fortging. Wenn er nicht nach Berlin kam, kam Berlin eben zu ihm. Ihm fiel seine Mutter ein. Goldberg hatte ihr versprochen, sie diesen Monat zu besuchen. Sie hatte darauf bestanden, Magda kennenzulernen, und ihm kurzerhand befohlen, sie mitzubringen. Bisher hatte er sich nicht getraut, Magda zu fragen. Ihr Glück war zerbrechlich, er wollte es nicht überstrapazieren. Im Zweifelsfall würde er alleine fahren und das Wegbleiben Magdas mit einer Grippe oder einem Magen-Darm-Virus entschuldigen. Etwas fadenscheinig, aber die beiden konnten sich auch später noch kennenlernen. Davon hing kein Leben ab. Apropos Leben.

›Bitte, ich brauche deine Hilfe. Dringend!‹ Er hörte Judiths Stimme. In den Träumen sah er ihre Gestalt abwechselnd mit einem Messer oder einer Pistole, einzig darauf aus, sich zu rächen. Was auch immer ihre Zeilen bedeuteten, er war noch nicht bereit dazu. Er war gerade eben dazu in der Lage, sich selbst zu helfen. Seine Kraft reichte nur für ihn und Magda aus. Judith musste warten. Hastig schob er den Gedanken an sie beiseite.

Die Zeichnung auf dem Schreibtisch führte zu nichts. Seine ungelenken Strichmännchen wirkten wie der klägliche Versuch eines Fünfjährigen. So kam er nicht weiter. Außerdem wurde er immer wieder durch Anrufe seitens der Presse gestört. Er hatte den Umgang mit diesen Hyänen in Berlin gelernt, und trotzdem empfand er es als unangenehm.

Es klopfte. Peter streckte den Kopf durch den Türspalt. »Wie sieht es bei dir mit Mittag aus?«

Goldberg ließ sich nichts anmerken. Das leise Hungergefühl von heute Morgen hatte sich verflüchtigt und war der gewohnten Übelkeit gewichen. Inzwischen war sie ihm so vertraut, dass er sie als normal empfand. Dennoch konnte er sich nicht zu einem Arztbesuch durchringen. Einerseits ging er davon aus, dass es lediglich psychosomatisch war, dabei würde ihm ohnehin kein Hausarzt helfen, andererseits hatte er Angst, es könnte doch etwas Ernstes sein. Er übte sich im Verdrängen.

»Rosi?«, schlug er vor, da konnte er einen Espresso trinken.

»Um ein Uhr?«

»Meinetwegen. Hast du etwas Neues?«

»Nichts Aufregendes. Didi und Mona kommen beide aus Bochum und waren lange Jahre dort am Schauspielhaus. Dann kamen sie wie Arno ans Wiener Burgtheater. Da haben sie sich alle getroffen. Scheint im Übrigen eine der besten Bühnen im deutschsprachigen Raum zu sein.« Er machte eine kurze Pause, bevor er fortfuhr. »Eine Sache ist allerdings komisch. Die Karriere aller vier ist offenbar abrupt beendet gewesen.«

»Wie meinst du das?«

Peter betrat das Büro und setzte sich seinem Chef gegenüber.

»Arno fiel über die Affäre mit einer illegal Beschäftigten. Der war damals ein Fernsehstar. Die anderen drei waren ja lange nicht so berühmt. Aber kurz nach dem Skandal um Arno hat auch ihre Karriere einen Knick bekommen. Gregor ging nach Konstanz. Ein deutlicher

Abstieg. Didi und Mona verließen ebenfalls kurz darauf Wien. Ihre Wege trennten sich. Während Mona freischaffend arbeitete, wie das in Künstlerkreisen so heißt, verschlug es Didi in ein kleines Nest in der Nähe von Heidelberg. Ist doch komisch, oder?«

»Wie geht es mit dem Jedermann jetzt weiter?«

»Die Leseproben beginnen morgen.«

»Na, die verlieren ja keine Zeit.«

»In zehn Wochen ist Premiere. Weißt du, wie schnell das geht? Ich muss Text lernen.«

»Du kennst das ganze Stück auswendig.«

»Hast du eine Ahnung. Ich muss die Rolle vorbereiten: ein Psychogramm schreiben, Lebenslauf, das volle Programm.«

»Psychogramm?«

»Ja, das macht man so, das nennt man Rollenarbeit.«

»Ich schlage vor, wir statten unseren Theatergästen nach dem Essen einen Besuch ab. Hat sich Sophie gemeldet?«

»Im Labor heißt es, sie sei den ganzen Vormittag über in Meetings. Und mobil läuft nur die Mailbox.«

»Dann fahre ich jetzt mal bei Hauke vorbei und schau nach ihm.«

»O.k. Treffen wir uns bei Rosi?«

»Ja, bis später.«

Das Haus seines Kollegen sah von außen winzig aus, aber innen war es ein kleines Raumwunder. Sicherlich hatte Hauke es bisher nicht fertiggebracht auszuziehen, weil Hilkes Handschrift überall deutlich zu erkennen war. Goldberg stieg aus dem Wagen und ging zur Tür. Sein Kollege war ein Pedant in Sachen Haushalt, handwerklich war er allerdings nicht sonderlich geschickt. Die Türklingel funktionierte seit Monaten nicht mehr. Goldberg klopfte und rief nach seinem Kollegen, aber es blieb still. Auch nach dem zweiten und dritten lauten Klopfen rührte sich nichts, sodass er den Weg ums Haus antrat.

Er warf einen Blick durch das Küchenfenster. Alles war aufgeräumt und sauber. Nichts deutete darauf hin, dass Hauke nach dem Frühstück hastig aufgebrochen war, weil er wieder mal zu spät dran war. Auf der Terrasse spähte Goldberg ins Wohnzimmer. Kein Hauke. Von hier aus sah man direkt auf die Garderobe im Flur. Sämtliche Jacken hingen ordentlich auf Bügeln. Nur die Dienstjacke fehlte. Entweder war Hauke seit gestern Abend nicht nach Hause gekommen oder er war in voller Montur ins Bett gefallen, weil er seinen Kummer ertränkt hatte. Goldberg tippte auf Ersteres, denn sein lautes Klopfen und Gebrüll hätte Hauke auch aus dem Tiefschlaf geweckt. Er stieg wieder in den Wagen, als Peter anrief.

»Sophie hat sich gemeldet. Hauke ist zwar mit ihr nach Kiel gekommen, aber sie habe ihn gebeten, sie allein zu lassen. Daraufhin sei er gegangen.«

»Ohne Auto?«

»Er versicherte ihr, dass es kein Problem für ihn sei, mit der Bahn zurückzufahren.« Peters missbilligender Unterton blieb Goldberg nicht verborgen. »Diese Frau behandelt ihn wie einen alten Putzlappen. Es ist zum Heulen.«

»Zu Hause ist er jedenfalls nicht. Sag den Kollegen Bescheid. Ruf die Krankenhäuser an. Ich fahre die Strecke nach Horst ab. Vielleicht ist er unterwegs irgendwo im Suff gestrandet.«

»Das passt nicht zu ihm.«

»Ich melde mich, wenn ich ihn finde, und nehme mir Sophie selbst einmal zur Brust.«

Sie beendeten das Gespräch, und Goldberg startete den Motor. Kophusen hatte keinen eigenen Bahnhof mehr, sodass die Pendler sich auf verschiedene Haltestellen entlang der Zugstrecke aufteilten. Am nächsten lag der Bahnhof von Horst, doch der Zug aus Kiel hielt in Elmshorn. Möglicherweise hatte sich Hauke von dort ein Taxi nach Kophusen genommen. Aber dann wäre er ja zu Hause angekommen. Goldberg folgte dem Park&Ride-Schild und bog auf den schmalen Weg ab. Er hielt auf einem der Behindertenparkplätze. Bevor er ausstieg, bat er Peter per SMS, sämtliche Taxiunternehmen in Elmshorn zu fragen, ob ihnen Hauke als Fahrgast untergekommen war.

Der kleine Bahnhof war schnell abgesucht. Von Hauke keine Spur. Nachdem er auch den kurzen Weg zur Hauptstraße abgeschritten war, stieg er wieder in den Saab.

»Wo steckst du bloß?«, murmelte er.

Goldberg ließ den Kopf gegen die Lehne sinken und schloss die Augen. Seine Gedanken wanderten umher. Erst zu der armen Frau, der man ihre Totenruhe geraubt hatte, dann zu den Marionetten. Irgendjemand wollte dieses Projekt stören und war bereit, dafür sogar zu drastischen Mitteln zu greifen. Aber warum?

›Bitte, ich brauche deine Hilfe. Dringend!‹

Judiths Brief drängte sich wieder nach vorne. Dieser ganze Trubel hinderte ihn daran, in Ruhe darüber nachzudenken. Was sollte er tun? Einfach ignorieren? Nein, das entsprach nicht seinem Naturell. Er musste Kontakt mit der Forensischen Klinik aufnehmen. Vielleicht war es möglich, mit einem ihrer Therapeuten zu reden. Ja, das würde er tun, sobald er sich dazu in der Lage fühlte.

12

Peter saß vor seinem Rechner in der Wache und versuchte herauszufinden, wo ihr Kollege steckte. Seit dem Mittagessen mit Philip spürte er die Unruhe in sich wachsen. Auf dem Mobiltelefon war Hauke nicht zu erreichen. Rosi und Bärbel hatten auch nichts von ihm gehört. Daraufhin hatte er eine Handyortung beantragt. Doch das würde ein paar Stunden dauern. In der Zwischenzeit hatte Peter mit sämtlichen Taxiunternehmen und Krankenhäusern der Gegend telefoniert, ohne Erfolg. Niemand hatte ihren Kollegen gesehen, geschweige denn als Fahrgast transportiert.

Philip war auf dem Weg nach Kiel, um die Kollegen persönlich um Hilfe zu bitten und Sophie noch einmal zu befragen. Etwas war anders an ihm gewesen, als er von Haukes Haus zurückgekehrt war. Aber wie immer schwieg sein Chef sich aus. Er hatte ihm versichert, dass es nichts mit Haukes Verschwinden zu tun hatte, und Peter hoffte, er sagte die Wahrheit. Müßig, sich darüber Gedanken zu machen. Er zwang sich, zu den Dossiers zurückzukehren. Sophie hin oder her, es war durchaus möglich, dass Haukes Verschwinden mit dem Fall zu tun hatte. Je eher sie den Täter fassten, desto besser. Er nahm den Hörer in die Hand und wählte Arnos Nummer.

»Mein lieber Jedermann! Hast du schon eine Frage zur Rolle?«

Peter musste sich zwingen, sachlich zu bleiben, in diesem ganzen Chaos wollte er einen kühlen Kopf bewahren. »Nein, es ist dienstlich.«

»Oh. Wie kann ich unserer Staatsmacht helfen?«

»Sag mal, fällt dir jemand ein, dem die Aufführung nicht passt?«

»Zielt deine Frage auf die Leiche im Feuerwehrhaus ab?«

»Du hast den Artikel gelesen?«

»Mein Agent hat mich darauf aufmerksam gemacht.«

»Gibt es jemanden aus dem Theaterumfeld, der euch den Erfolg nicht gönnt?«

»Ach, du meinst einen Neider? Ja. Unsere Branche ist voll davon.«

Nach dem gestrigen Auftritt von Sophie hatte Peter nicht den geringsten Zweifel daran. »Woher kennt ihr euch alle?«

Arno erzählte ihm von ihrer gemeinsamen Zeit am Burgtheater. Nicht nur Gregor hatte er dort kennengelernt, sondern auch Didi und Mona. Sie waren ein eingeschworenes Team, wurden über die Grenzen Wiens hinaus gefeiert und ihre gemeinsamen Inszenierungen waren in der Regel ausverkauft gewesen. Dies deckte sich im Wesentlichen mit Peters eigenen Recherchen.

Er hatte inzwischen gelernt, von jeder Geschichte, die Schauspieler erzählten, einen gewissen Prozentsatz an Übertreibung abzuziehen. Es lag ihnen im Blut, es war ihr Job, Ereignisse und Gefühle zu überhöhen, niemand ging ins Theater, um die Realität zu erleben. Dafür gab es schließlich Dokumentarfilme.

»Wir wurden in den Himmel gelobt. Schau im Netz nach. Dort findest du einschlägige Beweise.«

»Kannst du dir jemanden vorstellen, der diesen Aufwand betreiben würde, um die Aufführung zu sabotieren?«

»Mord?«

In dem Zeitungsartikel war von einer Leiche die Rede gewesen. Max hatte wild über ein Gewaltverbrechen spekuliert. Leider war auch die Nachricht im Gaumen der Toten durchgesickert, sodass er einen Zusammenhang mit dem Jedermann herstellte. Peter ließ Arnos Frage unkommentiert. Der anonyme Informant schien entweder erstaunlich gut informiert zu sein oder ihr Feuerwehrmann hatte geplaudert.

»Also, gibt es jemanden, der dir in den Sinn kommt?«

»Na ja, unsere Stücke wurden schon damals sehr kontrovers aufgenommen. Nicht nur die Filmbranche ist ein Haifischbecken. Das ist an den renommierten Bühnen im deutschsprachigen Raum nicht anders.«

»Jemand Spezielles?«

Peter hörte ein lautes Seufzen. Dann, nach einer künstlerischen Pause, die für seinen Geschmack ein wenig zu lang ausfiel, verneinte der Schauspieler.

»Danke, Arno. Bis morgen bei der Probe.«

»Ja, mein Lieber. Ach, und Peter, glaub mir, du wirst überragend sein. Es macht dich süchtig, nichts ist so berauschend wie der frenetische Applaus deines Publikums.«

Peter räusperte sich. Arno konnte es einem wirklich schwer machen, sachlich zu bleiben. »Wir werden sehen.«

»Ja, mein Lieber, das werden wir.«

Er hörte das Klicken in der Leitung und legte den Hörer auf. Schamesröte war ihm ins Gesicht gestiegen. Zum Glück konnte ihn niemand sehen. Die Vorstellung von frenetischem Applaus gefiel ihm. Aber er durfte sich jetzt nicht hinreißen lassen, musste kühl bleiben, um offen in alle Richtungen ermitteln zu können. Auch wenn ihm das zunehmend schwerer fiel. Seinen Körper straffend und um sich selbst zu beweisen, dass er keineswegs befangen war, rief er als Nächstes im Wiener Burgtheater an.

Er erfuhr, dass der damalige Intendant inzwischen nicht mehr dort arbeitete. Das Personal im künstlerischen Betriebsbüro hatte ebenso gewechselt. Man riet ihm, es bei den Kollegen hinter der Bühne zu probieren, und hatte ihn in die Requisite durchgestellt. Am Ende sprach er mit einem Lichttechniker, der sich gut an das Vierergespann erinnerte. Sie waren unzertrennlich, berichtete er. Jede Spielzeit inszenierten sie mindestens ein Stück zusammen, intern nannte man sie »die vier Musketiere«. Es rankten sich unzählige Gerüchte um sie, aber nichts, was von Belang war. Nach einer halben Stunde legte Peter seufzend auf.

Bei dem Anblick seiner Notizen, die er sich während des Gesprächs gemacht hatte, stach ihm eine Sache ins

Auge, von der der Techniker berichtet hatte. Kurz bevor Arnos Geheimnis ans Licht gekommen war, habe er sich mit Didi und Mona so heftig gestritten, dass sie eine Woche lang kein Wort miteinander redeten. Im Theater hatte man wild spekuliert, aber dann hatte über Nacht plötzlich wieder eitel Sonnenschein bei den Musketieren geherrscht.

Ihre gemeinsame Ära in Wien begann 2005 und endete acht Jahre später. Eine lange Zeit, fand Peter. Lang genug, um sich schon mal ordentlich in die Haare zu kriegen. Als seine Affäre mit Samira öffentlich wurde und die Gazetten sich mit unappetitlichen Details zu übertreffen suchten, war Arno untergetaucht. Er wusste offenbar, dass es ihm das Genick brechen würde, wenn er blieb.

Peter studierte die zeitliche Abfolge, die er sich in Arnos Dossier notiert hatte. Die Ereignisse lagen verdächtig dicht beieinander, was ihn auf einen neuen Gedanken brachte. Er überlegte, ob es einer der übrigen drei Musketiere gewesen sein könnte, der Arno ans Messer der Öffentlichkeit geliefert hatte. Möglich, dass der Streit so heftig war, dass einer von ihnen oder sogar alle drei der Presse einen Tipp gegeben hatten. Vielleicht hatten sie ihn mit dem Wissen um die Affäre sogar erpresst? Obwohl der Zank nach einer Woche beigelegt worden war, waren die Fotos an die Presse gelangt. Damit war das Ende seiner Karriere eingeläutet gewesen. Um was war es in der Auseinandersetzung gegangen? Hatte ihr damaliger Streit womöglich mit den jetzigen Vorfällen in Kophusen zu tun? Wenn ja, warf es die Frage auf, warum sie sich alle zu einer erneuten Zusammenarbeit entschlossen hatten. Gab es einen Verräter bei den Musketieren, der eine alte Schuld begleichen wollte?

Peter legte die Notizen neben die Tastatur und machte sich an die Arbeit. Die Informationen waren wider Erwarten dürftig. Er bekam das Gefühl, dass die Suchmaschinen sich hauptsächlich auf massentaugliche Meldungen beschränkten. Die Vielfalt der Ergebnisse war merklich begrenzt, im Gegensatz zu früher. Neben Werbeanzeigen und Beiträgen in diversen Foren war die Auswahl nicht mehr als eine oberflächliche Ansammlung von bereitgestellten Häppchen. Es wurde zunehmend schwieriger, an tieferliegende Informationen zu gelangen. Er kämpfte sich dementsprechend durch einen Wust von überflüssigen Vorschlägen diverser Suchmaschinen. Ohne Erfolg.

Die Theaterkritiken interessierten ihn nicht sonderlich. Er überflog einige von ihnen und stellte fest, dass die damaligen Inszenierungen tatsächlich frenetisch besprochen worden waren, wie Arno behauptet hatte. Peter rieb sich die Augen. Er musste an Informationen kommen, und das hieß, er musste frühere Wegbegleiter befragen. Er gab den Namen des ehemaligen Intendanten ins Suchfeld ein. Aktuell war Andreas Mühlhausen am Deutschen Theater Berlin. Peter spürte den Ruck, der durch seinen Körper schoss. Schon wieder die Hauptstadt. Carmen Kurz' Leiche war ebenfalls in Berlin entwendet worden. Entschlossen nahm er den Hörer in die Hand und tippte die Nummer des Theaters ein. Es meldete sich eine Frau, die in starkem berlinerischen Akzent erklärte, der Herr Intendant sei außer Haus. Peter bat um dringenden Rückruf. Die Dame notierte seine Nummer und versprach ihm, es ihrem Chef auszurichten. Sicherheitshalber schickte Peter eine E-Mail an die Adresse der Intendanz hinterher, die er auf der Homepage fand, in der Hoffnung, sie würde Mühlhausen direkt erreichen.

Unzufrieden stand Peter auf und goss sich einen Kaffee ein. Beim Anblick der alten Maschine musste er an Hauke denken. Wenn er doch bloß anrufen würde! Diese Stille trieb ihn in den Wahnsinn. Langsam begann er sich ernsthaft Sorgen zu machen. Sophie war ihnen keine Hilfe gewesen, was Peter nicht sonderlich überraschte, aber ihre Gleichgültigkeit gegenüber seinem Verschwinden machte ihn wütend. Gern hätte er ihr die Leviten gelesen, doch er hielt sich zurück. Das würde hoffentlich Philip übernehmen. Mit dem Becher in der Hand trat er ans Fenster und starrte auf Haukes leeren Parkplatz. Ihm fehlte sogar der hässliche ampelgrüne Jetta, der noch vor der Kirche stehen musste. Wie sehr man doch selbst an Dingen hing, die man eigentlich nicht leiden konnte. Ungeduldig rief er Philip auf dem Handy an. Nach dem zweiten Klingeln nahm sein Chef ab. »Hast du mit Sophie gesprochen?«

»Allerdings.«

»Und?«

»Die gute Frau hat keine Ahnung, wo er stecken könnte. Und ist auch nicht im Geringsten besorgt. Sie sagt, gegen Mitternacht hätte sie per SMS mit ihm Schluss gemacht.«

»Was? Scheiße.«

»Ja. Seine dauernden Nachrichten nervten sie. So sieht wahre Liebe aus.«

»Eiskalt, die Hexe. Was machen wir jetzt?«

»Ich war auf der Wache in Kiel. Sie halten die Augen offen und haben Haukes Foto an alle Dienststellen geschickt. Was ist mit den Taxiunternehmen?«

»Fehlanzeige.«

»Sonst etwas Neues?«

»Ich komme der Sache näher. Wenn du wieder hier bist, erzähle ich dir alles.«

Sie legten auf. Peter sah auf die Uhr. Es war bereits nach sechs. Doch ihm war nicht danach zumute heimzugehen. Eigentlich hatte er vorgehabt, Text zu lernen, aber das konnte er unter den gegenwärtigen Umständen vergessen. Er stand auf. In der Küche goss er sich ein Glas Wasser ein und trank es in schnellen Zügen aus. Zurück am Schreibtisch nahm er die Dossiers zur Hand. Es ließ ihm keine Ruhe. Die Frage, ob das Verschwinden von Hauke etwas mit ihrem Fall zu tun haben könnte, ließ ihn nicht los. Wenn dem so war, bedeutete das, dass alle Teilnehmer potenziell gefährdet waren und sie die Aufführung über kurz oder lang absagen mussten. Ob das das Ziel war?

Er warf einen Blick auf seinen E-Mail-Account. Inzwischen hatten sie mehr als zwanzig Anfragen von der Presse erhalten. Das Echo auf Max' Schlagzeile hatte die Runde gemacht. Selbst renommierte Zeitungen baten um eine Stellungnahme. Er leitete sie allesamt an die Pressestelle weiter. Schnell überflog er die neuen Nachrichten, bis er auf eine E-Mail stieß, dessen Absender ihn stutzig machte: Jeder_Mann_Muss_Sterben. Die Betreffzeile war leer. Peter überfiel eine dunkle Vorahnung. Mit einem Doppelklick öffnete er die Mitteilung. Sein Blick fiel zuerst auf das Bild von Carmen Kurz, tot hinter dem Steuer des Feuerlöschwagens. Unter dem Foto stand ein einziger Satz: ›Das ist erst der Anfang.‹

Peter starrte auf den Bildschirm. Sein Herz schlug schneller. Da hatte er seine Drohung. Die E-Mail war erst vor einigen Minuten gesendet worden. Ihm wurde heiß und kalt zugleich bei dem Gedanken, dass Hauke sich in der Gewalt von Verbrechern befand. Von welchem Server war die E-Mail verschickt worden? Er telefonierte kurz und leitete die Nachricht an die Kollegen weiter.

Das Signal einer eintreffenden E-Mail schreckte ihn auf. Sie kam von Andreas Mühlhausen, dem Intendanten aus Berlin, und enthielt seine Handynummer mit der Bitte um Rückruf. Es dauerte drei Sekunden, da hatte Peter ihn an der Strippe.

13

Als er endlich das Revier erreichte, war es acht Uhr. Peter saß an seinem Schreibtisch. Der Teller mit Keksen war leer.

»Wo warst du? Ich habe schon gedacht, ich muss jetzt zwei Kollegen suchen.«

»Stau.«

Peter stand auf. Seine Bewegungen waren fahrig, ein sicheres Zeichen, dass er etwas Beunruhigendes herausgefunden hatte. Goldberg sehnte sich nach einem Espresso. Doch dafür blieb keine Zeit.

»Wir haben eine Nachricht erhalten«, begann sein Kollege und reichte ihm den Ausdruck einer E-Mail.

Goldberg sah auf das Foto. Ein unangenehmes Ziehen breitete sich in seinem Magen aus. Peter berichtete ihm von dem Gespräch mit dem Techniker des Wiener Theaters. »Das Beste kommt noch. Ich habe den damaligen Intendanten ausfindig gemacht.« Das Flackern in Peters Augen kündigte einen Durchbruch an.

»Sag es schon.«

»Der Intendant hat mir erzählt, dass die vier Muske-tiere tatsächlich eng miteinander verbunden waren, aber nicht etwa, weil sie sich so gut leiden konnten, sondern weil ihre erste gemeinsame Inszenierung ein grandioser Erfolg war. Jede Vorstellung war ausverkauft. Die Zei-tungen überschlugen sich mit Lobeshymnen. Gregor führte damals Regie, Arno spielte den Hamlet und die anderen beiden entwarfen Bühnenbild und Kostüme. Herr Mühlhausen sagte, ab diesem Zeitpunkt seien sie unzertrennlich gewesen.«

»Mit Erfolg?«

»Ja, ihre Inszenierungen waren äußerst beliebt. Bis zu dem Zeitpunkt, an dem Gregor aussteigen wollte.«

»Warum?«

»Er wollte nicht länger mit Arno arbeiten, weil er ihn für eitel und egozentrisch hielt. Gregor beschwerte sich, dass es Arno nur um sich selbst und nicht mehr um das Stück oder das restliche Ensemble ging. Angeblich mischte er sich zunehmend in die Inszenierungen ein.«

»Und was war mit den anderen beiden?«

»Die unterstützten Gregor. Es ging sogar so weit, dass sie sich weigerten, mit ihm zu proben.«

»Wie hat Arno reagiert?«

»Er hat dem Intendanten gedroht, das Haus zu ver-lassen. Aber das wollte der Mühlhausen nicht. Arno war ein Garant für ein volles Haus.«

»Wie ging es aus?«

»Es tauchten plötzlich Bilder auf. Anonym. Und jetzt rate mal, was darauf zu sehen war.«

»Samira und Arno.«

»Gut kombiniert.«

»Was hat Mühlhausen gemacht?«

»Er wollte sich nicht an der Schmutzkampagne beteiligen, hat er gesagt, und hat die Fotos verbrannt. Kurz danach erschien die Polizei mit den gleichen Bildern. Dann begann der Absturz. Noch vor der Gerichtsverhandlung kündigte Arno.«

»Kam er mit einem Bußgeld davon?«

Peter nickte. »Aber seine Karriere war erst mal hin. Die Affäre schlug immense Wellen in Österreich und Deutschland gleichermaßen.«

»Und jetzt sind sie alle wieder glücklich vereint in Kophusen.«

»Wer's glaubt …«

»Selbst wenn Arno ein Tyrann war, sein Skandal hat jedem von den Musketieren geschadet.«

»Ja, damit war das Ende des Erfolgsquartetts besiegelt. Mitgefangen, mitgehangen.«

»Möglich. Es könnte aber auch jemand anderes die Fotos gemacht und verbreitet haben. Jemand, den wir nicht kennen. Ein eifersüchtiger Kollege zum Beispiel, der allen vieren schaden wollte.«

»Mühlhausen ist jetzt in Berlin. Komischer Zufall, oder?«

»Du meinst, er könnte die Leiche hergeschafft haben?«, fragte Goldberg.

»Wäre doch möglich.«

»Und warum?«

»Rache. Vielleicht stecken die alle unter einer Decke, um Arno endgültig fertigzumachen.«

»Schon möglich.« Doch Goldberg zuckte mit den Schultern. Ein dürftiges Motiv, fand er, es rechtfertigte den Aufwand für dieses Szenario nicht. Entweder war etwas zwischen den Musketieren vorgefallen, was weitaus schwerer wog als verletzte Eitelkeit, oder sie waren auf der falschen Fährte.

»Was ist, wenn Hauke entführt wurde?« Peter klang besorgt.

»Du glaubst doch nicht etwa, dass die einen Polizisten entführen?«

»Wieso nicht? Wer eine einbalsamierte Leiche klaut, der kidnappt auch einen Polizeibeamten.«

Goldberg schüttelte den Kopf. Sie schwiegen einen Augenblick.

»Meinst du, er ist noch am Leben?«, fragte Peter leise in die Stille.

Goldberg sah seinen Kollegen an. »An Hauke hätten Entführer keine Freude. Derartig dicke Knebel gibt es nicht, die ihn daran hindern würden, sich lauthals zu beschweren und denen die Hölle heißzumachen. Mach dir keine Sorgen.«

Peters Augen wurden glasig. Bitte nicht weinen, dachte Goldberg.

»Wenn jemand nicht mehr da ist, wird einem erst klar, wie viel er einem bedeutet.«

»Hauke lebt. Alleine schon, um uns zu ärgern.«

»Wo sollen wir ihn denn noch suchen?«

»Peter, ich mache dir einen Vorschlag. Wir fahren jetzt zu Rosi und trinken eine heiße Milch mit Honig, und danach bringe ich dich nach Hause und du gehst ins Bett.«

144

Sein Kollege nickte stumm. Goldberg gab ihm einen freundschaftlichen Klaps auf die Schulter.

»O.k., ich räume nur noch schnell meinen Schreibtisch ein bisschen auf und melde den Rechner ab.«

Während Goldberg im Wagen auf Peter wartete, schrieb er eine Nachricht an Magda. Es dauerte keine Minute, und er erhielt ihre Absage, zu Rosi zu kommen. Stattdessen verabredeten sie, dass er im Anschluss zu ihr fuhr. Seine innere Unruhe konnte er auf Haukes Verschwinden schieben. Aber lange hielt er dieses Versteckspiel nicht mehr durch. Magda war eine sensible Frau. Sie würde sicher schnell dahinterkommen, dass seine Anspannung einen anderen Grund hatte. Aber zuerst musste er sich Klarheit verschaffen, dann würde er ihr alles erzählen.

14

Die Sonne streckte die ersten zaghaften Fühler durchs Fenster. Goldberg öffnete die Augen. Der Platz neben ihm war leer. Magda war bereits aufgestanden. Er lauschte nach unten, doch es war still. Noch bevor er sich aufgerichtet hatte, war der gestrige Abend wieder präsent. Peter hatte sich statt der heißen Milch mit Honig ein paar Schnäpse genehmigt. Nach langem Zureden hatte er seinen angetrunkenen Kollegen überzeugen können, sich nach Hause bringen zu lassen.

Die Stufen quietschten, als er die Treppe hinunterstieg. Von Magda keine Spur. In der Küche klebte ein Haftzettel mit einer Nachricht von ihr an der Caravelle.

Hauke taucht schon wieder auf! Mach dir nicht so viele Sorgen. Kuss

Das schlechte Gewissen überfiel ihn schlagartig. Er hätte ihr von dem Brief erzählen sollen. Hatten sie sich nicht versprochen, keine Geheimnisse voreinander zu haben? Magda nicht von Judiths Nachricht zu erzählen, fühlte sich für ihn wie Verrat an. Und trotzdem brachte er es nicht fertig, ihr seine Ängste mitzuteilen. Hatte ihn Muriels Tod am Ende zu einem bindungsunfähigen Emotionskrüppel gemacht? Ganz zu schweigen von dem Mordanschlag. Seine Fähigkeit zu vertrauen war empfindlich gestört worden. Nicht nur das. Goldberg fühlte noch etwas anderes in sich aufkeimen. Etwas, das ihn zutiefst verstörte. Die Küchenuhr an der Wand tickte laut im Takt seiner Gedanken. Es war halb acht. Routiniert bereitete er sich einen frischen Espresso zu und setzte sich mit dem Telefon auf die Veranda. Die Nummer hatte er sich gestern notiert. Wohl war ihm bei dem Gedanken nicht, aber er musste das endlich klären. Seine Finger glitten zitternd über die Tastatur. Ungeduldig wartete er auf das Knacken in der Leitung.

»Klinik für Forensische Psychiatrie, Lammert am Apparat«, meldete sich eine weibliche Stimme.

»Guten Morgen, hier spricht Kommissar Goldberg. Philip Goldberg aus Kophusen. Es geht um eine Ihrer Patientinnen.« Er zwang sich, ruhig und sachlich zu klingen. Mit kurzen Sätzen umriss er, worum es ging.

»Der Chefarzt Prof. Dr. Keller ist leider noch nicht im Haus. Soll er Sie zurückrufen?«

»Das wäre nett. Ich weiß, Sie dürfen mir keine Auskunft geben, aber könnten Sie mir sagen, ob alles in Ordnung mit Frau Frank ist?«

Frau Lammert zögerte einen Augenblick. Vermutlich wog sie die gesetzlichen Konsequenzen ab. »Herr Goldberg, es wäre mir lieber, wenn Sie mit Prof. Dr. Keller persönlich sprechen würden. Bitte haben Sie Verständnis, ich darf Ihnen am Telefon keine Auskünfte geben.«

Goldberg gab ihr seine Handynummer und legte auf. Das Zittern der Hände ließ nach. Den ersten Schritt hatte er gemacht. Nun blieb ihm nichts anderes übrig, als zu warten. Er nahm den letzten Schluck Espresso und eilte ins Bad.

Es war halb neun, als er die Tür zur Wache aufschloss. Goldberg hatte die Strecke in weniger als zwanzig Minuten geschafft. Niemand da. Peter musste offenbar seinen Rausch ausschlafen. Der Rechner brauchte eine Weile, um hochzufahren. In der Zwischenzeit versorgte Goldberg die Zimmerpflanze, die sie sträflich vernachlässigten. Ihre Vitalfunktionen reduzierte sie inzwischen dauerhaft auf ein Minimum, so blieb sie am Leben. Das Telefon klingelte.

»Revier Kophusen, Goldberg.«

»Guten Morgen, hier spricht Frauke Hinz vom Bestattungsinstitut Hinz aus Berlin. Es geht um die verstorbene Frau Carmen Kurz. Ihr Kollege bat mich, mit Ihnen persönlich Kontakt aufzunehmen. Die letzten beiden Tage waren sehr stressig, deshalb hatte ich schnell das Fax geschickt. Aber jetzt passt es gerade. Wie kann ich helfen?«

Goldberg schaltete sofort auf Betriebsmodus. »Die Leiche ist bei uns gefunden worden …« Weiter kam er nicht, sie fiel ihm ins Wort.

»Glauben Sie mir, so etwas ist in unserem Hause noch nie passiert. Der Leichnam von Frau Kurz sollte aufgebahrt werden. Wir hatten bereits alles veranlasst. Der Thanatopraktiker war am späten Samstagabend mit

seiner Arbeit fertig. In der Nacht darauf wurde eingebrochen, und man hat nur die sterblichen Überreste von
Frau Kurz gestohlen. Ihre Berliner Kollegen gehen davon
aus, dass die Täter durch das Küchenfenster eingestiegen
sind und den Leichnam dort herausgeschafft haben.
Eine schreckliche Geschichte. Ich bin außer mir.«

»Wer hat Sie beauftragt?«

»Die Tochter, Elena Kurz. Am nächsten Morgen kam
sie zusammen mit ihrem Bruder und wir haben das
weitere Vorgehen besprochen.«

»Der Sohn von Frau Kurz war also auch anwesend?«

»Ja.«

»Kennen Sie seinen Namen?«

»Leon. Ein sehr netter junger Mann. Hat mir gleich
das Du angeboten.«

Goldberg stockte. »Leon Kurz?«

»Er heißt nicht Kurz, das weiß ich genau, weil ich
mich darüber gewundert hatte. Warten Sie, ich schaue
in den Unterlagen nach.«

Goldberg hörte, wie sie den Hörer zur Seite legte. Er
vergaß fast zu atmen. Wenn der Sohn von Carmen Kurz
Kaiser hieß, hatten sie endlich die Verbindung nach Kophusen. Hätte er Jörg doch bloß gleich nach den Namen
der Kinder gefragt!

»Hören Sie?«

»Ja.«

»Kaiser. Leon Kaiser.«

»Haben Sie seine Kontaktdaten?«

»Ja, aber die Nummer, die er mir nannte, ist leider
nicht vergeben und auf meine E-Mails reagiert er
nicht.«

»Wären Sie so freundlich, mir die Unterlagen zu schicken?«

»Ja, ich faxe Sie Ihnen gleich zu.«

Sie verabschiedeten sich, und eine Minute später brummte das Gerät unter dem Drucker. Goldberg nahm das Fax zur Hand und wählte Leon Kaisers Handynummer. Tatsächlich: nicht vergeben.

Hatte er seine tote Mutter aus dem Bestattungsinstitut entwendet und nach Kophusen geschafft, um sie hier auf den Sitz eines Feuerwehrfahrzeugs zu drapieren? Wenn die Beziehung zu seiner Mutter nicht eng gewesen war und sich seine Trauer entsprechend in Grenzen hielt, war dies denkbar. Schon. Aber war es auch wahrscheinlich? Kopfschüttelnd ging Goldberg in sein Büro, um nachzusehen, ob der Berliner Kollege sich gemeldet hatte. Die E-Mail ruhte in seinem Posteingang. Er öffnete die Excel-Liste und gab das Passwort ein, das er ihm in einer separaten Nachricht geschickt hatte. Aufmerksam las er die Namen. Der Ex-Mann hieß Jürgen Kurz und war der leibliche Vater von Elena. Er erfuhr, dass Carmen auch mit Leons Vater verheiratet gewesen war. Arne Kaiser war vor zwei Jahren verstorben. Goldberg blickte auf die Uhr, inzwischen war es nach neun und er beschloss, Jürgen Kurz anzurufen.

Obwohl man ihn bereits informiert hatte, konnte Jürgen Kurz es noch immer nicht fassen. Goldberg ließ ihm die Zeit, die er brauchte, um seine Erschütterung loszuwerden. Dann fragte er nach einem Foto von Leon. Er hatte Glück. Der Mann versprach, es ihm sofort zu schicken.

»Herr Kurz, wussten Sie, dass Ihre Ex-Frau polizeilich registriert war?«

»Die alte Geschichte?«

»Können Sie mir sagen, was es damit auf sich hatte?«

Er lachte. »Carmen war sehr impulsiv, hat ihre Kinder wie eine Löwin verteidigt. Als sie rauskriegte, dass ein Schulkamerad Leon belästigt hatte, ist sie mächtig auf Zinne gewesen. Sie hat dem Jungen am nächsten Tag vor der Schule aufgelauert und ihm ein paar hinter die Ohren gegeben. Daraufhin hat Gregors Mutter Carmen angezeigt.«

Goldberg horchte auf. »Der Junge, von dem Leon belästigt worden ist, hieß Gregor? Gregor Martens?«

»An den Nachnamen erinnere ich mich nicht mehr. Aber bei Gregor bin ich mir sicher. Die zwei waren ja beste Kumpel damals. Die hatten so einen Fimmel für Marionettentheater. Mir war das immer suspekt, aber gut, jedem das Seine.«

»Was genau hat Leon erzählt?«

»Das habe ich Carmen auch gefragt, nachdem sie die Anzeige kassierte. Aber sie hatte Leon versprochen, mit niemandem darüber zu reden, auch mit mir nicht.«

»Haben Sie eine Vermutung?«

»Keinen Schimmer. Ich fand den Gregor immer nett. Ich glaube, Carmen ist da ein bisschen übers Ziel hinausgeschossen. Viel kann da jedenfalls nicht gewesen sein, sonst hätten sie den Jungen ja angezeigt.«

»Was ist aus den beiden geworden?«

»Nach der Ohrfeige war es vorbei mit ihrer Freundschaft.«

»Und Leon hat Ihnen gegenüber darüber nie etwas verlauten lassen?«

»Nee. Der ist ein verschlossener Kerl. War er als Kind schon. Carmen kam auch nicht an ihn heran. Nach der Ohrfeige hat sich das noch verschlimmert. Leon hat fast gar nicht mehr den Mund aufgekriegt.«

»Und Ihre Ex-Frau oder Ihre Tochter, kannten die den Grund?«

»Haben ihn mir jedenfalls nicht verraten.«

»Wissen Sie, wo sich die beiden zurzeit aufhalten könnten?«

»Keinen Schimmer. Langsam mache ich mir Sorgen.«

»Ich danke Ihnen, Herr Kurz. Wenn Sie etwas von Ihrer Tochter oder Leon hören, melden Sie sich bitte umgehend bei uns.«

»Darauf können Sie sich verlassen.«

Gerade als er aufgelegt hatte, hörte er die Eingangstür. Goldberg stand auf. »Guten Morgen, Herr Brandt, wie geht es Ihnen?«

Peter schlich mit gesenktem Kopf in die Küche. »Tut mir leid, Philip, aber es ging nicht früher.«

»Mach dir einen Kaffee. Ich habe Neuigkeiten.«

»Da komme ich ein Mal zu spät zum Dienst und schon hast du unseren Fall gelöst«, sagte Peter missmutig.

»Von gelöst kann keine Rede sein. Aber endlich haben wir eine plausible Verbindung.« Mit Rücksicht auf Peters Zustand erstattete er knapp Bericht.

Ein »Pling!« kündigte die E-Mail von Jürgen Kurz an. Das Foto war ein typischer Familien-Schnappschuss: Carmen mit ihrem Mann und den beiden Kindern Elena und Leon in einem Restaurant. Der Frau sah man ihre Krankheit bereits an. Leon war ein auffallend hübscher Kerl.

»Schick das Foto an sämtliche Hotels und Krankenhäuser in der Umgebung«, bat Goldberg den Kollegen.

Peter nickte vorsichtig, um den Kopf vor Erschütterungen zu bewahren, und drückte zwei Schmerztabletten aus dem Blister.

»Ich fahre jetzt zu Gregor.«

»Was ist mit der Probe heute? Sollen wir die nicht besser absagen?«

Goldberg überlegte kurz. Bisher hatte es keinerlei Übergriffe auf lebende Personen gegeben. Wenn sie den Täter fassen wollten, dann gelang ihnen das sicher nicht vom Schreibtisch aus, sondern nur im Zentrum des Geschehens.

»Das entscheiden wir heute Nachmittag. Ich bin mobil erreichbar.«

»Ist gut.«

Im Rausgehen wandte sich Goldberg noch einmal zu seinem Kollegen um.

»Mach dir keine Sorgen, wir finden ihn.«

Peters Augen wurden wieder glasig. Er schluckte hörbar und nickte Goldberg tapfer zu.

15

Die Kirche lag nur wenige Hundert Meter vom Revier entfernt. Goldberg hatte den Wagen stehen gelassen. Er überquerte die Ampel kurz vor dem Gotteshaus und erblickte Pastor Milan, oder besser gesagt den Teufel, denn er hatte die Rolle tatsächlich ergattert. Er befand sich in einem angeregten Gespräch mit den Künstler-Gästen. Mona hielt einen großformatigen Plan in der Hand, offenbar diskutierten sie über das Bühnenbild. Goldberg war kein Kirchgänger, er kannte den Gottesmann nur vom Sehen. Plötzlich ertappte er sich bei dem Gedanken daran, wie es wäre, mit Magda vor dem Altar zu stehen. Schnell schüttelte er die Vorstellung ab. Er und heiraten, nicht mehr in diesem Leben!

Kurz vor der Gruppe bog er nach rechts ab. Da sie ihm den Rücken zugewandt hatten, bemerkten sie ihn nicht. Haukes Jetta stand immer noch da. Er ließ seinen Blick wandern. Der kleine Parkplatz endete etwa zwei Meter von ihm entfernt, dort wo die Rasenfläche begann. Das Bild des Beetles kam ihm in den Sinn. Sophie war die Letzte, die Hauke gesehen hatte. Ihr Gespräch gestern war unauffällig verlaufen. Sie hatte sich erschütternd gleichgültig gegeben, aber ihre Gefühlskälte war wohl kaum ein Indiz dafür, dass sie ihm etwas angetan hatte. Auf dem Rückweg nach Kophusen hatte sich Goldberg gefragt, warum sie sich überhaupt mit Hauke eingelassen hatte, wenn sie so offensichtlich desinteressiert war. Vermutlich hatte sie sich irgendeinen Vorteil beim Casting erhofft. Nachdem das nicht funktioniert hatte, hatte sie ihn konsequent abserviert.

Goldberg zog sein Handy heraus und rief Peter an. »Ja, Philip hier. Könntest du bei den Kollegen mal nachfragen, ob sie Sophies Beetle an dem Abend nach dem Casting geblitzt haben?«

»Ja, mache ich. Hast du etwa was entdeckt?«

»Nein. Nur so eine Idee.«

»Eben hat sich eine kleine Pension in Kollmar bei uns gemeldet. Die Wirtin glaubt, Leon Kaiser erkannt zu haben.«

»Hat er sich bei ihr eingemietet?«

»Nein, angeblich hat sie ihn im Café Sünnschien gesehen. Ich fahre gleich raus zu ihr.«

»Ja, mach das. Wir treffen uns auf dem Revier.«

Goldberg verstaute das Telefon und ging auf das Grüppchen zu. Gregor stand etwas abseits und zeichnete. Der Kommissar trat zu ihm und warf einen Blick über die Schulter des Mannes.

»Sie haben viele Talente«, sagte er leise.

Gregor hatte ihn nicht kommen hören und zuckte zusammen. »Was machen Sie hier?«

»Ich möchte mit Ihnen sprechen.«

»Schon wieder? Was gibt es? Wollen Sie doch eine Rolle in unserem Jedermann?«

Goldberg schüttelte sanft den Kopf. Warum in Gottes Namen fragten sie einen immer, ob man mitmachen wollte? War das nur ein Reflex, oder dachten sie wirklich, die ganze Welt drehe sich nur um sie?

»Es handelt sich um Ihren Freund. Sie haben uns gar nicht erzählt, dass Leons Mutter Sie tätlich angegriffen hat.«

Endlich hatte Goldberg seine volle Aufmerksamkeit. Gregor blickte ruckartig von der Zeichnung auf.

»Überrascht?«

Der Mann warf einen schnellen Blick zu der kleinen Gruppe hinüber, klappte die Zeichenmappe zu und drängte Goldberg ein paar Schritte weiter in Richtung Grünfläche. »Gehen wir ein Stück.«

»Wovor haben Sie Angst, Herr Martens?«

»Ich habe keine Angst. Ich will nur nicht, dass es die Runde macht.«

»Kommen Sie, Sie erwarten doch nicht, dass ich das glaube. Was ist wirklich zwischen Ihnen und Leon Kaiser vorgefallen?«

Gregor biss sich auf die Lippen. Sein Blick ging zurück zu seinen Kollegen.

»Carmen Kurz ist tot. Vor ihr brauchen Sie keine Angst mehr zu haben.«

Gregor fuhr herum und starrte ihn an. »Sie ist tot?«

»Wussten Sie das nicht?«

»Nein. Woher?«

Seine Bestürzung schien echt zu sein. Andererseits war er vom Theater, war es nicht sein Beruf, die menschlichen Regungen zu studieren und zu beherrschen?

»Herr Martens, Sie können mir Ihre Geschichte hier vertraulich erzählen oder Sie kommen mit aufs Revier. Dort wird Ihre Aussage protokolliert, und ich weiß nicht, ob wir sie dann noch vertraulich behandeln können.«

Gregor schaute auf und nickte, mehr für sich selbst als für Goldberg. »Leon und ich«, begann er leise, »wir waren beste Kumpel damals. Haben echt alles zusammen gemacht. Wir wollten groß rauskommen mit unserem Marionettentheater. Wollten die zweite Augsburger Puppenkiste werden. Eines Abends, als wir zusammensaßen, haben wir ein paar Bier getrunken. Na ja, ein paar zu viel, und da fing es an. Das zwischen uns lief eine Weile; aber irgendwann habe ich gemerkt, dass es nicht mein Ding ist, und habe es beendet.« Gregor wühlte die Geschichte sichtlich auf. Er schwieg einen Moment, bevor er weitersprach. »Ein paar Tage danach hat Carmen mir aufgelauert und mich verprügelt. Sie verlangte, dass ich ihren Jungen in Ruhe lasse. Damals nahm ich an, Leon habe ihr erzählt, dass ich mich an ihn rangemacht hätte. Ich schätzte, das war seine Rache, weil ich Schluss gemacht hatte. Dummerweise hat es meine Mutter mitgekriegt und Carmen wegen Körperverletzung angezeigt. Das war alles.«

»Und was passierte mit Ihnen und Leon?«

»Nichts.«

»Waren Sie nicht sauer auf ihn?«

»Ja schon, aber er tat mir leid, und ich fühlte mich mies, weil mir nicht klar gewesen war, dass die Sache für ihn offenbar ernster war als für mich.«

»Und danach?«

»Wir sind uns aus dem Weg gegangen. Haben echt kein Wort mehr miteinander geredet. Es war traurig, weil wir ja beste Freunde gewesen waren, aber ich glaube, er konnte nicht länger nur mit mir befreundet sein.«

»Bis er wieder Kontakt zu Ihnen gesucht hat.«

»Ja, er schrieb mir eine E-Mail und fragte, ob wir nicht mal wieder ein Bier zusammen trinken wollen. Der alten Zeiten wegen.«

»Und das war vor einem Monat?«

»Ungefähr.«

»Woher hatte er Ihre Adresse?«

Gregor zuckte mit den Achseln. »Ich habe sie seit damals nicht geändert.«

»Haben Sie sich getroffen?«

»Ich dachte, warum nicht. Er ist allerdings nicht erschienen.«

»Weshalb ist es Ihnen so peinlich?«

»Hören Sie, ich schufte vierundzwanzig Stunden für dieses Projekt. Das ist meine einzige Chance, wieder etwas auf die Beine zu stellen, das lasse ich mir nicht kaputt machen. Hier wimmelt es nur so von der Presse. Die sind wie Hyänen. Wenn die Wind von der Affäre kriegen, machen die gleich eine überzogene Soap daraus. Meiner Freundin habe ich das nie erzählt; wenn die das plötzlich in den Boulevardblättern liest, war es das mit uns. Sie sehen ja selbst, wie viel Medienpräsenz der Jedermann auf sich zieht.«

Goldberg nickte. Auch er staunte über die große Aufmerksamkeit, die ein gefallener Star und eine einbalsamierte Frauenleiche auf sich zogen.

»Haben Sie Leon gefunden?«, fragte Gregor plötzlich.

Goldberg irritierte die Frage, er ließ sich jedoch nichts anmerken. Er schüttelte den Kopf. »Was ist mit Arno? Haben Sie Ihren Chef damals in Wien angezeigt?«

»Was?«

»Worum ging es in dem Streit zwischen den vier Musketieren?«

»Woher wissen Sie davon?«

»Die Polizei schuftet auch.«

Gregor kniff die Lippen zusammen und schnaubte durch die Nase. Kurz musste Goldberg an Hauke denken. »Bleibt das unter uns?«

»Das kommt darauf an.«

»Mal angenommen, ich würde jetzt sagen, dass Arno Menzinger ein eitles, selbstsüchtiges Arschloch ist und unsere Karriere damals ruiniert hat, weil er versuchte, uns zu erpressen. Bliebe das unter uns?«

»Schwierig, aber ich könnte die Information auch von sonst jemandem haben.«

Gregor warf einen prüfenden Blick hinter sich. Die anderen waren noch immer in ihr Gespräch vertieft und beachteten sie scheinbar nicht. »O.k. Ich war damals der neue, aufgehende Stern am Theaterhimmel. Ich hatte großes Glück. Mein Intendant hat mich gefördert und die Kritiker haben mich geliebt. Dann kam Arno nach Wien. Das Publikum vergötterte ihn. Er war gut, verdammt gut, und unsere erste Zusammenarbeit war ein Riesenerfolg. Hamlet. Nicht zuletzt durch Mona und Didi. Ihre Ausstattung und sein Bühnenbild waren wunderbar.«

»Und dann?«

»Arno war schon immer ein Arschloch. Er kam überall damit durch. Bald fing er an, uns vorzuschreiben, wie wir die Stücke zu inszenieren hatten. Bei unserer letzten Produktion ging er so weit, dass er nicht nur den Faust spielen wollte, sondern auch gleich den Mephisto mit dazu. Es sei ein Geniestreich, Faust als multiplen Charakter zu inszenieren, der sich das alles nur einbildet. Er präsentierte uns ein fertiges Konzept. Da haben wir dann gestreikt.«

»Mit Erfolg?«

»Nein, der Intendant hatte die Seiten gewechselt. Arno war ein Erfolgsgarant, er setzte uns das Messer auf die Brust. Entweder wir machten es so, oder wir konnten uns einen neuen Job suchen.«

»Wer hat die Fotos geschickt?«

»Ehrlich, ich habe keine Ahnung. Es war keiner von uns. Auch wenn es eine Hassliebe war, man verpfeift seine Kollegen nicht.«

»Und die anonyme Anzeige?«

»Dito.«

»Wussten Sie von der Affäre?«

»Nein. Arno war und ist ein Virtuose auf seinem Gebiet.«

»Warum sind Sie bei diesem Projekt dabei, wenn Sie ihn so sehr hassen?«

Gregors Blick huschte zur Seite. »Ganz ehrlich?«

Goldberg nickte.

»Weil ich genauso ein eitles Arschloch bin wie er. Zufrieden?« Die Verbitterung überraschte nicht nur Goldberg, sondern auch den Regieassistenten selbst. Er starrte auf den Boden, als lägen die Worte ausgespuckt vor ihm im Sand. Als sähe er sie zum ersten Mal. »Das ist so jämmerlich, aber es ist die beschissene Wahrheit.«

Gregor tat ihm leid. Die Verzweiflung, mit der er versuchte, an seine einstige Karriere anzuknüpfen, stand ihm ins Gesicht geschrieben. Es schien, als hätte er diese Gefühle bisher nie vor sich selbst zugeben können. Unfreiwillig war Goldberg Zuschauer dieser Premiere geworden. Ein Trauerspiel in einem Akt.

»Ich danke Ihnen für Ihre Offenheit, Herr Martens.«

Den Impuls, den Mann zu umarmen, ließ Goldberg vorbeiziehen. Niemand würde Gregor helfen können, das vermochte er nur selbst.

Der Mann stieß die Luft durch die Lippen. »Keine Ursache.«

Mit einem Nicken ließ Goldberg Gregor stehen und schloss sich der Gruppe an.

Arno bemerkte ihn als Erster. Überschwänglich begrüßte er den Kommissar. Milan, der Pastor, stand mit geröteten Wangen neben ihm, die Augen leuchteten, als wäre er dem Heiligen Geist höchstpersönlich begegnet. Monas und Didis Gesichter wirkten hoch konzentriert.

»Es wird eine Sensation. Sie dürfen gespannt sein, Herr Kommissar«, sagte Arno.

»Könnten wir uns kurz unterhalten? Allein.«

»Aber natürlich. Gehen wir doch hinein. Ich liebe Kirchen, sie sind so wunderbar archaisch.« Arno nahm in der hintersten Reihe Platz. »Worum geht's?«

Goldberg setzte sich neben ihn. »Fällt Ihnen jemand ein, den Ihr Comeback nicht so euphorisch stimmt wie Sie?«

»Können wir nicht Du sagen?«

Goldberg zuckte mit den Achseln. Es war ihm egal, wie dieser Mann ihn ansprach. »Also, Arno, gibt es da jemanden, der nicht Beifall klatschen möchte?«

»In meinem Beruf? Hunderte, was sage ich, Tausende.«

»Mir würde einer reichen.«

»Du glaubst, mir will jemand an den Karren fahren?«

»Zumindest einem von den vier Musketieren.«

»Oh, ich sehe, du hast deine Hausaufgaben gemacht«, bemerkte er anerkennend.

»Arno, ich weiß, dass du ein talentierter Schauspieler bist, aber können wir diese Spielchen lassen?«

Der Medienprofi hob ergeben die Arme. Seine Miene wurde ernst. Er ließ die Arme in den Schoß sinken, wo er die Hände wie zum Gebet faltete. Goldberg überlegte, ob das eine gespielte Geste oder eine völlig natürliche Reaktion war. Diesem Mann war schwer beizukommen.

»Es gibt da den einen oder anderen Kollegen. Ich war nicht gerade zimperlich, weißt du.« Er hob die Schultern und setzte einen entschuldigenden Gesichtsausdruck auf.

»Wer wusste von deiner Affäre mit Samira?«

»Niemand.«

»Und wer hat dann die Fotos gemacht?«

»Darüber zerbreche ich mir schon den Kopf, seitdem es passiert ist. Ich habe nie mit jemandem über Samira und mich gesprochen.«

»Und Samira?«

»Sie hat mir damals versichert, dass sie kein Sterbenswort über unsere Beziehung verloren hat. Zu niemandem.«

»Hatte sie Verwandte oder Freunde in Deutschland?«

»Nein.« Er rutschte ein Stück näher an Goldberg heran. »Schau, sie hat von unserer Beziehung nur profitiert. Meine Frau und ich haben sie überdurchschnittlich bezahlt, und ich habe sie immer gut behandelt.«

Die Übelkeit in Goldbergs Magen meldete sich zurück. Wenn es sich hier wirklich um die Demontage von Arnos Karriere handelte, wurde ihm der Täter zunehmend sympathischer. »Und eines von den Musketieren? Euer Streit ging bis zur Intendanz hoch.«

»Du hast viel telefoniert.«

»Wenn es sich lohnt, telefonieren wir schon mal über Kophusens Grenzen hinaus.«

Arno seufzte tief. »Ich war ein Idiot, o.k.? Ehrgeizig, selbstverliebt. Ich wollte mir zu Lebzeiten ein Denkmal setzen. Doch die anderen drei spielten da nicht mit. Verständlicherweise. Sie sind alle große Künstler und lassen sich nicht benutzen. Heute weiß ich, dass es ein dummer Fehler war, aber sie haben mir verziehen, wie du siehst. Unsere kreative Maschine läuft auf Hochtouren, wir …«

»Was ist aus Samira geworden?«, unterbrach Goldberg Arnos aufkeimende Schwärmerei.

»Das Letzte, was ich hörte, war, dass man sie ausgewiesen hat.«

Goldberg sah ihn prüfend an. Bereute er seine Affäre oder hatte er sie tatsächlich geliebt? »Warum hast du dich damals aus der Öffentlichkeit zurückgezogen? Vielleicht wäre die Empörung gar nicht so groß gewesen und du hättest weitermachen können.«

»Möglich. Harald hat man seine Alkoholeskapaden auch jedes Mal verziehen.«

Goldberg wusste nicht, wen er mit Harald meinte, vermutlich einen seiner Kollegen. Er fragte nicht nach.

»Ich wollte das Risiko nicht eingehen. Auch meiner Frau und der Kinder wegen. Weißt du, ich war zu der Zeit sehr bekannt, drehte sogar Kinofilme. Wenn ich weitergemacht hätte, wäre es für meine Familie noch belastender geworden, als es ohnehin schon war.«

»Deine Frau hat nichts von der Affäre gewusst?«

»Nein, die fiel aus allen Wolken, genau wie mein Publikum.«

»Übles Pflaster, deine Branche.«

Arno nickte und ließ den Kopf sinken, den Blick auf die gefalteten Hände gerichtet. »Philip, ich will ehrlich sein.« Er machte eine kurze Pause, in der er den Kopf hob und Goldberg aus glasigen Augen ansah. »Kophusen ist meine letzte Chance. Wenn ich den Jedermann vergeige, ist es vorbei, dann bin ich endgültig weg vom Fenster. Dann interessiert sich höchstens noch ein Privatsender für mich und ich darf durch die unsäglichen Formate wie Promi-Dinner tingeln. Und am Ende werde ich qualvoll im Dschungelcamp von den Maden gefressen. Zur Belustigung des Publikums. Gott, das ist so demütigend!«

Goldberg hatte von den Sendungen gehört, aber sich bisher erfolgreich davon fernhalten können. In diesem Punkt hatte Arno sein volles Mitgefühl.

»Dabei geht es mir nicht um das fucking Geld. Ich rede von mir. Als Mensch. Philip, die Bühne ist das Einzige, was mir je etwas bedeutet hat. Das mag jetzt hartherzig in deinen Ohren klingen, aber sie ist es, die mich am Leben hält. Ohne das Theater, ohne mein Publikum wäre ich längst tot. Erbärmlich, oder? Aber was soll ich sagen. Gott, ich brauche den Geruch der muffigen Kostüme, das Lampenfieber, das Scheinwerferlicht, den Applaus, die Jubelschreie. Ich bin ein Süchtiger. Süchtig nach den Brettern, die die Welt bedeuten.«

Arno verstummte. Während er gesprochen hatte, war sein Blick schwärmerisch durch die Luft gewandert, als sähe er das alles genau vor sich. Goldberg ahnte, dass er heute zum zweiten Mal ungewollt Zuschauer einer Premiere geworden war.

Nach Arnos Beichte hatte er Didi und Mona zu sich in die Kirche gebeten. Die Gespräche verliefen ganz ähnlich, und er kam zu dem Schluss, dass sie alle Ertrinkende waren. Der Jedermann war so etwas wie ein Rettungsboot, in das sie gemeinsam flüchteten, der letzte Strohhalm, an den sie sich klammerten, um ihrer drohenden Bedeutungslosigkeit zu entkommen. Für die vier Musketiere ging es in Kophusen um Leben und Tod. Nicht mehr und nicht weniger.

Falls er sich gezwungen sähe, die Aufführung aus Sicherheitsgründen absagen zu müssen, würde der Himmel über den vieren einstürzen. Er dachte an die zehnwöchige Probenzeit und fragte sich, welche Schutzmaßnahmen er überhaupt ergreifen konnte. Im Grunde war jeder der Beteiligten potenziell gefährdet. So viel Polizeischutz bekäme er niemals bewilligt. Sie mussten schnell sein. Denn wenn die Gefahr sich zuspitzte, hatte er keine andere Möglichkeit, als dieses Spektakel abzublasen.

Goldberg beschloss, zurück auf die Wache zu gehen und noch mal von vorne anzufangen. Ein Geräusch ließ ihn aufhorchen. Goldberg drehte sich nach allen Seiten um. Die Kirche war leer. Es hatte wie ein Rutschen geklungen, als würde etwas über den Boden geschleift werden. Da, schon wieder! Er erhob sich aus der Kirchenbank und schritt langsam durch den Mittelgang in Richtung Altar. Plötzlich hörte er einen dumpfen Aufprall. Goldberg hielt inne. Sein Herzschlag beschleunigte sich. Die Geräusche schienen von der Kanzel zu kommen. Er nahm die drei Stufen auf einmal und lugte über den Rand hinweg.

»Was um alles …«

Goldberg brach ab. Er riss die halbhohe Tür auf und betrat die enge Kanzel. Neben dem auf dem Boden kauernden Körper ging er in die Hocke.

»Ich sterbe«, flüsterte der Mann, der zu ihm aufsah.

Goldberg schüttelte den Kopf. Das würde er nicht zulassen. Niemand starb in seinen Armen. Nicht noch einmal.

16

Die intensiven Gerüche nach Alkohol, Rauch und Schweiß erfüllten das ganze Revier. Der traurige Anblick des zusammengekauerten Mannes in der fleckigen Uniform war kaum zu ertragen. Er hatte nichts mit dem stattlichen Polizisten gemein, den sie bis vor drei Tagen gekannt hatten. Mit gesenktem Kopf starrte er in den Becher mit der Aufschrift Kein Bier vor vier und brachte kaum ein Wort heraus.

Nach dem ersten Schock hatte sich Goldberg versichert, dass Hauke nicht verletzt war. Dann hatte er ihn aus der Kanzel gehievt und möglichst unauffällig zur Wache geschafft. Kein leichtes Unterfangen angesichts des erbärmlichen Zustands, in dem Hauke sich befand. Peter war seinem Kollegen um den Hals gefallen. Anschließend hatte er den wohl stärksten Kaffee aufgesetzt, den das Revier je gesehen hatte.

Hauke hatte bis jetzt nur einige unverständliche Worte vor sich hin gelallt. Viel hatten sie noch nicht aus ihm herausbekommen können, doch so langsam ergab sich ein Bild. Irgendwie musste Hauke es nach Ko-phusen zurück geschafft haben. Aus Liebeskummer und Scham hatte er sich in der Kirche verkrochen.

»Warum bist du denn nicht zu mir gekommen, Hau-ke? Wir sind doch Freunde, oder nicht?«

Ihr Kollege blickte nicht einmal auf. Er brummte et-was Unverständliches und schniefte.

»Du solltest dich ausschlafen«, bemerkte Goldberg. »Was hältst du davon, wenn wir dich zu deiner Schwester bringen?«

Hauke starrte ihn finster an. Seine Pupillen schienen im Alkohol zu schwimmen und es wirkte, als schielte er. »Da gehe ich nicht hin!«, protestierte er lauthals.

Das konnte Goldberg verstehen. Wer wollte schon der eigenen Mutter in diesem Zustand gegenübertreten? Er blickte Hilfe suchend zu Peter.

»Wir machen Folgendes«, schlug der vor, »ich hole mein Gästebett und Hauke bleibt hier bei uns auf der Wache. So haben wir ihn im Auge, und er muss sich kei-nen weiteren Peinlichkeiten aussetzen.«

Hauke nickte. Jedenfalls versuchte er es, aber ihm fehlte die Kontrolle über seine Körperfunktionen, sodass daraus eine wellenartige Bewegung wurde, eine Mi-schung aus Nicken und Schütteln.

»Ja, gute Idee«, entgegnete Goldberg.

Peter klopfte Hauke auf die Schulter. »Mensch, ich bin so froh, dass du wieder da bist«, sagte er und machte sich auf den Weg.

Goldberg ging vor dem Kollegen in die Knie und versuchte seinen wabernden Blick aufzufangen. »Hauke, mach so etwas nie wieder. Hörst du?«

»Sie hat gesagt, ich soll nicht wiederkommen. Ich bin ein Weichei, genauso dumm wie die Schafe auf dem Deich.«

Seine Augen schwappten über, und eine Träne lief ihm die Wange hinab. Zu gern hätte Goldberg ihren Alkoholgehalt überprüft. Er hatte Hauke noch nie so gesehen. Natürlich wusste er, dass sein Kollege hinter der polternden Fassade einen zutiefst sensiblen Kern verbarg, aber die Tränen überraschten ihn dennoch. Ungelenk legte Goldberg die Hand auf Haukes Oberschenkel und klopfte dreimal beruhigend.

»Ich habe sie geliebt, Phil. Richtig echt geliebt. Die erste Frau seit Hilke. Und schon werde ich wieder sitzen gelassen. Gott, bin ich so erbärmlich?«

Goldberg dachte an Arno und Gregor. Erbärmlich, hatten sie dieses Wort nicht auch benutzt?

»Das bist du nicht«, sagte er sanft.

»Ihr habt mich alle gewarnt. Ich weiß das. Ich hab eure Blicke gesehen. Ich war … Ich bin ein Idiot.«

»Beim Spiel der Liebe werden nun mal nur Idioten zugelassen. Ein vernünftiger Mensch verliebt sich nicht.«

»Was?!«

»Liebe macht aus uns allen Idioten, Hauke. Nicht nur aus dir. Meistens ist es toll. Aber manchmal geht es eben auch nach hinten los.«

»Nach hinten los? Mein Herz ist explodiert. Sie hat es in die Luft gejagt!« Er imitierte das Geräusch einer Explosion. Seine Arme glitten in großer Geste durch die Luft.

»Ja, das hat sie. Da gebe ich dir vollkommen recht. Und das heißt, dass du jetzt erst mal deinen Rausch ausschlafen musst. Danach sammelst du die Überreste der Explosion ein und setzt sie Stück für Stück wieder zusammen.«

»Da wird nicht mehr viel übrig sein. Nur noch die Trümmer meines Herzens.« Hauke schniefte und wischte sich die Tränen aus dem Gesicht.

»Du wirst dich wundern, wie schnell so etwas wieder zusammenwächst.«

»Phil, ich habe sie wirklich geliebt.«

»Ich weiß.«

»Ich habe mir so viel Mühe gegeben. Rosi hat es gleich gewusst. ›Die ist nicht dein Kaliber‹, hat sie gesagt.«

»Hast du die ganze Zeit in der Kanzel gehockt?«

Hauke nickte. Die Müdigkeit drohte ihn zu übermannen. »Aber ich habe Stimmen gehört«, setzte er schon mit geschlossenen Augen hinzu.

Kein Wunder, dachte Goldberg, doch dann horchte er auf. »Was für Stimmen, Hauke?«

»Eine Frau. Und einen Mann.«

»Was haben sie gesagt?«

»Sie haben sich gestritten.«

Hauke war nun kurz vor dem Wegnicken, und Goldberg wollte ihn nicht wach halten, aber er befürchtete, dass er sich in nüchternem Zustand nicht mehr daran erinnern würde. Deshalb tätschelte er Haukes Wangen. Der riss die Augen kurz auf, schloss sie aber gleich wieder.

»Worüber haben sie sich gestritten, Hauke?«

»Über den nächsten Schritt. Phil, ich bin so müde … Lass mich … schlafen …«

»Welchen nächsten Schritt?«

»Weiß nich …« Damit sackte sein Kopf aufs Knie und ein leises Schnarchen erklang.

Goldberg gab es auf. In der Kanzel hatte er zwei leere Flaschen Gin gefunden. Wenn sie Glück hatten, würde er in ein paar Stunden wieder fit sein und hoffentlich nicht alles vergessen haben.

Das Handy in seiner Tasche vibrierte. »Goldberg.«

»Herr Goldberg, hier spricht Prof. Keller, Forensische Klinik Schleswig, mir wurde ausgerichtet, ich solle Sie zurückrufen.«

Das Ziehen in der Magengegend breitete sich aus. Ihm wurde schlagartig übel. Während er sich in sein Büro zurückzog, berichtete er dem Chefarzt von dem Brief, den er von Judith erhalten hatte. »Ich weiß, Sie dürfen mir keine Auskunft geben, mich interessiert nur, ob es ihr gut geht. Sie hat mich um Hilfe gebeten, und ich weiß nicht, was ich damit anfangen soll.«

»Herr Goldberg, Sie bringen mich in eine unangenehme Lage.«

»Ja, das ist mir bewusst.«

»Na gut. Sie ist ja seit einiger Zeit bei uns und hat inzwischen erstaunliche Fortschritte gemacht. Ich denke, es besteht kein Grund zur Sorge.«

»Aber wieso dann der Brief?«

»Frau Frank hat gegenüber ihrem Therapeuten das Bedürfnis geäußert, mit Ihnen zu sprechen. Wir vermuten, dass sie die Ereignisse aufarbeitet und im Zuge dessen Wiedergutmachung leisten möchte.«

»Was könnte sie mit Hilfe meinen, die ich ihr geben kann?«

»Die Therapiesitzungen unterliegen der ärztlichen Schweigepflicht. Aber ich könnte mir vorstellen, dass es um ihre Tochter geht. Sie sind die einzige noch lebende Verbindung zu ihr.«

»Verstehe.«

»Herr Goldberg, machen Sie sich keine Sorgen, Frau Frank ist bei uns in professionellen Händen.«

»Vielen Dank, Herr Professor.«

»Auf Wiedersehen, Herr Goldberg.«

Kaum war das Gespräch beendet, vibrierte das Mobiltelefon erneut. Es war Magda. Entweder hatte sie die Wache verwanzt oder sie besaß einen siebten Sinn. Ihr Timing jedenfalls war perfekt.

»Wo hast du ihn gefunden?«, fragte sie, ohne eine Begrüßung abzuwarten.

Goldberg hatte ihr eine kurze Nachricht geschickt. Nun berichtete er ihr ausführlich von den Ereignissen.

»Oje, hat ihn scheinbar ziemlich getroffen.«

»Das wird schon. Wir quartieren ihn erst einmal auf der Wache ein, damit er nicht wieder verschwindet.«

»Kommst du heute Abend vorbei?«

»Nein, geht leider nicht, ich will zur Probe.«

»Klar. Dann sehen wir uns morgen, ja?«

»Ja. Bis morgen.«

Das schlechte Gewissen plagte ihn. Er nahm sich fest vor, über seinen Schatten zu springen und ihr in einer ruhigen Minute endlich von dem Brief zu erzählen. Über die aufkeimenden Emotionen musste er sich zunächst selbst klar werden. Konnte es wirklich sein, dass er immer noch Gefühle für Judith hatte? Nein. Aber warum sorgte er sich dann um sie? Es konnte ihm doch völlig egal sein, wie es ihr in der Klinik erging. Ihre Beziehung war beendet. Schließlich hatte sie ihn nach dem tragischen Unfall aus der gemeinsamen Wohnung geworfen. Und selbst, wenn er ihr diese Kurzschlussreaktion verzieh, einen hinterhältig geplanten Mordversuch konnte man nicht verzeihen, geschweige denn für diesen Menschen noch etwas empfinden, oder doch?

Peters Rückkehr unterbrach seine quälenden Gedanken. Gemeinsam bauten sie das Bett in Goldbergs Büro auf und verfrachteten den friedlich schlummernden Hauke hinüber. Dann informierten sie die zuständigen Kollegen, dass sie die Suche einstellen konnten. Einzelheiten behielten sie für sich. Die Polizei war ein Dorf. Eine derartig peinliche Geschichte verbreitete sich innerhalb weniger Stunden wie ein Lauffeuer.

Goldberg erzählte Peter von den Gesprächen mit den Musketieren. Der Kollege machte sich handschriftliche Notizen, die er später abtippen und den einzelnen Dossiers hinzufügen wollte.

»Frau Haas aus Kollmar konnte Leon Kaiser zweifelsfrei identifizieren«, erstattete Peter seinerseits Bericht. »Sie hat ihn am Donnerstag im Café Sünnschien gesehen. Mit einer Frau.«

»Mona?«

»Nein. Ich habe ihr ein Foto von Mona gezeigt, aber sie war es nicht. Die Person, mit der Leon in dem Café saß, war größer und dünner. Sie habe eher eine männliche Statur gehabt, meinte Frau Haas. Ein eher dunkler Typ.«

Goldberg hob die Augenbrauen.

»Gab es Streit?«

»Nein, sie haben sich ganz normal unterhalten.«

»Und dann?«

»Nichts. Sie verließen das Café und sind zum Deich runter.«

Goldberg seufzte. Sie hatten nichts, aber auch gar nichts außer lauter lose Enden, die nicht zusammenpassten.

»Wir sollten das Foto von Leon Kaiser bei Rosi aufhängen. Wenn er die Schlüssel zur Wehr gestohlen hat, ist er vielleicht jemandem dort aufgefallen«, sagte Goldberg.

»Mach ich gleich nach Dienstschluss.«

»Könnte die Frau seine Schwester sein?«

»Nein, Elena war ja mit auf dem Foto.«

»Stimmt.« Goldberg überlegte. »Warum sitzt der seelenruhig in einem Café? Das ergibt keinen Sinn. Was will er überhaupt hier? Wozu die Marionetten, und wieso schafft er seine tote Mutter hierher?«

Ratlos lauschten sie dem Schnarchen aus dem Nebenzimmer. Sie waren beide erleichtert, dass wenigstens ein Problem gelöst war.

»Sagen wir die Probe ab?«, fragte Peter.

»Nein, aber ich werde auch da sein. Was steht heute auf dem Plan?«

»Leseprobe, mit allen.«

»Wunderbar. Wo?«

»In der Aula.«

»Die hat zwei Ausgänge, oder?«

»Ja, vorne und den Bühneneingang auf der Rückseite.«

»Du wirst ein wenig arbeiten müssen, Peter.«

»Ich behalt den Vordereingang im Auge.«

»O.k. Haben wir etwas Neues von den Puppen?«, fragte Goldberg.

»Bruno hat sich nicht wieder gemeldet.«

»Wenn es Leon auf Gregor abgesehen hat, warum dann die Puppen in Kostümen von Arno und Rosi?«

»Er will damit zeigen, dass jeder hier in Gefahr ist. Das schürt Ängste und erhöht bei uns den Druck, die Inszenierung abzublasen. Apropos, ich habe Rosi eine Nachricht geschickt, dass Hauke friedlich schläft. Was passiert ist, soll er den beiden selber sagen.«

Goldberg nickte abwesend. »Kann Leon so beschränkt sein, seine eigenen Puppen und sogar den Leichnam seiner Mutter ins Spiel zu bringen?«

»Muss er wohl.«

»Was könnte er als Nächstes geplant haben? Einen echten Mord?«

»Nun mal nicht gleich den Teufel an die Wand.«

»Wann geht es los?«

Peter sah auf die Uhr. »Um halb acht. Kommst du noch kurz mit zu Rosi?«

»Nein, danke, ich hatte eine Kleinigkeit in Kiel«, log er. »Ich schaue kurz zu Hause vorbei und dann sehen wir uns später bei der Probe.«

»Was machen wir mit Hauke?«

»Den lassen wir heute Nacht hier und schließen ihn ein.«

»Und was ist, wenn ein Feuer ausbricht?«

»Dann hat er ja den Schlüssel in seiner Hosentasche.«

17

Vor der Schule herrschte ein riesiger Andrang. Neben sämtlichen Schauspielern warteten auch das Regieteam und eine stattliche Ansammlung von verschiedenen Pressevertretern auf den Hausmeister, damit er sie reinließ. Mitten in dem Pulk entdeckte Peter seinen Neffen Max, der Arno gerade sein Smartphone unter die Nase hielt und auf ein paar spektakuläre Details hoffte. Morgen würde er sich dieses Schundblatt wohl oder übel kaufen müssen, um sich einen Überblick über das Ausmaß der Misere zu verschaffen. Er straffte sich und nahm die letzten Meter in Angriff. Zwecks besserem Überblick hielt er sich etwas abseits der aufgeregten Menschenmenge. Die Schauspieler standen dicht gedrängt zusammen. Greta nickte ihm zu. Peter erwiderte ihren Gruß. Zum Glück war es heute nur eine erste Leseprobe. In dem ganzen Wahnsinn kam Peter gar nicht dazu, an die bevorstehende Zusammenarbeit mit ihr zu denken.

Der Hausmeister kam mit Philip um die Ecke. Er schloss den Wartenden die Eingangstür auf, und die Schauspieler folgten Arno ins Innere. Sein Chef kümmerte sich um die Presse. Im Reingehen hörte Peter die letzten Worte. Gut machte er das. Wie immer ruhig und besonnen mit einer natürlichen Autorität. Im Grunde war Philip ein Glücksfall für Kophusen.

Die Bühne war bereits vorbereitet. Der große Stuhlkreis in der Mitte wurde von einigen Scheinwerfern ausgeleuchtet. Peters Herz schlug höher. Er atmete tief ein. Theaterluft, dachte er stolz und folgte den anderen nach oben. Auf jedem Stuhl befand sich ein kleines Namens-Kärtchen und eine kleine Flasche Wasser samt Glas. Profis eben.

»Meine Lieben, kommt bitte alle rauf«, rief Arno.

Peter fühlte sich wie ein Kind vor der Bescherung. Er nahm die Sachen vom Stuhl und setzte sich. Glücklicherweise saß er strategisch günstig zum Eingang der Aula. So konnte er jeden im Auge behalten, der rein- und rausging. Aus seiner alten Aktentasche, die er extra vom Dachboden geholt und aufpoliert hatte, nahm er das Textbuch und einen nagelneuen Bleistift zur Hand. Er schloss die Tasche und stellte sie neben sich auf dem Boden ab. Dann griff er nach der Flasche und füllte das Glas. Seine Hände zitterten. Er hoffte, dass er sich nicht zu oft verlesen würde. Zwar hatte er sich bereits vor Wochen mit dem ganzen Stück befasst und die Rolle einstudiert, doch in den letzten Tagen hatte er keine Zeit gehabt, das Geprobte aufzufrischen.

Peters Blick folgte Goldberg, der mit der Pressemeute im Rücken die Aula betrat. Er ließ sie hinter sich und steuerte die Seitenbühne an. Vor einigen Jahren war die Grundschule von Kophusen für viel Geld saniert worden. Die Aula diente der Umgebung als Veranstaltungsort, daher hatte man auf eine solide Ausstattung Wert gelegt. Die Bühne selbst war sieben mal vier Meter groß, hatte einen richtigen Vorhang, den man mechanisch öffnen und schließen konnte, und verfügte sogar über einiges Gestänge unter der Decke, das Platz für mehrere Scheinwerfer bot. Philip platzierte sich auf einem Stuhl neben dem seitlichen Vorhang. Auf diese Weise hatte er auch den Hintereingang im Auge, der auf den Parkplatz der Schule führte.

Peters Hals fühlte sich trocken an. Er nahm einen großen Schluck aus seinem Glas. Dankbar bemerkte er, dass es sich um stilles Wasser handelte. So blieb ihm ein plötzliches Aufstoßen während der Lesung erspart. Doch der Kloß im Hals wurde nicht kleiner. Er würde kein Wort herausbringen. Zum Glück war er nicht zu Beginn dran. Arno und Gregor hatten sich entschieden, den klassischen Jedermann aufzuführen, zwar in einem modernen und der Zeit angepassten Gewand, aber ohne jegliche lokalen Bezüge. Die Inszenierung sollte mit Absicht mit dem Salzburger Jedermann in Konkurrenz treten. Peter fand es zwar ein wenig vermessen, Laien mit echten Schauspielern zu vergleichen, aber Arno wusste sicher, was er da tat.

Als er das Glas zurück auf den Boden stellte, ließ das Zittern etwas nach. Er war froh, dass er die Taschenbuchausgabe vom Jedermann kopiert und vergrößert hatte. Fein säuberlich abgeheftet wartete der Text in dem nagelneuen Ringbuchordner auf seinen Einsatz.

»Herzlich willkommen zur ersten öffentlichen Leseprobe zum Jedermann«, sagte Arno, als wäre es ein offizieller Festakt, den sie begingen.

Er hatte sich in der Mitte des Stuhlkreises aufgebaut, neben ihm stand Gregor.

»Wie ihr seht, habe ich die Presse eingeladen. Aber keine Angst, das wird nur heute und bei der öffentlichen Generalprobe gestattet sein. Sonst herrscht selbstverständlich eine intime Arbeitsatmosphäre. Gregor und ich möchten euch einen geschützten Raum bieten, in dem ihr euch völlig frei hingeben und entfalten könnt. Lasst euren Emotionen freien Lauf, entspannt euch. Und erwartet nicht gleich zu viel. Das hier ist nur eine erste Leseprobe, in der es darum geht, ein Gefühl für eure Mitspieler und den Text zu bekommen.«

Sein Lächeln war herzlich und aufmunternd. Peters Aufregung schwand. Arno drehte sich zu den Presseleuten um und verneigte sich kurz.

»Lasst die Spiele beginnen!«

Max stand in vorderster Reihe und schoss ein paar Fotos aus unterschiedlichen Perspektiven. Peter war es unangenehm, doch gleichzeitig genoss er den ungewohnten Rummel um seine Person. Es war eine eigenartige Mischung, fand er. Er warf Philip einen Blick zu, der ausdruckslos auf dem Stuhl saß. Peter räusperte sich und versuchte, ebenfalls etwas polizeilicher zu wirken. Das Lächeln auf seinem Gesicht verscheuchte er und er setzte eine professionelle Miene auf.

Arno nahm auf dem Stuhl neben Gregor Platz. Einige kramten nach ihren Textbüchern, andere warteten gespannt, dass es endlich losging. Das Regieteam schlug den Text auf und blickte in die Runde.

»Bereit?«, fragte Gregor.

Die Schauspieler nickten. Peters Blick wanderte den Kreis ab. Milan, der drei Stühle neben ihm saß, stellte sein leeres Glas auf den Boden zurück. Peter fand es sensationell, dass ausgerechnet der Pastor den Teufel spielte. Stolz lächelte er ihm zu. Doch Milan hatte sich offenbar verschluckt und begann zu husten. Geduldig warteten sie einen Moment, aber er hörte nicht auf. Im Gegenteil. Es wurde immer schlimmer. Milan schien kaum noch Luft zu bekommen, sein Atem pfiff. Panisch fasste er sich an die Brust. Hatte Milan einen Herzanfall? Genau wie alle anderen saß Peter starr vor Schreck da, unfähig, etwas zu unternehmen.

Arno reagierte als Erster. Er sprang auf, eilte mit wenigen Schritten zum Pastor und klopfte ihm auf den Rücken. Doch es wurde nicht besser. Milan glitt vom Stuhl und rang nach Luft.

»Schnell, einen Notarzt!«

Peter verfolgte, wie sein Chef am Telefon die Adresse der Schule durchgab und auf Milan zuging. Arno hatte dem Pastor den Hemdkragen geöffnet. Peter verließ seinen Platz und richtete den Stuhl aus. Gemeinsam legten er und Philip die Beine des Pastors darauf ab.

Die anderen Spieler standen um sie herum und starrten auf den röchelnden Mann am Boden. Aus den Augenwinkeln bemerkte Peter seinen Neffen, der sich in den Kreis gedrängt hatte und unbemerkt ein paar Fotos schießen wollte.

»Max, das ist jetzt nicht dein Ernst«, rief Peter und versperrte ihm die Sicht. »Der Mann leidet und du hältst die Kamera drauf! Schäm dich!«

Max wandte sich ab. Na immerhin, dachte Peter.

»Hat jemand eine Papiertüte?«, fragte Philip, der neben Milan hockte.

Arno eilte zu seinem Platz und kehrte mit einer leeren Brottüte sofort wieder zurück, die er oben zusammenknüllte.

»So, jetzt ist Feierabend hier. Die Presse verschwindet. Raus hier, auf der Stelle«, rief Peter wütend, als die Meute ihre Kameras wieder auf Milan richtete.

»Seid ihr taub? Ich sagte raus hier.«

Widerwillig zogen die meisten Reporter ab, nur Max schnellte plötzlich nach vorne, den Apparat im Anschlag. Peter stellte sich ihm in den Weg.

»Du gönnst einem aber auch keine Schlagzeile«, sagte Max, ohne den Blick vom Sucher zu nehmen, und drückte den Auslöser.

Die schnell aufeinanderfolgenden Blitze entfachten Peters Wut endgültig. Ehe sich sein Verstand einschaltete, landete seine rechte Hand auf Max' Wange. Das laute Klatschen war in der ganzen Aula zu hören. Max ließ die Kamera sinken und starrte seinen Onkel ungläubig an.

»Spinnst du?«, rief er empört.

Peter sah erschrocken auf den feuerroten Abdruck, den seine Handfläche auf dem Gesicht seines Neffen hinterlassen hatte. Es tat ihm augenblicklich leid und doch fühlte er eine gewisse Genugtuung.

»Jetzt geh endlich«, sagte Peter.

»Das wird ein Nachspiel haben. Meine Zeitung duldet keine Gewalt gegen Journalisten.«

Peter drohte ihm wütend mit der Hand und musste sich beherrschen, nicht gleich noch einmal zuzuschlagen. »Verschwinde!«

Bevor Max abzog, schoss er ein letztes Foto von seinem Onkel mit der zum Schlag erhobenen Hand. Er grinste und rauschte davon. Für einen kurzen Augenblick musste Peter an die morgige Schlagzeile denken und ihm wurde ganz anders. Dann schob er seine Befürchtungen beiseite und wandte sich wieder dem Pastor zu. Er lag noch immer auf dem Rücken, mit hochrotem Kopf, hechelnd wie ein Hund. Dann endlich erklang die erlösende Sirene. Greta rannte hinaus, um den Rettungskräften den Weg zu weisen. Innerhalb weniger Minuten waren sie bei ihm. Der Notarzt schnallte Milan ein Beatmungsgerät über den Mund, und zu zweit legten sie ihn auf die Trage. Sein Atem wurde ruhiger. Tränen liefen ihm seitwärts hinab.

»Milan, das wird schon wieder«, sagte Arno sanft. Dann wandte er sich an den Notarzt: »Darf ich mitkommen? Er hat sonst niemanden.«

Der Arzt willigte ein. »O.k., ausnahmsweise.«

»Gregor, machst du bitte weiter? Sorry, aber selbst der Teufel persönlich braucht mal Schützenhilfe.« Arno lächelte zuversichtlich, winkte ihnen kurz zu und eilte hinter dem Notarztteam und Milan her.

Es wurde still in der Aula. Betretenes Schweigen breitete sich aus. Philip ergriff als Erster das Wort.

»Ich bitte Sie alle, Ihre Wasserflaschen zurück in den Kasten zu stellen.«

Der Kommissar zog sich Handschuhe über. Er griff nach dem grauen Wasserkasten und schritt alle Beteiligten ab. Dann nahm er Milans Glas vom Boden und verstaute es in einem Beweismittelbeutel.

»Keine Sorge, das ist eine reine Vorsichtsmaßnahme«, erklärte er.

Peter sah in die Gesichter seiner Mitspieler und konnte den Zweifel darin lesen. Die euphorische Stimmung hatte sich verflüchtigt. Gregor sprach mit beruhigenden Worten auf sie ein, versuchte, sie dazu zu bewegen, die Leseprobe fortzusetzen, doch es war vergebens. Er verabschiedete sie notgedrungen und versicherte ihnen, dass es Milan bestimmt bald besser gehen würde. Die Darsteller warfen sich skeptische Blicke zu, gemeinsam traten sie den Weg nach draußen an. Die drei Männer blieben allein zurück.

»Wer hat die Getränke besorgt?«, fragte Philip.

»Der Hausmeister. Michael. Wir haben ihn gebeten, alles einzukaufen«, erwiderte Gregor.

»Und wer hat die Aula vorbereitet?«

»Auch Michi.« Gregor schien niedergeschlagen, als stünde er vor den Scherben seiner gerade wieder aufblühenden Karriere. »War das ein Anschlag?«

Peter warf Philip einen fragenden Blick zu. Sein Chef ignorierte ihn.

»Sämtliche Lebensmittel müssen kriminaltechnisch untersucht werden. Dann wissen wir mehr«, sagte er. »Und bis dahin müssen wir die Proben leider aussetzen.«

»Komm, Gregor, ich bring dich raus.« Behutsam legte Peter dem geknickten Regieassistenten den Arm um die Schultern. Sobald sie den Täter oder die Täterin überführt hatten, würde es weitergehen. Verschoben ist nicht aufgehoben, dachte Peter.

Goldberg setzte sich auf einen der freien Stühle. Er war überzeugt davon, dass es kein zufälliger Erstickungsanfall gewesen war. Er blickte in den Kasten, der neben ihm auf dem Boden stand. Mehrere Flaschen waren geöffnet worden. Demnach hatten bereits einige der Schauspieler von dem Wasser getrunken, als Milan zu husten begann. Inklusive Peter, das hatte er selbst gesehen. Offenbar war nur eine Flasche präpariert worden. Aber warum ausgerechnet die von Milan? Gab es dafür einen Grund? Die feste Sitzordnung sprach dafür. Man hatte es auf den Pastor abgesehen.

Gleich morgen früh würden sie die Sachen ins Labor nach Kiel bringen. Bruno musste sämtliche Flaschen und Gläser überprüfen. Kein Weg führte daran vorbei, die Proben fürs Erste auszusetzen. Egal, was Milan getrunken hatte, die Drohung war offenbar sehr ernst zu nehmen. Er hoffte, dass der Pastor nicht zu Schaden gekommen war. Wenn sie Glück hatten, würde ihnen die Substanz in dem Wasser Aufschluss über den möglichen Täter geben.

»Ich habe ihn gefunden.« Peter stand in der Tür, neben ihm der Hausmeister Michael Löns. Goldberg fielen die Marionetten ein. Er war derjenige gewesen, der sie gefunden hatte, ebenfalls hier in der Aula. Der Mann besaß sämtliche Schlüssel der Schule, ging hier ein und aus, als wäre es sein Zuhause.

»Ich komme«, erwiderte Goldberg. Er stand vom Stuhl auf und kam auf die beiden Männer zu. Michael schien alles andere als nervös zu sein. Er war die Ruhe selbst. »Haben Sie die Aula für die Probe vorbereitet?«

»Ja. Gregor hat mich darum gebeten, einen Stuhlkreis aufzustellen.«

»Haben Sie auch die Wasserflaschen besorgt?«

Er nickte.

»Woher haben Sie sie?«

»Aus dem Supermarkt in Horst.«

»Wann haben Sie hier aufgebaut?«

»Gestern schon. Gleich nachdem die Marschbretter draußen waren.«

»Was hat der Theaterverein hier gemacht?«

»Die hatten gestern Abend Mitgliederversammlung.«

»Wer hat alles einen Schlüssel zu diesem Gebäude?«

»Na ja, ich, die Bürgermeisterin, die Schulleitung und einige Lehrer natürlich.«

»Auch jemand von den Marschbrettern oder den Theaterleuten?«

»Nee, die nicht. Wenn jemand Fremdes hier rein will, geht das immer über mich.«

»Und Sie haben den Schlüssel nicht aus der Hand gegeben?« Goldberg schlug einen vertraulichen Ton an, doch Michael Löns schüttelte den Kopf.

»War jemand bei Ihnen, als Sie hier aufgebaut haben?«

Wieder Kopfschütteln.

»Und die Namensschilder? Haben Sie die aufgestellt?«

»Ja.«

»Woher hatten sie die?«

»Gregor hat sie mir gegeben.«

»Gab es eine feste Sitzordnung?«

»Nein, ich habe sie einfach verteilt. Genau wie die Flaschen und die Gläser.«

Goldberg gab auf. »Bitte schließen Sie alle Türen sorgfältig ab.«

»Aber die wollten doch bis elf proben. Sind die schon fertig?«

»Hier wird heute gar nichts mehr geprobt. Und morgen bleibt die Aula für den Schulbetrieb ebenfalls geschlossen. Sorgen Sie bitte dafür. Bevor die Spurensicherung nicht hier war, kommt hier keiner rein.«

18

Er hatte es fast geschafft. Ihm fehlten nur noch ein paar Zentimeter. Das Handy musste ihm beim Reinkommen aus der Tasche gefallen sein. Sie hatten ihn gefilzt, aber da hatte es bereits unter dem Bett gelegen. Von dieser Seite aus war es unmöglich, daranzukommen. Egal, wie sehr er seinen Körper auch in die Länge streckte, er war zu kurz. Er schloss die Augen.

Inzwischen hatten ihn seine Erinnerungen eingeholt. Warum hatte er sich bloß auf diese Sache eingelassen? War ihm die dumme alte Geschichte wirklich so wichtig? Ja, das war sie. Jedenfalls noch vor ein paar Wochen. Da war es ihm wie ein Wink des Schicksals erschienen. Endlich war die ersehnte Gelegenheit da, sich für all die Schmerzen und die Qualen zu revanchieren. Es war ihm richtig vorgekommen. Richtig und gut. Doch jetzt? Es war eine Katastrophe.

Seine Augen füllten sich mit Tränen. Das hatte sie nicht verdient. Er hatte ihr die Würde genommen, weil er überzeugt gewesen war, auf diese Weise Gerechtigkeit zu erzwingen, den Betrug zu sühnen. Aber er war zu schwach. Zu blöd. Man hatte ihn benutzt. Von Anfang an war es nicht um ihn gegangen. Er hatte sich täuschen lassen. Wieder einmal.

»Verzeih mir«, flüsterte er in die Stille.

Vor seinem geistigen Auge sah er ihr Gesicht und schämte sich. Was hatte er sich bloß dabei gedacht? Welcher Teufel hatte ihn geritten? Dafür würde er in der Hölle schmoren. Aber nicht allein. Er würde sie alle mitnehmen. Dazu musste er nur an dieses verdammte Telefon kommen. Nur zwei Zentimeter. Zwei gottverdammte Zentimeter.

19

Der Weg nach Kiel tat weh. Es waren die Erinnerungen an Sophie, die sich in seinem Kopf breitmachten, der ohnehin schon kurz davor war, zu zerspringen. Sein gesamter Körper schmerzte. Die zwei Nächte in der engen Kanzel hatten seinen Gliedern schwer zugesetzt. Doch sein Herz tat am meisten weh. Sophie hatte ihn eiskalt abserviert. Sie hatte ihn nach Kiel mitgenommen und dann vor die Tür gesetzt. Sie müsse jetzt für sich sein, hatte sie behauptet, und er war brav in den Zug gestiegen. Was war er doch für ein Idiot gewesen. In dieser Nacht hatte er ihr unzählige Nachrichten geschrieben, die Beweise für seine Dummheit hatte er heute Morgen auf dem Handy gelöscht. Nüchtern betrachtet war sein Verhalten mehr als armselig. Dementsprechend hatte sie ihm nur ein einziges Mal geantwortet.

Lass mich endlich in Ruhe. Es ist aus.

Diese Nachricht hatte er nicht gelöscht, er wollte sie als Mahnmal behalten. Sie sollte ihn daran erinnern, Sophie nie wieder anzurufen. Denn trotz aller Schmach vermisste er sie.

Genau deswegen hatte er sich auch freiwillig gemeldet, die Beweisstücke nach Kiel zu bringen. Am besten war es, gleich wieder aufs Pferd zu springen. Diese Frau würde ihm Kiel und alle anderen Orte, an denen sie zusammen gewesen waren, nicht verleiden. Auch wenn es im Moment nicht danach aussah, er würde die Niederlage wie ein richtiger Mann ertragen. Er hatte sich wie ein Idiot aufgeführt und er schämte sich, dass er so naiv und dumm gewesen war, aber er hatte sie aufrichtig geliebt. Und das Schlimmste war, er tat es noch.

Philip war an diesem Morgen zuerst auf der Wache eingetroffen und hatte ihm schon beim ersten Kaffee zugesetzt. Doch er konnte sich beim besten Willen nicht erinnern, wer die beiden gewesen waren, die sich in der nächtlichen Kirche gestritten hatten. Er wusste nur noch, dass es sich um einen Mann und eine Frau gehandelt hatte. Sie diskutierten über den nächsten Schritt, das war alles, was er noch wusste.

In seinem Kopf waberten die Bilder des Abends und der Nacht zusammenhanglos umher. Am Elmshorner Bahnhof hatte er sich zwei Flaschen Gin gekauft. Warum er ausgerechnet dieses widerliche Gesöff gewählt hatte, fiel ihm nicht ein. Danach hatte er einen alten Kumpel getroffen, der von seiner Schicht auf dem Heimweg gewesen war. Während der Fahrt hatte Hauke die erste Flasche bereits bis zur Hälfte geleert. Sein Kumpel hatte ihn in Kophusen abgesetzt. Dummerweise genau an der Kreuzung zur Kirche. Als er am Eingang vorbeigekommen war, hatte ihn ein plötzlicher Anflug von Selbstmitleid überfallen. Milan hatte mit den Theaterleuten auf einer Bank vor der Kirche gesessen, so viel wusste er noch. Offenbar ließen sie den Abend zusammen ausklingen. Unbemerkt war er durch die offene Tür geschlüpft. Dann erinnerte er sich nur noch, wie er in die Kanzel gekrochen war. Er hatte sich so sehr geschämt, dass er allein sein wollte. Es war lange her gewesen, dass er einen totalen Blackout vom Alkohol gehabt hatte. Das letzte Mal, als Hilke ihn verlassen hatte. Sophie drängte sich in seinen Kopf. Er spürte ihre weichen Lippen auf den seinen. Scheiße, jetzt hör aber auf! Er musste diese Bilder verbannen.

Philip hatte ihn auf den neusten Stand der Ermittlungen gebracht. Daraufhin beschloss Hauke, sich wieder wie ein normaler Mensch zu verhalten. Bevor er nach Kiel aufgebrochen war, hatte er bei Rosi geduscht und gefrühstückt. Sie hatte ihm versprechen müssen, ihrer Mutter nichts über sein »Kirchenasyl« zu erzählen. Seine Schwester hatte ihn in den Arm genommen und fest an sich gedrückt. Normalerweise war er kein Freund von solchen emotionalen Anwandlungen, aber in diesem Fall hatte es gutgetan. Er hatte sich sogar ein paar Tränen verdrücken müssen.

Der Parkplatz der Rechtsmedizin war fast vollständig besetzt, sodass Hauke den Streifenwagen in eine winzige Parklücke quetschen musste. Mit eingezogenem Bauch zwang er sich aus dem Auto. Zum Glück hatte er die Beweismittel im Kofferraum deponiert. Als er sich bückte, um sie herauszuholen, wurde ihm leicht schummrig. Offensichtlich waren die Nachwirkungen seines Alkoholexzesses noch immer nicht ganz überstanden. Vorsichtig nahm er alles heraus und machte sich auf den Weg in den dritten Stock.

Als Hauke die Tür öffnete und eintrat, hob Bruno den Kopf. Er saß an einem der Seziertische, einen aufgeklappten Laptop vor sich.

»Herr Kollege. Wie schön, Sie zu sehen.«

»Dito.«

»Wie geht es dir? Du hast die Kieler Polizei ordentlich in Aufregung versetzt.«

»Kommt nicht wieder vor.«

»Und dann erfährt man noch nicht einmal, wo du dich herumgetrieben hast.«

»Lange Geschichte.«

»Also kein Kommentar deinerseits?«

»Eher nicht.«

»Schade. Das sind meistens die spannendsten Geschichten.«

»Ich habe etwas für dich«, bemerkte Hauke und stellte die Batterie an Gläsern und den Kasten Wasser auf einem der Seziertische ab.

Bruno erhob sich und schob seine Brille über die Stirn. »Kiel mag nicht die reichste Stadt sein, aber es herrscht noch kein Wassermangel«, sagte er grinsend.

»Sehr witzig.«

Bruno begann zu schnuppern. Erst an den Gläsern, dann wandte er sich Hauke zu. »Ist da Sprit drin oder hast du die letzten Tage ausgiebig getankt?«

Hauke hatte befürchtet, dass man seine Fahne noch riechen würde. Er räusperte sich und warf Bruno einen flehenden Blick zu.

»Verstehe.« Der Rechtsmediziner seufzte. »Und was soll ich jetzt mit dem Zeug? Du weißt schon, dass das kein Fall für die Rechtsmedizin ist, oder?«, fragte er und deutete auf die unzähligen Plastikbeutel.

Hauke erklärte ihm die Zusammenhänge. Milan war ins Krankenhaus nach Itzehoe gekommen, und Philip hatte heute Morgen bereits mit dem zuständigen Arzt gesprochen. Der Pastor fühlte sich wieder gut. Man ging von einem allergischen Asthmaanfall aus. Sicherheitshalber behielten sie Milan noch eine Nacht zur Beobachtung.

»Philip hat veranlasst, dass sie dir eine Blutprobe schicken.«

»Na schön. Apropos, ich habe den Leichnam von Carmen Kurz freigegeben und ihn zurück nach Berlin beordert. Nun kann sie endlich ordnungsgemäß bestattet werden.«

»Hast du noch etwas gefunden?«

»Nein.«

Hauke nickte vorsichtig.

»Mit den Marionetten bin ich fertig. Außer den Fingerabdrücken konnte ich nichts feststellen.«

»Kannst du dir das Wasser gleich vornehmen?«

»Ihr werdet es vermutlich nicht glauben, aber das hier ist keine exklusive Außenstelle der Kophusener Polizei.«

»Ja, ich weiß. Aber wir müssen entscheiden, ob wir dem ganzen Theater den Garaus machen müssen.«

»Allergisches Asthma«, murmelte Bruno. »Welches Glas ist das von dem Pfaffen?«

»Das hier.« Hauke reichte ihm die Tüte. Bruno hielt es in die Luft und drehte den Beutel nach allen Seiten.

»Gibt es nicht so etwas wie einen Schnelltest, oder so?«

»Wenn es den gäbe, könnte jeder Fünfjährige mit einem Chemie-Baukasten meinen Job machen.«

Mitsamt dem Glas ging Bruno zu einem Metallwagen und nahm eine Lupe zur Hand. Hauke spürte seine Ungeduld, die ihn seltsam beruhigte. Zum Glück waren noch genügend Hirnzellen übrig geblieben, sodass er wieder er selbst werden würde.

»Habt ihr euch das mal genauer angesehen?«, fragte Bruno, sprach jedoch weiter, ohne eine Antwort abzuwarten. »Kein Wunder, dass euer Gottesmann einen allergischen Schock hatte. Hier, siehst du?«

Der Rechtsmediziner reichte ihm die Lupe. Hauke nahm sie entgegen und schaute durch das Vergrößerungsglas.

»Ich sehe nur Haare.«

Bruno seufzte. »Eben.«

»Entschuldige, mein Gehirn ist heute nicht ganz so schnell.«

»Tierhaar, werter Herr Kollege. Ein klassischer Auslöser allergischen Asthmas. Wenn euer Täter gründlich war, hat er das Glas zusätzlich mit einem Schuss Tierspeichel versehen.«

Hauke starrte den Mann an.

»Da hat jemand genau gewusst, dass der Diener Gottes ein Problem mit seinen Atemwegen hat.«

»Du meinst, der hat Katzenhaare gesammelt und das Glas damit präpariert?«

»Oder Hundehaare.«

»Kann so ein Anfall tödlich sein?«

»In den seltensten Fällen. Die Kombination mit Wasser schwächt die allergische Reaktion in der Regel ab.«

»Kannst du das irgendwie prüfen?«

»Ja, keine Sorge. Das Analyseergebnis habe ich heute Nachmittag.«

Hauke ließ die Lupe sinken und stellte das Glas auf dem Tisch ab. »Danke.«

»Dafür schuldest du mir deine Geschichte.«

»Nee. So haben wir nicht gewettet.«

Bruno grinste breit.

Bevor er sich wieder in den Wagen zwängte, rief er auf dem Revier an und informierte seine Kollegen. Hauke schlug den Weg zur Autobahn ein. Es dauerte eineinhalb Stunden, bis er den Wagen auf dem Revierparkplatz abstellte. Froh über die kommende Ablenkung betrat er die Wache.

»Der verlorene Sohn«, rief Peter.

»Sehr witzig«, erwiderte Hauke.

»Wie geht es dir?«

»Beschissen.«

»Ich sehe, du bist auf dem Wege der Besserung.«

»Hast du frischen Kaffee?«

»Setz dich, mein Freund. Ich hole dir einen.«

Vielleicht sollte er öfter mal für ein paar Tage spurlos verschwinden, überlegte Hauke und nahm wie gewohnt auf seinem Schreibtischstuhl Platz. Er fuhr den Rechner hoch, während Peter ihm einen dampfenden Becher Kaffee hinstellte. Hauke wollte gerade einen Schluck nehmen, da spürte er plötzlich Peters Haare an seiner Wange.

»Was zum Teufel …«

Weiter kam Hauke nicht. Sein Kollege drückte ihm einen dicken Kuss auf die Backe. »Hey! Mach das nie wieder, mein Freund.«

»Wenn du mir versprichst, mich nie wieder zu küssen, schwöre ich dir das sogar beim Leben meiner Mutter. Und jetzt lass mich verdammt noch mal los.«

Hauke fuhr sich mit dem Handrücken über die Wange.

»Ach, stell dich nicht so an. Ich werd mich ja wohl noch freuen dürfen, dass meinem besten Freund nichts passiert ist«, erwiderte Peter und verpasste Hauke prompt einen weiteren Schmatz.

»Lässt du das bitte sein!« Ruckartig zog Hauke seinen Kopf weg. Die Strafe ließ nicht lange auf sich warten. Der Schmerz schoss ihm in die Stirn. Alkohol sollte er in nächster Zeit unbedingt meiden. Und diesen emotional labilen Kollegen gleich dazu. »Wo ist Philip?«

»Der schaut sich bei Milan im Haus um.«

»Und du?«

»Ich suche Leon Kaiser.«

»Unter deinem Schreibtisch?«

»Nein, ich werte die Hinweise aus. Ich habe gestern ein Bild von ihm in Rosis Gastraum aufgehängt.«

»Und wo ist er überall gesichtet worden?«

»Bisher nur in Kollmar.«

»Und diese Frau?«

»Von ihr haben wir bloß die vage Personenbeschreibung aus dem Sünnschien.«

Hauke lehnte sich zurück und genoss den Kaffee.

»Wusstest du von Milans Allergie?«, fragte Peter.

»Nein.«

»Philip sagt, wir sollen neu ansetzen. Den Blickwinkel ändern.«

Solange er sich dazu nicht auf den Kopf stellen musste, war es Hauke recht. »Hast du schon Rückmeldung zu der E-Mail?«

»Ja. Sie ist vom Server eines Internetcafés in Itzehoe gesendet worden.«

»Und was ist mit dem Anbieter?«

»Das Konto wurde von Jim Knopf aus Lummerland eröffnet.«

»Super. Hast du auch die Hotels in Itzehoe abgefrühstückt?«

»Ja, denen habe ich allen das Foto geschickt. Nichts.«

»Scheiße.«

»Übrigens habe ich auch die Daten deiner Handyortung bekommen. Du steckst auf der Wache in Kophusen.«

Hauke seufzte. »Gute Arbeit.«

Die beiden Männer schwiegen einen Augenblick. Sie hatten eine Phase erreicht, die alle Ermittlungen zwangsläufig hatten. Einen Zeitpunkt, an dem man auf der Stelle trat. Hauke hasste das ebenso sehr wie jeder andere Polizist. Besonders unbeliebt war bei ihm die Vorstellung, dass die Täter sich heimlich ins Fäustchen lachten, während sie das Tal der Ahnungslosen durchwanderten. Er stand auf und füllte den Becher mit seinem Grundnahrungsmittel. Weder Milch noch Zucker durften den bitteren Geschmack abmildern. Das Koffein weckte die letzten Lebensgeister in ihm.

»Seit wann liest du dieses Schundblatt?«, fragte Hauke, dem die Zeitung im Mülleimer auffiel.

»Weißt du es gar nicht?«

»Was?«

»Hier. Lies es selbst. Gleich die erste Seite.« Peter warf ihm die zerknüllte Zeitung auf den Schreibtisch. »Erinnerst du dich an Max?«

»Dein Neffe?« Hauke strich das Papierknäuel glatt.

»Ja, genau der. Er nennt sich selbst Journalist und schreibt für dieses Drecksblatt.«

»Peter, du bist ja richtig fünsch.«

»Wenn man das liest, kann man nur fünsch werden.«

Auf der Titelseite sprang ihm ein Bild von Milan entgegen, der röchelnd auf dem Boden lag. Arno kniete neben ihm, die Hand auf der Schulter des Pastors.

›Der Teufel in Lebensgefahr‹, lautete die Überschrift, die in riesigen Lettern über dem Bild prangte. Unter dem Text entdeckte Hauke ein zweites, etwas kleineres Foto, auf dem Peter zu sehen war. Die Hand zum Schlag erhoben, mit einem Gesichtsausdruck, der weit über fünsch hinausging. Die Bildunterschrift lautete:

›Polizeigewalt auf dem Dorf: Beamter Peter B. schlug auf wehrlosen Journalisten ein.‹

Hauke sah auf. »Bei solchen Verwandten braucht man keine Feinde mehr, was?«

»Er war so begabt, und jetzt?«

»Hat Elke sich schon gemeldet?«

»Ich hoffe, dass sie das nicht lesen muss.«

»Jedenfalls ist Kophusen in aller Munde.«

»Darauf kann ich gut verzichten. Die oberste Stelle hat mich heute schon angerufen und gefragt, was denn hier los sei und ob sie uns einen Supervisor schicken sollen. Philip konnte das gerade noch abwenden.«

»Und jetzt?«

»Wir sollen uns zurückhalten und keine weiteren Eskalationen zulassen.«

»Peter, das hätte ich nie von dir gedacht.«

»Ach, halt den Sabbel.«

Hauke hatte seinen Kollegen nie so wütend erlebt. Wahrscheinlich stand er mächtig unter Druck. Die Chance, die Rolle des Jedermann zu spielen, erhielt man nicht jeden Tag. Noch dazu mit so einem Medienrummel. Umso dringender mussten sie den Täter finden. Bevor einer der Darsteller noch ins Gras biss. Insgeheim dachte er an Sophie und seufzte. Er war froh, dass sie die Rolle der Buhlschaft nicht bekommen hatte. So war sie wenigstens in Sicherheit.

20

Das Haus war nicht nur sauber, es wirkte klinisch rein und war penibel aufgeräumt. Für einen Allergiker mit Asthma konnte jeder Partikel potenzielle Lebensgefahr bedeuten. Milan wohnte allein auf über hundert Quadratmetern und hatte sich modern eingerichtet. Wenig Möbel, keinen Schnickschnack, der sinnlos herumstand. Keinerlei Staubfänger, die ihn gefährden konnten. Die Dame im Gemeindebüro, bei der er den Ersatzschlüssel geholt hatte, hatte ihm berichtet, dass so ziemlich jeder, der Milan kannte, von seinen Allergien wusste. Spätestens wenn man ihn in seinem Haus besuchte, war es offensichtlich, fand Goldberg.

Vom Flur gelangte er in ein großzügiges Wohnzimmer. Ein ausladendes Ledersofa bildete den Mittelpunkt. Zur Küche ging es links ab. Auch hier war alles blitzblank. Sämtliche Küchenutensilien waren in den Schränken verstaut. Die Arbeitsfläche war frei von Krümeln. Goldberg beeindruckte die Gründlichkeit, mit der Milan vorging, oder er hatte eine tatkräftige Putzhilfe.

Das obere Stockwerk bestand aus Schlaf- und Arbeitszimmer sowie einem Gäste-WC und einem extra großen Badezimmer. Selbst hier standen keine Gegenstände herum, alles war fein säuberlich in Schränken untergebracht. Goldberg öffnete den Kleiderschrank im Schlafzimmer. Hemden und Hosen hingen auf Bügeln. Pullover oder andere Wollsachen gab es nicht. Er schloss die Türen wieder und ging nach unten.

Im Flur warf er einen letzten Blick in die Kommode. In der ersten Schublade befand sich ein Sammelsurium aus den unterschiedlichsten Dingen. Ein klein wenig Chaos gestattete sich Milan also doch. Sein Augenmerk richtete sich auf ein Mäppchen, das Goldberg an Haukes Maniküremanie erinnerte. Er nahm das Etui zur Hand und öffnete es. Es war kein Nagelset, wie er vermutet hatte. Stattdessen fand er eine knetartige Masse darin vor. Glatt gestrichen ohne erkennbare Abdrücke. Er hatte etwas Derartiges bisher nur einmal gesehen, und das sollte so gar nicht zu einem Mann Gottes passen. Goldberg überlegte kurz, ob er es einstecken und untersuchen lassen sollte, entschied sich aber dagegen. Ohne Abdrücke war es wertlos. Sorgfältig verschloss er das Etui wieder, legte es zurück in die Schublade und verließ das Haus.

Beide Kollegen saßen an ihren Schreibtischen. Ein Anblick, der Goldberg einen wohligen Seufzer entlockte. Sie befanden sich wie gewohnt im lebhaften Austausch miteinander. Der Kommissar spürte die Erleichterung, dass Hauke unversehrt unter ihnen weilte.

»Und, hast du eine Leiche in seinem Keller gefunden?«, fragte Hauke.

»Nein.«

»Ich habe es doch gesagt, Milan ist sauber. Der wäre nicht so lebensmüde, sich selbst einen allergischen Schock zu verpassen.«

Auf dem Weg zur Wache hatte Goldberg sich überlegt, nichts von seinem Fund zu berichten. Er konnte nicht beweisen, dass Milan diese Knetmasse benutzte, um Abdrücke von Schlüsseln anzufertigen. Selbst wenn es stimmte, musste er einen Schlüsseldienst finden, der ihm die passenden Schlüssel herstellte. Normalerweise war das verboten und hier in der Gegend gab es nicht viele Schlüsselmacher. Milan musste einen seines Vertrauens haben, um an gute Kopien zu kommen. Außerdem hatte Hauke recht, würde ein so pedantischer Mensch sich einen allergischen Schock selber zufügen? Und selbst wenn, blieb die Frage nach dem Warum.

»Peter, setz bitte frischen Kaffee für euch auf. Wir gehen systematisch alle Ereignisse noch einmal durch.«

Sein Kollege nickte und eilte in Richtung Küche.

»Sind noch Haferkekse da?«, fragte Goldberg.

»In meiner linken unteren Schublade«, erwiderte Peter.

Hauke stand auf. »Ich mach das schon.« Er griff nach der Tüte und leerte sie auf den dafür vorgesehenen Teller auf Peters Schreibtisch aus. Den ersten Keks nahm er sich selbst und reichte die Schale an Goldberg weiter. »Ich hab diese furztrockenen Scheißdinger irgendwie vermisst.«

Peter kehrte zurück, das Glucksen der Kaffeemaschine im Hintergrund, und setzte sich an seinen Platz. »Fangen wir an.«

Es dauerte zwei Stunden, aber am Ende waren sie keinen Schritt weiter. Goldberg hatte versucht, den Kreis der Verdächtigen auszuweiten, doch ihnen fiel niemand ein. Niemand, der von der Absetzung des Stückes profitierte. Der makabre Leichenfund war deutlich vor der Bekanntgabe der Besetzung gewesen, sodass sie die abgelehnten Darsteller ausschlossen. Goldberg gab zu bedenken, dass es sich um unterschiedliche Täter handeln konnte, aber das erschien ihnen unglaubwürdig. Die Drohung, der feige Angriff auf Milan, das alles wirkte gut durchdacht und vorbereitet.

Die Marschbretter schlossen sie ebenfalls aus. Goldberg musste zugeben, dass er ihnen diese Raffinesse und Abgebrühtheit nicht zutraute, auch wenn sie durch ihr Hobby ein gewisses Maß an Dramatik verinnerlicht haben mochten. Außerdem waren auch die Marionetten deutlich vor der Eröffnung aufgetaucht, dass Arno sein Projekt ganz ohne den örtlichen Theaterverein in die Tat umsetzen würde. Das passte nicht zusammen.

Es musste jemanden geben, der von Anfang an gegen dieses Projekt war, der eine Verbindung zu Leon Kaiser und seiner verstorbenen Mutter hatte und die Möglichkeit besaß, die Leiche zu beschaffen. Der Einzige, der dafür infrage kam, war er selbst. Und die Tatsache, dass er in Kollmar im Café gesehen worden war, untermauerte diese Theorie.

»Nehmen wir einmal an, Leon Kaiser ist tatsächlich unser Mann«, begann Goldberg. »Er drapiert die Marionetten in Kophusen, dann stirbt seine Mutter. Er klaut die Leiche, stiehlt die Schlüssel zur Wehr und setzt ihren

Leichnam hinter das Steuer des Löschfahrzeugs.«

»Das hieße, dass er den Tod seiner eigenen Mutter auf übelste Weise für seine Zwecke missbraucht hat«, sagte Peter.

»Widerlich. Das ist so widerlich«, murmelte Hauke.

»Unser Beruf befasst sich nun mal mit den widerlichen Dingen dieser Welt.«

Hauke schnaubte und Goldberg musste lächeln. Gott, wie hatte er das Geräusch vermisst!

»Was ist Leons Motiv?«, fragte Peter in die Runde.

Darauf hatte keiner der drei eine plausible Antwort. Leon hatte seiner Familie erzählt, dass Gregor ihm nachgestellt, ihn vielleicht sogar sexuell belästigt hatte. Gregor allerdings behauptete genau das Gegenteil. In seiner Version hatte er Leon abserviert, und der hatte sich mit der Lüge an ihm rächen wollen. Einer der beiden log. Aber wer? Und was hatte das mit dem Jedermann zu tun?

»Der kranke Typ ist ein Stalker, der nicht kapiert, dass es aus ist«, warf Hauke ein und verzog das Gesicht.

»Das würde zumindest seinen Aufenthalt hier erklären. Falls es ihm gelingt, den Jedermann zu sabotieren, ist Gregor ebenso wie alle andern erledigt.«

»Aber wer ist die Frau, mit der er im Sünnschien war?«, fragte Peter. »Eine Komplizin?«

»Seine Mutter war es jedenfalls nicht.«

Goldberg konnte es nicht glauben, aber selbst diese schrägen Kommentare von Hauke hatte er vermisst. Er überlegte, wie lange es wohl dauerte, bis er Haukes unqualifizierte Bemerkungen wieder rügen würde. Sicher nicht lange, aber für den Augenblick genoss er sie.

»Elena, seine Schwester, ist es nicht«, sagte Goldberg. »Die hätte Frau Haas auf dem Foto erkennen müssen.«

»Es könnte jemand von hier sein«, mutmaßte Peter. »Das würde erklären, warum eine Puppe Rosis Kleider trug.«

Hauke riss die Augen auf, was er offenbar sogleich bereute. Er fuhr sich stöhnend mit der Hand über die schmerzende Stirn. »Wer zum Teufel hat mich bloß auf Gin gebracht? Ich hasse Gin.«

»Nimm doch endlich eine«, sagte Peter und schob ihm die halb leere Tablettenschachtel rüber.

»Nein. Man muss den Schmerz spüren, sonst war alles umsonst.«

»Dann leide wenigstens still«, erwiderte Peter.

Goldberg, der auf dem Tresen saß, verfolgte das Geplänkel der Kollegen nur am Rande. Er dachte über Peters Bemerkung nach. Es schien logisch, dass Leon jemanden brauchte, der sich hier auskannte. Womöglich hatte er seine Schritte weit im Voraus geplant. Die Vorankündigung des Jedermanns war schon im Herbst in der überregionalen Presse erschienen. Arno hatte ganze Arbeit geleistet. Leon hätte theoretisch die Zeit gehabt, alles vorher zu recherchieren und zu planen. Der Tod seiner Mutter hatte nicht dazugehört, vermutlich hatte er es aus der Situation heraus beschlossen. Gesetzt den Fall, er verfügte über eine Komplizin hier im Ort, wer ließ sich auf so einen abgedrehten Plan ein?

»Wir müssen herausfinden, wer die Frau aus dem Sünnschien ist«, sagte Goldberg mehr zu sich selbst.

»Philip«, Hauke holte tief Luft, »wie dumm kann dieser Kerl denn sein? Die Marionetten, seine Mutter, und dann sitzt der mit einer einheimischen Frau im bekannten Café Sünnschien und plaudert gemütlich bei Kaffee und Kuchen über das Attentat auf den Pastor?«

»Es sei denn, die Einheimische hat sich verkleidet.«

Peters Geistesblitz stieß bei Hauke auf heftigen Widerwillen. »Was? Spinnst du jetzt total? Verkleidet, sind wir hier beim Fasching, oder was?«

»Das ist kein so abwegiger Gedanke.«

»Dass du das glaubst, war ja klar. Deine verschrobenen Gedankengänge in allen Ehren, Philip, aber ihr zwei habt sie nicht alle.«

Goldberg hatte äußerlich abgeschaltet und seinen Blick nach innen gerichtet. Natürlich hatte der Gedanke einer möglichen Verkleidung etwas Lächerliches an sich. Geradezu laienhaft, dachte er und plötzlich durchfuhr ihn ein Ruck. Bei dem Wort laienhaft fielen ihm die Marschbretter wieder ein. Edith Fischer war zwar blond, aber eine Perücke sollte sich im Fundus finden lassen. Goldberg wusste, dass man mit Theaterschminke aus einem blassen Wesen auch einen südländischen Typ machen konnte. Einige Kissen an den richtigen Stellen, und die Figur der Unbekannten war erschaffen. Er erinnerte sich an den kurzen Besuch und die Schnitzereien ihres Mannes. Schräg genug waren die zwei auf jeden Fall für so einen Plan.

Eines ließ Goldberg allerdings nicht los. Er hatte schon die ganze Zeit darüber nachgedacht. Gregor war die plausibelste Verbindung zu Leon Kaiser. Vielleicht war Gregor gar nicht das Motiv, sondern vielmehr der Auftraggeber dieser ganzen Vorstellung. Ein Plan, sich für den Karriereknick an Arno zu rächen. Ihn mit seinen eigenen Mitteln zu schlagen. Gregor war schließlich Regisseur. Und ein sehr guter dazu. Es war sogar möglich, dass sie alle drei zusammenarbeiteten. Für eine Maskenbildnerin wie Mona war es ein Leichtes, sich in jemand anderen zu verwandeln. Didi schuf die Kulisse im Wehrhaus. Beeindruckend war es gewesen, das musste Goldberg zugeben. Vielleicht verfolgten drei der vier Musketiere einen eigenen Plan? Es sollte ihr Geniestreich werden und ganz Steinburg war ihr Publikum.

21

Goldberg war mit Hauke auf dem Weg zur Aula. Wie gewohnt bildeten sie das Außenteam, während Peter das Revier hütete.

Die ganze Geschichte wurde immer undurchsichtiger. Dagegen musste Goldberg etwas tun. Entschlossen lenkte er den Wagen durch die Straßen Kophusens zum Schulparkplatz. In der Grundschule herrschte nicht viel Betrieb. Der Parkplatz war so gut wie leer.

Die gesamte Crew saß auf der Bühne. Goldberg hatte die Aula wieder freigegeben. Sie hatten die Köpfe zusammengesteckt. Am Boden lag ein riesiger Plan, auf dem der Kommissar die Bühnenkonstruktion der Kirche erkannte. Als Goldberg an die Rampe trat, blickten sie auf.

»Philip«, rief Arno. »Komm, setz dich und schau dir unsere Bühne an. Ein Meisterwerk.«

»Ich habe keine Zeit dafür. Herr Martens, kann ich Sie bitte sprechen? Allein.«

Gregor sah ihn überrascht an, stand dann aber auf und kam die Stufen hinunter.

»Bring mir den Meister gleich zurück. Wir brauchen ihn hier.«

Goldberg nickte. Er musste sich zügeln. Allmählich ging ihm dieses joviale Gerede des Mannes auf die Nerven. Die permanenten Superlative wurden zunehmend schwerer erträglich. Schweigend begleitete er den Regieassistenten nach draußen, gefolgt von Hauke.

»Wie geht es Milan?«

Gregor klang ehrlich besorgt. Plagte ihn das schlechte Gewissen?

»Ich habe im Krankenhaus angerufen, aber die sagen einem ja nichts.«

»Es geht ihm gut«, sagte Goldberg und ließ sein Gegenüber nicht aus den Augen.

Gregor schien angespannt, ebenso wie beim letzten Mal. Entweder war er ein nervöser Charakter oder er fühlte sich in Goldbergs Nähe unwohl.

»Leon Kaiser ist in Kophusen«, sagte der Kommissar unvermittelt. »Wussten Sie das?«

Gregor erstarrte förmlich. Seine Augen wurden groß und sahen ihn ungläubig an.

»Hat er Kontakt zu Ihnen aufgenommen?«

Dem Regieassistenten hatte es offenbar die Sprache verschlagen. Er schüttelte den Kopf.

»Die Frauenleiche, die wir in dem Löschfahrzeug der Feuerwehr gefunden haben, war Carmen Kurz.«

Goldberg sah, wie sich Gregors Stirn in tiefe Falten legte.

»Das ist nicht möglich«, stammelte er.

»Und warum nicht?«

»Sie wohnt doch in Berlin. Wie? Wer?«

»Ich denke, das wissen Sie besser als wir.«

»Was?«

»Die einzige Verbindung zu Carmen Kurz und Leon Kaiser sind Sie.«

»Aber …«

»Kommen Sie, Herr Martens, Sie wissen, dass er hier ist. Wir haben die Anruflisten seines Mobilfunkanbieters überprüft, und da taucht auch Ihre Nummer auf.«

Der Blick des Mannes huschte zu Goldberg und wieder zurück auf den Boden.

»Wir konnten sein Mobiltelefon orten. Er befindet sich in Kollmar und wartet vermutlich auf Ihre Anweisungen.«

»Was für Anweisungen?«

»Wie und wann es weitergeht. Der nächste Schritt ist doch sicher bereits geplant. Er muss sehr an Ihnen hängen, wenn er für Sie die Leiche der eigenen Mutter schändet.«

»Was?!«

»Störung der Totenruhe, Leichenschändung, vielleicht sogar Anstiftung zum Mord. Da kommt einiges zusammen, Herr Martens.«

»Ich habe damit nichts zu tun. Ja, verdammt, er hat mich angerufen.«

Goldbergs Bluff hatte funktioniert. Gregors Abwehr brach ein. »Wann?«

»In den letzten Tagen. Ich habe ihm gesagt, dass ich nichts mit ihm zu tun haben will, aber er hat es ignoriert.«

»Haben Sie sich mit ihm getroffen?«

»Ich wollte. Er hat seit damals nie aufgehört mir zu drohen. Immer wieder bekam ich aus heiterem Himmel eine Nachricht von ihm. Und um die Sache zwischen uns ein für alle Mal aus der Welt zu schaffen, habe ich das Treffen zugesagt. Aber er ist schon wieder nicht gekommen. Wieder macht er einen Riesenaufstand und dann kommt er nicht. Danach hat er nicht mehr angerufen. Ich schwöre es!«

»Wann wollten Sie sich treffen?«

»Vorgestern.«

»Und wo?«

»In seiner Unterkunft in Kollmar.«

Goldberg spürte das Kribbeln. Endlich, die losen Enden begannen sich zu verbinden.

»Er hat mir die Adresse geschickt.« Gregor nahm sein Smartphone aus der Hosentasche und öffnete die Nachricht. Hauke sah auf das Display und rief parallel Peter auf der Wache an. »Ich bin es. Check mal sofort folgende Adresse.«

Peter notierte sie und versprach, sich gleich wieder zu melden.

»Warum haben Sie uns nicht Bescheid gesagt?«, fragte Goldberg.

Martens schwieg.

»Gregor, die Indizien sprechen eine deutliche Sprache. Zusätzlich haben Sie unsere Ermittlungen behindert, allein dafür würde ich Sie schon drankriegen. Was ist zwischen Leon und Ihnen wirklich vorgefallen?«

»Ich …« Er zögerte.

»Wir können Sie auch mit aufs Revier nehmen, wenn Ihnen das lieber ist. Vielleicht bekommt die Presse noch einen Schnappschuss, wie wir Sie in Handschellen abführen?«

Gregor presste die Lippen zusammen. »O.k., Sie kriegen es ja doch raus.«

»Worauf Sie sich verlassen können«, sagte Hauke.

»Ich war nicht ganz ehrlich.«

»Inwiefern?«

»Leon und ich hatten eine Beziehung, das stimmt. Allerdings hat er sie beendet, nicht ich.«

»Und weiter?« Hauke wurde ungeduldig.

»Ich war damals in einer schwierigen Phase. Hatte die falschen Freunde, bisschen Drogen. Das Übliche. Leon war mein einziger Halt. Er hat mich da quasi rausgeholt. Plötzlich hat er Schluss gemacht, gesagt, er steht doch eher auf Frauen. Da bin ich ausgerastet. Ich habe ihn bedrängt, ihn gestalkt und einmal wurde ich auch handgreiflich.«

»Sie haben ihn geschlagen?«

»Ja.«

»Warum ist er ausgerechnet jetzt nach Kollmar gekommen?«

»Er wollte mir etwas mitteilen, fühlte sich bedroht und behauptete, er habe sich in eine gefährliche Sache drängen lassen. Mehr nicht. Ich schwöre es. Es tut mir leid. Ich hätte das gleich sagen sollen, aber er flehte mich an, mit niemandem darüber zu sprechen. Das bin ich ihm schuldig gewesen.« Er brach ab und sah die Beamten an. »Und das mit Milan? Denken Sie, das war er?«

»Wenn er mit Ihnen Kontakt aufnimmt, will ich das wissen. Und zwar sofort. Haben wir uns verstanden?«, sagte Goldberg.

»Ja, klar.«

»Seien Sie froh, dass bisher niemand ernsthaft zu Schaden gekommen ist.«

Gregor nickte.

Goldberg ließ den Mann stehen und ging mit Hauke ins Freie. Das Telefon des Kommissars klingelte, als sie am Auto ankamen. Peter berichtete, dass das Haus, in dem Leon wohnte, auf Edith Fischers Namen lief und als Ferienhaus angemeldet war.

»Danke. Wir fahren gleich hin.«

»Soll ich euch Verstärkung schicken?«

»Nein, noch nicht.« Damit legte er auf. »Wir wissen jetzt, wo Leon Kaiser wohnt. Im Ferienhaus von Edith Fischer.«

»Der Vorsitzenden der Marschbretter? Ich sag mal BINGO.«

»Warten wir es ab, Hauke.«

22

Edith Fischer erwartete sie bereits vor dem Haus, als die Beamten mit dem Streifenwagen vorfuhren. Die Ferienwohnung befand sich im Garten der Fischers. Ein schuppenartiger Anbau, den man über die Hofeinfahrt erreichte. Edith wirkte überrascht über das Interesse der Polizei an ihrem derzeitigen Mieter. Philip reichte ihr ein Bild von Leon Kaiser und Edith nickte. Er hatte sich am Dienstag unter falschem Namen bei ihr eingemietet. Felix Kurz nannte er sich und gab an, Autor zu sein, der ein wenig Ruhe suchte, um seinen Roman zu Ende zu bringen. Edith war natürlich begeistert gewesen; auch wenn Herr Kurz sich geweigert hatte, sein Pseudonym preiszugeben, unter dem er schrieb, war sie stolz darauf, einen echten Schriftsteller hier bei sich beherbergen zu dürfen. Bestimmt hoffte sie auf eine Erwähnung in dem Buch, dachte Hauke.

»Ist er jetzt da?«

»Ich glaube nicht, aber ich habe ihn ja überhaupt nur einmal gesehen, als ich ihm die Schlüssel aushändigte.«

»Danach nicht mehr?«

»Nein. Gebucht hatte er vorab telefonisch.«

Philip ließ sich den Zweitschlüssel geben und bat sie, die Ferienwohnung allein betreten zu dürfen. Widerwillig kehrte sie zum Haus zurück, blieb noch einen Augenblick in der Eingangstür stehen, ehe sie dahinter verschwand.

»Neugierige Wachtel«, meinte Hauke und musste wie aus heiterem Himmel wieder an Sophie denken.

Er fluchte innerlich. Da konnte Philip ihm hundertmal erzählen, wie wichtig die Fähigkeit der bedingungslosen Liebe und Hingabe war. Sein Herz würde er so schnell nicht wieder hergeben. Gesetz den Fall es würde sich überhaupt jemals von dieser Erschütterung erholen.

»Bist du bereit?«, fragte Philip.

Nickend zog Hauke seine Waffe und sah zu, wie Philip den Schlüssel vorsichtig in das Schloss schob. Die Tür öffnete sich fast lautlos.

Bevor sie die Wohnung betraten, lauschten sie. Es war still. Der Flur wirkte trostlos, daran konnte auch die bunt bemalte Anrichte nichts ändern. Die Raufasertapete besaß an einigen Stellen bereits Stockflecken. Offenbar hielten es die Fischers nicht für nötig, einen Teil ihrer Erbschaft für die Renovierung dieser Unterkunft zu verwenden.

Hauke schlich an Philip vorbei. Nacheinander checkten sie die drei Zimmer, die vom schmalen Flur abgingen. Die Einrichtung war zweckmäßig und altmodisch. Sie hatte nichts mit den Geschmacklosigkeiten des Haupthauses gemein. Im Bad und im Schlafzimmer war niemand. Die Küche wirkte, als sei gerade erst geputzt worden. Im Wohnzimmer blieben sie stehen und schauten sich an.

»Der Vogel ist ausgeflogen«, stellte Hauke fest.

»Es ist alles so sauber und ordentlich«, bemerkte Philip.

Hauke sah sich um. Er selbst war ein penibler Mensch, was die Sauberkeit seines Hauses betraf. Bei ihm konnte man vom Boden essen. Die Küche war dabei der Ort, den er mit Abstand am reinlichsten hielt. Trotzdem lag auch bei ihm der eine oder andere Alltagsgegenstand herum.

»Hier stimmt was nicht«, sagte Hauke.

»Sehen wir uns das Schlafzimmer genauer an.«

In dem massiven Kleiderschrank hingen Hemden und Hosen fein säuberlich auf Bügeln. Zwei der Fächer waren mit Unterwäsche und Socken gefüllt, ebenfalls ordentlich zusammengelegt. Der Rest war leer.

»Hier liegt nichts rum. Genau wie bei Milan Kramer«, murmelte Philip und ließ sich auf der Bettkante nieder.

Hauke entging der spezielle Tonfall in Philips Stimme nicht. Sein Chef war gerade dabei, mal wieder in seine eigene Gedankenwelt abzudriften. Immer wenn er konzentriert nachdachte, war er kaum ansprechbar.

»Und was jetzt?«, fragte Hauke, um das zu verhindern, und schob die Waffe zurück in das Gürtelholster.

Philip schwieg. Na, toll, dachte Hauke und setzte sich neben ihn. Das konnte dauern. Indessen schaute er sich in dem Zimmer um. Das Doppelbett, auf dem sie saßen, war mit einer Tagesdecke überzogen. Grelle Blumen in Rot und Gelb stachen ins Auge. Hauke hob die Decke am Kopfende an und lugte auf das Kopfkissen. Es roch nach Waschmittel und war völlig glatt, wie frisch gebügelt.

»Philip«, sagte Hauke, »komm mal hoch.«

Sein Chef schaute geistesabwesend auf. Hauke erhob sich und machte eine entsprechende Geste. »Nun komm schon.«

Endlich bequemte sich sein Chef. Hauke schlug das blumenbedruckte Ungetüm beiseite. »Guck dir das an.«

»Unberührt.«

»Jep, es riecht sogar noch nach diesem billigen Waschmittel, das ich nicht leiden kann.«

Der Kopf seines Vorgesetzten beugte sich hinab und schnupperte an der blütenweißen Bettwäsche.

»Gehst du kurz rüber und fragst Edith, ob sie das Bett frisch bezogen hat und ob sie hier in der Wohnung war, seit Leon hier wohnt?«

»Ich rufe sie einfach an«, erwiderte Hauke.

»Woher hast du die Nummer?«

»Wenn du eines dieser teuflischen Dinger hättest«, sagte Hauke und hielt sein Smartphone in die Luft, »könntest auch du die Nummer im Netz suchen und einfach anrufen.«

»Moderne Sklaverei«, kommentierte Philip.

Es dauerte nur ein paar Sekunden, bis Hauke die Homepage der Ferienunterkunft gefunden hatte und damit die Nummer von Edith. Nach einem kurzen Klingeln war sie sofort am Apparat. Über Lautsprecher teilte sie ihnen mit, dass der Schriftsteller sie gebeten habe, die Wohnung nicht zu betreten. Angeblich wegen seines brisanten Manuskripts und der zahlreichen Rechercheunterlagen, die er hier aufbewahrte. Es habe sie ein wenig gewundert, sie schriebe es aber einem künstlerischen Spleen zu. Und natürlich habe sie den Wunsch ihres Gasts respektiert. Hauke bedankte sich und beendete das Gespräch. »Hätte nicht gedacht, dass die alte Wachtel sich daran hält.«

»Leon Kaiser hat hier jedenfalls nicht übernachtet.«

»Dann hat er die Bude wohl nur zur Aufbewahrung seiner Klamotten gebucht. Und er selbst hält sich in einem Nudistencamp auf, oder was?«

»Was ist, wenn er gar nicht freiwillig woanders ist?«, fragte Philip plötzlich. »Gregor hat gesagt, dass Leon sich bedroht fühlte.«

»Du meinst, jemand hat ihn entführt?« Hauke machte eine Pause. »Oder glaubst du, er ist tot?«

»Er hat nicht eine einzige Nacht hier verbracht. Und seine Kleidung braucht er dort, wo er sich jetzt befindet, scheinbar auch nicht.«

»Vielleicht wurde ihm die Sache zu heiß und er ist abgehauen.«

Philip schüttelte den Kopf. »Wir brauchen die Identität der Frau, mit der er im Café gewesen ist.«

»Die Haas hat niemanden auf Fotos erkannt, die wir ihr gezeigt haben.«

»Lass uns rüber ins Café gehen. Womöglich erinnert sich eine Bedienung an ihn.«

»Wenn du meinst, dass das was bringt, bitte.«

»Wir müssen jetzt schnell sein, sonst fi …«

»Ich weiß, sonst fischen wir ihn am Ende noch tot aus der Elbe«, unterbrach Hauke seinen Chef und folgte ihm nach draußen.

23

Das Personal im Café Sünnschien brachte keinerlei neue Erkenntnisse. Goldberg beobachtete die beiden Kellnerinnen genau, während Hauke ihnen alle Fotos zeigte. Doch bei jedem Bild schüttelten sie den Kopf.

»Könnte es sein, dass die Frau verkleidet war?«, fragte Goldberg.

»Nee, ganz bestimmt nicht. Die war nicht mal geschminkt, und sie trug auch keine Perücke. Ihre Haare waren pechschwarz und voll, da würde jede deutsche Frau für töten«, erklärte die eine und bemerkte im selben Moment ihren Fauxpas. »Entschuldigen Sie die Wortwahl. Es ist nur so, ich war früher Friseurin. Ich weiß also, wovon ich spreche.«

»Und Sie haben die Frau noch nie gesehen?«, fragte Hauke.

»Die war zum ersten Mal hier, sie hat mich nämlich gefragt, wo die Toilette ist.«

»Hatte Sie einen Akzent?«

»Ja, schon, aber nix, was man so aus Europa kennt. Da kann ich Ihnen leider gar keinen Tipp geben.«

»Danke, Frau Haas.«

»Dafür nicht. Mögen Sie noch einen schönen Kaffee?«

Beim Eintreten hatte Goldberg einen schnellen Blick auf den Kaffeevollautomaten geworfen und lehnte ebenso wie Hauke dankend ab.

»Was hat das zu bedeuten?«, fragte Hauke, der sich draußen vor der Tür eine Zigarette ansteckte.

Goldberg beobachtete, wie Hauke den Rauch genüsslich einsog. »Willst du jetzt wieder anfangen?«

»Was dagegen?«

»Nein. Ich finde nur, dass eine Frau wie Sophie es nicht wert ist, seine eigene Gesundheit aufs Spiel zu setzen.«

»Danke für den Hinweis, Chef, aber ich weiß schon, was ich tue.« Hauke nahm demonstrativ den zweiten Zug und blies den Rauch gegen den blauen Himmel.

Goldberg wartete geduldig darauf, das Hauke seinen Trotzanfall überwand. In der Zwischenzeit sah er sich um. Der Weg rechts von ihnen führte durch eine Deichöffnung direkt zur Elbe. Er überlegte gerade, ob es sich lohnte, die Besitzer der Strandbude zu befragen, als sein Telefon vibrierte. Auf dem Display leuchtete die Nummer der Wache.

»Es wurde ein Notruf abgesetzt, Philip. In Kollmar.«

»Und?«

»Eine männliche Person, seinen Namen hat er nicht genannt, das Gespräch wurde plötzlich unterbrochen. Der Mann sagte nur, er sei eingesperrt und könne auf den Deich gucken.«

»Handyortung?«

»Läuft. Aber du weißt ja, wie das mit den Funkmasten hier bei uns ist.«

»Gib uns sofort Bescheid, wenn du den Standort hast. Wir bleiben hier beim Café Sünnschien und warten.«

»Mach ich.«

Goldberg unterbrach die Verbindung und berichtete Hauke von dem Telefonat.

»Leon Kaiser?« Hauke drückte den Zigarettenstummel im Aschenbecher aus, der auf einem der freien Tische stand.

»Würde mich nicht wundern. Wo kann der Mann stecken?«

»Glaubst du, dass jemand von hier ihn bei sich im Keller eingesperrt hat?«

Goldberg schüttelte den Kopf.

»Ich auch nicht. Es sei denn, Edith hält ihn bei sich gefangen, um eine Widmung zu erpressen.« Hauke grinste.

»Das können wir getrost ausschließen. Es muss irgendwie mit dem Jedermann zusammenhängen.«

»Ich schätze, Gregor ist unser Mann.«

»Er hat seine Lüge zugegeben.«

»Was ihn nicht daran hindert, uns eine neue aufzutischen.«

Goldberg sah zu dem Haus direkt vor ihnen. »Was ist hiermit?«, fragte er Hauke und deutete auf das Verkaufsschild eines Maklers.

»Hotel und Restaurant, die haben den Betrieb eingestellt.«

Sie blickten sich an. Offenbar dachte Hauke das Gleiche.

»Das heißt, es steht leer?«

»Deichblick inklusive.«

»Ruf Peter an und sag ihm Bescheid.«

Hauke gab ihrem Kollegen die Information durch. Goldberg trat unterdessen an die Eingangstür des Hotels. Vergeblich drückte er die Klinke nach unten.

»Wir versuchen es über die Terrasse.« Hauke verstaute sein Smartphone und marschierte in Richtung Deich.

Sie bahnten sich den Weg durch eine blökende Schafherde. Oben auf dem Deichkamm angekommen, stiegen sie über den niedrigen Metallzaun, der die Terrasse säumte und die Grenze zum übrigen Weg darstellte. Auf der Holzterrasse warteten einige Stühle an grün-weiße Tische gekettet auf ihre Wiederbelebung. Selbst die mobilen Rankgitter mitsamt ihrer Bepflanzung waren noch da und wucherten wild vor sich hin, weil sich niemand mehr um sie kümmerte. Sie spähten durch die Fenster. Der altmodische Gastraum mit den leeren Tischen war verwaist. Der Saal war von einer Fensterfront umgeben. Hauke drückte die Türklinke herunter, ebenfalls ohne Erfolg.

»Gefahr im Verzug?«, fragte er und sah seinen Chef an.

Goldberg überlegte den Bruchteil einer Sekunde, dann nickte er. Das ließ Hauke sich nicht zweimal sagen. Sein rechter Ellenbogen zerbrach mühelos das Glas. Er streckte seinen Arm durch das Loch und öffnete das Fenster. »Darf ich bitten?«

Im Gastraum zogen sie die Dienstwaffen. Es war nichts zu hören. Hauke ging voran, weil er das Hotel von früher kannte. Eine Treppe führte nach unten zur Rezeption. Auf dem kleinen Ecktresen wartete die

Klingel wie in alten Tagen auf Gäste. Goldberg inspizierte das Brett an der Wand, an dem die Zimmerschlüssel hingen. Einer fehlte.

»Zimmer Nummer eins«, flüsterte er.

Hauke nickte und straffte sich. »Dann mal los.«

Im ersten Stock blieben sie kurz stehen und lauschten. Goldberg sorgte sich, dass sie die Entführer durch das Einschlagen des Fensters aufgeschreckt hatten, aber es war kein Laut zu hören. Nichts, mucksmäuschenstill, wie es sich für ein verlassenes Hotel gehörte.

»Was ist, wenn wir uns irren?«, fragte Hauke, als hätte er Goldbergs Gedanken gelesen.

»Dann suchen wir eben anderswo weiter.«

Als plötzlich ein Geräusch erklang, zuckten die Polizisten zusammen.

»Was war das?«, flüsterte Hauke.

»Keine Ahnung, aber es kam von dort drüben.« Goldberg nickte in Richtung Flur. »Da ist jemand. Ruf Peter an, wir brauchen Unterstützung.«

Hauke blieb bei der altertümlichen Schuhputzmaschine stehen. Sie waren noch einige Meter von der Tür entfernt. Er wollte das Telefon aus der Seitentasche seiner Uniformjacke ziehen, doch in der Eile glitt es ihm aus der Hand. Goldberg wurde ungeduldig. Zielstrebig ging er an dem Kollegen vorbei. Mit wenigen Schritten stand er vor Zimmer Nummer eins. Hauke fluchte.

»Hier ist es«, sagte Goldberg.

»Moment, mein verdammtes Handy.« Das Smartphone war in den Spalt zwischen den Bürsten und der Fußmatte gefallen.

Goldberg lauschte an der Tür. Er hörte Stimmen. »Beeil dich.«

Hauke ging in die Knie. Auf allen vieren tastete er nach dem Telefon. Plötzlich sprang die Schuhputzmaschine mit einem lauten Brummen an. Seine Hand musste die Bürsten berührt haben.

»Verfluchtes Mistding!«

Goldberg wollte nicht warten. Er klopfte. »Hallo, ist da jemand?«, rief er. »Hier spricht die Polizei, wir werden Sie da rausholen.«

Er hörte, wie sich der Schlüssel in dem Schloss drehte. Goldberg blickte zu Hauke, der sich gerade wieder aufrichtete. Er öffnete den Mund, doch bevor er etwas sagen konnte, wurde er ruckartig in das Zimmer gezerrt.

24

Peter wurde unruhig. Seine Kollegen sollten sich längst aus dem Hotel gemeldet haben, aber das Telefon blieb stumm. Als es dann doch klingelte, war es die Kooperative Regionalleitstelle West in Elmshorn. Der diensthabende Schichtführer teilte ihm mit, dass das Handy auf einen Mann namens Leon Kaiser angemeldet war. Peter spürte, wie ihm das Adrenalin in den Körper schoss. Er bedankte sich und legte auf.

Zuerst rief er Hauke an. Als der nicht abnahm, versuchte er es bei Philip mit dem gleichen Ergebnis. Verdammt, warum gingen die nicht an ihr Telefon? Er nahm die Karte aus der Schublade und besah sich das Gebiet, aus dem der Notruf abgesetzt worden war. Das alte Fährhaus in Kollmar lag mittendrin. Nochmals wählte er die Nummern der Kollegen, ohne Erfolg.

Peter beschloss, Verstärkung anzufordern. Er war empört, als man ihm erklärte, die Beamten würden eine Weile brauchen, da gerade alle im Einsatz waren. Wütend knallte er den Hörer auf. In seiner Verzweiflung versuchte er, ihren Einsatzwagen per Funk zu erreichen, Fehlanzeige. Er überlegte kurz, was er tun sollte, und entschloss sich den beiden Kollegen selbst zu Hilfe zu eilen. Er schnappte sich Dienstmütze und –jacke und war schon auf dem Weg zur Tür, als er plötzlich innehielt.

»Scheiße!«

Er hatte kein Auto! Mit dem Streifenwagen waren die Kollegen unterwegs. Haukes Jetta stand immer noch an der Kirche, nur ein paar Hundert Meter entfernt. Goldbergs Saab parkte direkt vor der Tür, doch er hatte für beide Wagen keinen Schlüssel. Er selbst war heute Morgen zu Fuß zur Arbeit gekommen. Ihm blieb nichts anderes übrig, als seinen eigenen Wagen zu Hause zu holen und dann nach Kollmar zu fahren. Peter blickte auf die Wanduhr. Es war eine viertel Stunde her, dass er mit Philip telefoniert hatte. Der Fußmarsch würde ihn noch mal fünfzehn Minuten kosten, selbst wenn er rannte.

25

Hauke schaute hoch, als er plötzlich das Geräusch einer ins Schloss fallenden Tür hörte. Wie vom Donner gerührt starrte er auf die leere Stelle, an der Philip soeben noch gestanden hatte.

Verdammt, was war denn bloß passiert? Er war so mit dem verfluchten Telefon beschäftigt gewesen, dass er offenbar nicht mitbekommen hatte, wie sich die Tür geöffnet haben musste. Er sprang auf und eilte die letzten Meter zur Tür. Von drinnen war die Stimme seines Chefs zu hören, er konnte aber nicht verstehen, was er sagte. Die zweite Stimme war noch leiser. Es war nicht zu erkennen, ob sie männlich oder weiblich war. Für einen kurzen Moment fühlte Hauke sich wieder in Hilde Deterdings Dachboden versetzt. Doch er schob die Bilder zur Seite und versuchte, einen klaren Gedanken zu fassen.

Zuerst Verstärkung, dachte er und wählte die Nummer der Wache. Es klingelte, aber Peter nahm nicht ab. Er unterbrach die Verbindung und probierte es auf dem

Mobiltelefon. Nach dem zweiten Klingeln ging sein Kollege ran.

»Was ist los bei euch?«, rief Peter.

»Wir brauchen Verstärkung«, flüsterte Hauke.

»Ich habe schon Bescheid gegeben, aber die sind gerade alle im Einsatz.«

»Scheiße!«

»Hauke, was ist los?«

»Die sind in Zimmer Nummer eins ...« Weiter kam er nicht. Erschrocken starrte er auf die Zimmertür, die soeben aufgerissen wurde. Das Gesicht einer Frau erschien. Ihre braunen Augen waren groß und funkelten. Das pechschwarze Haar war zu einem Pferdeschwanz gebunden, der über ihre linke Schulter nach vorne fiel.

»Legen Sie sofort auf!«

Sein Blick glitt an ihr vorbei in das Innere des Zimmers. Philip stand vor dem Bett. Seine Dienstwaffe befand sich in der Hand der Frau und zielte auf dessen Kopf.

»Legen Sie auf und werfen Sie Ihre Waffe zu mir herüber«, befahl sie Hauke in einem deutlichen Akzent, den Hauke nicht zuordnen konnte.

»Hauke?« Peters Stimme klang durch das Telefon.

Hauke riss sich aus der Starre und unterbrach die Verbindung. Zum Glück hatte er alles gesagt und Verstärkung war unterwegs. Dann schleuderte er seine Dienstwaffe über den Boden. Sie landete direkt vor den Füßen der Frau.

»Gut, und jetzt kommen Sie rein.«

Hauke überlegte kurz, ob er sie angreifen sollte, entschied sich aber dagegen.

»Rein, habe ich gesagt.«

Er gehorchte. Das Leben seines Chefs setzte er nicht leichtfertig aufs Spiel. Langsam betrat er das Zimmer. Sein Blick fiel auf einen jungen Mann, der an dem alten Heizkörper unter dem Fenster lehnte, die Hände mittels Kabelbinder am Heizungsrohr festgebunden. Über dem Mund prangte ein dicker Streifen graues Gaffaband. Beim Anblick des Mannes streifte ihn ein Gedanke. Wo hatte er das neulich schon einmal gesehen?

Das Zufallen der Tür ließ ihn herumfahren. Die Frau wollte gerade den Schlüssel umdrehen, als eine weitere Gestalt aus dem Badezimmer trat.

»Verdammte Scheiße, was macht ihr denn hier?«

Haukes Gesichtszüge entgleisten. Was zum Teufel hatte das zu bedeuten? Verwirrt sah er zu der Person, die er nur zu gut kannte, dann zurück zu der Frau, die Philip zum Heizkörper stieß und seine Hände mit Kabelbindern versah.

»Wie um alles in der Welt habt ihr uns gefunden?«

Hauke konnte es nicht fassen, sie waren die ganze Zeit verarscht worden! Die Frau band Philip an das Heizungsrohr. »Hat es dir die Sprache verschlagen?« Ihr Ton klang scharf.

Instinktiv nickte Hauke und sah, wie seinem Chef ein breites Stück Gaffaband über den Mund geklebt wurde.

26

Peter hatte natürlich nicht vorschriftsmäßig angehalten, um zu telefonieren. Stattdessen raste er mit seinem Wagen über die Landstraße Richtung Kollmar. Die Tempo-Dreißig-Zone in Gehlensiel ignorierte er geflissentlich.

»Zimmer eins, Zimmer eins«, wiederholte er mantraartig.

Er versuchte, sich an das Hotel zu erinnern. Peter war nicht oft in Kollmar. Im Sommer herrschte dort für seinen Geschmack zu viel Trubel, und all die Motorräder machten einen Höllenlärm. Er war mit Marion ein paarmal am Strand spazieren gewesen, aber das war lange her.

Er erreichte den Kreisverkehr und schoss, die Vorfahrt missachtend, geradewegs mitten durch. Unter lautem Hupen der anderen Verkehrsteilnehmer hob er entschuldigend die Arme und preschte weiter.

Das Hotel lag direkt am Deich, überlegte er. Der Haupteingang war sicher abgesperrt. Vermutlich waren die Kollegen durch die Terrasse hineingelangt. Er erinnerte sich dunkel an die Terrasse, die unmittelbar auf den Deich hinausführte. Als er das Ortsschild passierte, bremste er ab. Das letzte Stück fuhr er deutlich langsamer, um kein Aufsehen zu erregen. Vor dem Hotel stieg er aus, schloss die Tür leise und schaute an der Fassade hoch. Hinter einem der Fenster mussten seine Kollegen stecken.

»Ist was passiert?«

Peter fuhr herum. Ein Mann stand vor ihm und blickte ihn neugierig an.

»Bleiben Sie, wo Sie sind«, rief er und ließ ihn verdattert stehen.

O.k., dann mal los. Nachdem er sich versichert hatte, dass der Haupteingang tatsächlich abgeschlossen war, erklomm er den Deichkamm. Das offene Fenster mit der eingeschlagenen Scheibe fiel ihm sofort auf. Mühelos kletterte er hindurch.

Der Saal war altmodischer, als er ihn in Erinnerung hatte. Er war ein einziges Mal mit Marion hier gewesen. Peter schüttelte die Bilder ab und wunderte sich, dass man selbst in den unpassendsten Momenten nicht von seinen Erinnerungen verschont blieb. Mit raschen Schritten durchquerte er den Saal und gelangte auf einen Flur. Peter ignorierte die Treppe, die nach unten ins Erdgeschoss führte. Die Zimmer befanden sich auf der linken Seite des Gangs. Zimmer Nummer sieben, sechs, fünf, vier … An einem riesigen Schuhputzgerät kam er zum Stehen. Die Tür neben diesem Koloss trug die Nummer eins. Peter atmete tief ein und aus, wie er es bei seinem Yogalehrer gelernt hatte. Ruhig bleiben, einen kurzen Moment sammeln, dachte er. Dann trat er an die Tür und lauschte. Er hörte Stimmen. Sicherheitshalber zog er die Dienstwaffe und brachte sich in Position. Ratlos starrte er auf die geschlossene Tür. Er brauchte ein Überraschungsmoment, wie letztes Jahr in dem Haus von Daniel Breitner. Doch die Tür war massiv, die ließ sich nicht einfach eintreten. Er warf einen Blick auf das Schloss. Das würde er schon knacken können, aber die Gefahr, vor dem Öffnen entdeckt zu werden, war groß. Hatte er eine andere Wahl?

Er kniete sich auf den Boden. Es war ein altes und simples Türschloss. Bevor er sich für den Polizeidienst entschieden hatte, hatte er sich eine Zeit lang in weniger seriösen Kreisen bewegt. Außer Marion wusste das niemand. Und Marion wusste es auch nur, weil er sie ausgerechnet in diesen Kreisen kennengelernt hatte. Sie waren eine Clique aus Halbstarken und mehr oder weniger kriminellen Subjekten gewesen, die sich die Zeit mit unsinnigen Mutproben vertrieben. Einer von ihnen strebte allen Ernstes eine Karriere als Einbrecher an. Und er war es, von dem Peter seine Fertigkeiten erlernt hatte, die ihm jetzt zupasskamen.

Durch den schmalen Spalt erkannte er, dass die Tür nicht abgeschlossen war. Ein Kinderspiel! Wenn er Glück hatte, würde sich die Tür in wenigen Sekunden öffnen lassen. Er zog sein Portemonnaie aus der Jackentasche und nahm die EC-Karte heraus. Seine Finger zitterten. Er hatte das schon lange nicht mehr gemacht. Die Dienstwaffe musste er zur Seite legen, das war der einzige Schwachpunkt des Planes. Er deponierte sie griffbereit zwischen seinen Knien. Sein Atem ging eindeutig zu schnell. Peter schloss die Augen und holte einige Male tief Luft. Ein und aus. Genau so, wie Sohanraj es ihm gezeigt hatte. Das Atmen wirkte Wunder. Sein Puls verlangsamte sich, und er öffnete die Augen wieder.

Seine Finger bewegten sich geschmeidig, als erinnerten sie sich an das, was sie vor langer Zeit unzählige Male ausgeführt hatten. Gekonnt schob er die Karte zwischen Türrahmen und Türblatt. Es dauerte nur wenige Augenblicke, bis er den Riegel beiseitegedrückt hatte. Peter hielt die Klinke fest, sodass die Tür nicht aufsprang. Er schob die Karte in seine Tasche und griff nach der Dienstwaffe. Dann erhob er sich leise. Noch einmal atmete er tief ein und aus, um sein rasendes Herz zu beruhigen. Dann spannte er seine Bauchmuskeln an, hob die Waffe und stieß die Tür mit einem heftigen Ruck auf.

»Keine Bewegung!«, brüllte er.

Durch die offene Tür sah er Philip und einen weiteren Mann, der an den Heizkörper gefesselt war. Trotz des Klebebands auf seinem Gesicht erkannte er den anderen sofort. Leon Kaiser. Die Frau, die neben ihnen kniete, kam ihm ebenfalls bekannt vor, doch so schnell konnte er sie nicht einordnen. Rechts stand Hauke. Als sein Blick auf die Person fiel, die seinen Kollegen am Kragen gepackt hatte, spürte er ein jähes Ziehen in der Brust.

»Verflucht, Peter, habt ihr euch alle hier verabredet, oder was?«

Obwohl er es mit eigenen Augen sah, konnte er es nicht glauben. Dieser Mensch richtete Haukes Dienstwaffe auf dessen Kopf!

»Das sieht alles schlimmer aus, als es ist. Ehrlich. Wir hatten das so nicht geplant. Leon sollte nur den Lockvogel spielen, doch dann tauchte er plötzlich hier auf.«

Peter ertappte sich bei dem Gedanken, dass er die Rolle des Jedermanns jetzt getrost vergessen konnte. Ohne Regisseur keine Inszenierung.

»Bleib ruhig, Arno!«, ermahnte die Frau hinter ihm.

»Wie soll ich da ruhig bleiben? Die ganze verdammte Polizei ist hier. Peter, das musst du uns glauben. Leon ist plötzlich durchgedreht, er hat die Nerven verloren, weil seine Schwester abgehauen ist. Das hat ihn völlig aus der Bahn geworfen. Wir mussten ihn …«

»Arno, halt die Klappe!« Die Frau hatte inzwischen auch Philip an dem Rohr festgemacht, erhob sich und trat zu Arno. »Wir hauen ab«, sagte sie.

»Und mein Jedermann?«, rief Arno entsetzt. Seine Verzweiflung stand ihm ins Gesicht geschrieben.

»Es ist vorbei, Liebling. Jetzt müssen wir sehen, dass wir hier wegkommen.«

»Nein, niemals. Ich geb nicht auf. Wenn das hier nicht klappt, bin ich am Ende. Ein für alle Mal.«

Die Waffe in seiner Hand zitterte. Peter hatte Angst, dass er den Abzug nicht unter Kontrolle hatte.

»Arno«, die Stimme der Frau wurde sanft, sie legte ihre Hand auf seine Schulter, »komm, wir verschwinden jetzt.«

»Nein!«, rief er und schüttelte heftig den Kopf.

»Liebling, wir werden die beiden an die Heizung binden und dann verschwinden wir.«

»Und wohin?«

»Zu mir.«

Plötzlich fiel es Peter ein. Er kannte die Frau von einem Zeitungsfoto, das ihm während seiner Recherche begegnet war.

»Zu dir?«

»In meine Heimat.«

»Nach Burkina Faso? Ich bin nicht Schlingensief, mein Schatz.«

»Liebst du mich?«

»Ja, natürlich.«

»Dann komm mit mir.«

Arno sah Samira an. In seinen Augen lag tiefe Traurigkeit. »Das kann ich nicht. Das hier ist alles, was ich habe.«

»Du hast mich.«

Sein Blick glitt zu Boden. »Das ist nicht das Gleiche«, flüsterte er und brachte es nicht fertig, sie dabei anzusehen.

Jetzt oder nie, dachte Peter. Doch kurz bevor er reagieren konnte, schrie Samira auf. Ihr Arm mit der Waffe ruderte herum. Vor Schreck ließ Arno Hauke los. Geistesgegenwärtig setzte sich sein Kollege in Bewegung.

»Was soll das heißen? Dass dieses dumme Theaterspiel dir wichtiger ist als ich?«

Arno stöhnte verzweifelt. »Das ist nicht nur ein Spiel. Das ist Kunst. Ich erschaffe Welten, Samira. Das ist eine Gabe, eine Berufung. Das musst du verstehen.«

»Du hast mich versteckt, dich um mich gekümmert. Und jetzt wirfst du alles weg, wegen dieses verdammten Spiels?« Samiras ganze Aufmerksamkeit richtete sich auf Arno. Ihre Augen funkelten. Arnos Blick flehte sie an, doch er schwieg.

Wer schweigt, stimmt zu, dachte Peter und schoss.

27

Magda griff nach seiner Hand und drückte sie. Goldberg sah, wie sich ihre Augen füllten, und beugte sich zu ihr. Mit einem Kuss hielt er ihre Träne auf. Sie lächelte, ohne den Blick von der Bühne zu nehmen.

Sie saß in ihrem weißen Sommerkleid an dem kleinen Campingtisch, der unter dem zu groß geratenen Kerzenständer zu ächzen schien. Die Flammen zuckten, das Wachs hatte sich auf der weißen Tischdecke verteilt. Die Dunkelheit war schon lange hereingebrochen, doch die unzähligen Kerzen tauchten die Nacht in ein romantisches Lichtermeer. Goldberg blickte hinauf zur Kirche. Ausgeleuchtet wie jetzt bildete sie eine würdige Hintergrundkulisse.

Peter stand in der Mitte der Bühne. Ein Spot begleitete jede seiner Bewegungen. Den dunklen Mantel hatte er abgeworfen und war auf die Knie gesunken.

»Wie du mich hast zurückgetauft,

so wahre jetzt die Seele mein,

daß sie nit mög' verloren sein
und daß sie am Jüngsten Tag auffahr'
zu dir mit der geretteten Schar.«

Goldberg erkannte ihn kaum wieder. Vor nahezu tausend Zuschauern hatte sein Kollege die letzten zwei Stunden gelacht, getobt, gebrüllt und geweint. Er war über die Bühne gejagt wie ein Berserker, hatte mit Greta Jansen leidenschaftlich Tango getanzt und war wieder kleinlaut in sich zusammengesunken. Neben Milan, der einen wahrhaft diabolischen Teufel abgab, und dem bis zur Unkenntlichkeit geschminkten Tod riss er das Publikum in den Bann.

In dieser letzten Szene bekam Goldberg eine vage Ahnung, was Arno vor einigen Wochen in dem Hotelzimmer in Kollmar gemeint hatte. Natürlich war es nur ein Spiel, aber in diesem Augenblick fühlte es sich für sie alle völlig real an. Nur einen flüchtigen Moment lang, doch es war echt. Das war die Magie des Theaters.

Hier in Kophusen hatte Arno um seine Existenz als Künstler gerungen. Durch den Jedermann sollte er wie Phoenix aus der Asche auferstehen. Dieser Neustart hatte ihm mehr bedeutet als alles andere auf der Welt. Ohne das Theater war das Leben für ihn bedeutungslos, genauso wie er es ihm in der Kirchenbank gebeichtet hatte. Sein verzweifelter Plan war es gewesen, die überregionale Presse in die Elbmarsch zu locken, um sein Comeback bekannt zu machen. Wenn Leon keine Gewissensbisse bekommen hätte, wäre sein Bestreben aufgefangen. Arno hatte sein Handwerk verstanden, das musste man ihm lassen.

Goldberg wandte den Blick von der Bühne ab. Gregor saß in der ersten Reihe. Er war der Dreh- und Angelpunkt dieser verzwickten Geschichte gewesen. Eines feuchtfröhlichen Premierenabends in Wien hatte er den Fehler begangen, Arno von seiner Affäre mit Leon zu erzählen. Natürlich konnte er zu diesem Zeitpunkt nicht ahnen, dass sein Kollege dieses Wissen Jahre später gegen ihn verwenden würde. Doch als Arno zufällig eine von Leons Drohungen auf Gregors Handy gelesen hatte, hatte er sich sofort an den »Marionettenmann« und an ihre Affäre erinnert. Der Text war eindeutig, Leon war noch immer zutiefst verletzt gewesen. Dafür hatte Arno einen Riecher gehabt. Noch bevor sie alle nach Kophusen kamen, hatte er Kontakt mit Leon aufgenommen. Bereitwillig hatte der ihm von dem tief sitzenden Zerwürfnis zwischen den beiden Männern berichtet. Gregor hatte damals nicht lockergelassen, hatte Leon regelrecht gestalkt. Eines Abends hatte er seinem Freund aufgelauert und war handgreiflich geworden. Nur mit Mühe war es Leon gelungen, sich zu befreien. Als er nach Hause gekommen war, war er seiner Mutter in die Arme gelaufen. Carmen Kurz hatte ihren weinenden Sohn getröstet und prompt reagiert. Obwohl Leon ihr dankbar gewesen war, dass sie sich schützend vor ihn gestellt hatte, hatte er sie dafür gehasst. Er hatte sich geschämt, und durch die öffentliche Ohrfeige hatte die Geschichte noch weitere Kreise gezogen. Überall in der Schule war getuschelt worden. Sie hatten ihn beschimpft und gehänselt. Erniedrigend. Leon war danach nicht mehr derselbe gewesen.

Wohlweislich hatte Gregor Goldberg in diesem Punkt belogen. Es war nicht Leon gewesen, der das Ende ihrer

Beziehung nicht akzeptieren wollte, sondern er selbst. Wenn die Presse das herausgefunden hätte, wäre es mit seiner zart aufkeimenden Karriere vielleicht vorbei gewesen. Ein junger aufstrebender Regisseur, der den Geliebten massiv attackiert hatte: was für ein gefundenes Fressen für die Journaille!

Arno hatte die Gelegenheit sofort ergriffen. Eines Shakespeares würdig, hatte er Ränke geschmiedet und Leon Genugtuung versprochen, wenn nicht sogar Rache. Es sollte so aussehen, als ob Gregor für die Sabotage des Stückes verantwortlich war. Leon hätte behauptet, er habe ihn gezwungen, und am Ende würde er die Wahrheit über ihre frühere Beziehung preisgeben. Das hätte das Karriere-Aus für Gregor bedeutet und Arno die Möglichkeit gegeben, die Lorbeeren ganz allein einzuheimsen. So war jedenfalls der Plan gewesen. In der Theorie. Wie genau er das praktisch bewerkstelligen wollte, würden sie nie erfahren. Arno hatte den Clou für sich behalten und niemanden eingeweiht. Nicht einmal Samira.

Leon war in Berlin geblieben. Er hatte ihm die Marionetten geschickt. Als seine Mutter unerwartet starb, zog Arno alle Register, er spielte die Rolle seines Lebens. Er überzeugte den trauernden Mann, die Leiche präparieren zu lassen, und transportierte sie nach Kophusen, um sie hier unter den Augen der Presse zu inszenieren. Der anonyme Hinweis war natürlich von ihm gekommen. Später im Verhör hatte Leon seinen Zustand als äußerst labil beschrieben, sodass er eingewilligt hatte, bei dem pietätlosen Leichendiebstahl in Berlin zu helfen.

Das Aufsehen in den Medien war ihnen sicher gewesen, und der einstige Stern begann wieder zu leuchten. Zeit für den nächsten Schritt. Die Inszenierung des Attentats auf den Pastor. Vor den Augen der Presse war Milan zu Boden gegangen und medienwirksam vom Notarzt versorgt worden. Der heroische Regisseur war nicht von der Seite seines Darstellers gewichen. Chapeau!

Doch sein fragiles Kartenhaus war unweigerlich in sich zusammengefallen, als Leon die Nerven zu verlieren drohte. Die Entführung seiner toten Mutter hatte ihm schwer zu schaffen gemacht. Als Elena kopflos zu einer Freundin nach München geflohen war, hatten ihn Gewissensbisse gequält. Er hatte Skrupel bekommen, schließlich war er schuld an dem ganzen Durcheinander gewesen. Daher der Entschluss, dieser absurden Geschichte ein Ende zu bereiten und heimlich nach Kophusen zu fahren. Dummerweise hatte er Gregor informiert, der es aus Angst vor dem möglichen Presse-Eklat Arno erzählte. Nun war Samira ins Spiel gekommen. Sie war nie nach Afrika zurückgekehrt. Arno war damals zusammen mit ihr untergetaucht, um sie und ihre Liebe zu schützen. Sie war die Frau gewesen, die Leon im Café Sünnschien getroffen hatte. Er hatte gedroht, alles auffliegen zu lassen, und Samira hatte eingesehen, dass sie handeln mussten. Kurzerhand hatten sie Leon überwältigt und im leerstehenden Hotel eingesperrt.

Goldberg lehnte sich zurück in den Gartenstuhl. Magdas Hand in der seinen. Arnos Plan war gescheitert, dabei hatte er sich so viel Mühe gegeben. Der Mann war zu allem bereit gewesen. Ein Ertrinkender, der sich am Strohhalm einer Provinzinszenierung festhielt und am Ende durch die Hand seiner Freundin starb. Peters Schuss in die Decke hatte bei Samira einen Reflex ausgelöst. Sie hatte abgedrückt. Arno war sofort tot gewesen. Trotz der Ermittlungen durch die Kripo und des darauf folgenden Regiewechsels fand der Jedermann wie geplant statt. Peter hatte zuerst aus Pietätsgründen aussteigen wollen, doch sie alle konnten ihn überzeugen weiterzumachen. Am Ende war es Greta gewesen, die ihn in die Mangel genommen hatte. Goldberg wusste nicht, was sie ihm erzählt oder gezeigt hatte, zu guter Letzt hatte sich Peter jedoch umstimmen lassen. Nur Knuth, der den Tod spielen sollte, wollte nichts mehr mit diesen kriminellen Machenschaften, wie er es nannte, zu tun haben. Aber es gab einen ungeahnt fähigen Ersatz.

Auf der Bühne neigte sich das Stück dem Ende zu. Der Glaube trat zum Jedermann und sprach die letzten Worte, so viel wusste Goldberg inzwischen, dessen Wache zur inoffiziellen Probierstube avanciert war. Magda kämpfte mit den Tränen. Goldberg streichelte ihr zärtlich über den Rücken. Er war glücklich an der Seite dieser Frau. Wozu also schlafende Hunde wecken. Seine Entscheidung, Judith nicht zu helfen, sondern sich vorsorglich von ihr fernzuhalten, nahm den Druck aus der Beziehung zwischen Magda und ihm. Den Brief hatte er nicht erwähnt. Goldberg glaubte, seine zwiespältigen Gefühle für Judith mit sich selbst ausmachen zu können. Sie würden mit der Zeit vergehen, da war er sich sicher. Magda brauchte er damit nicht zu behelligen. Im schlimmsten Fall würde es ihr Misstrauen wecken und das war völlig unangemessen. Das Kapitel Judith Frank war ein für alle Mal abgeschlossen.

Die Engel traten auf. Ihr Gesang hallte durch den lauen Abend. Hinter dem knienden Peter erschienen Milan und der Tod.

»Man erkennt Hauke kaum wieder. Mona ist eine Meisterin ihres Fachs«, flüsterte Magda.

»Ja, und er ist richtig gut. Er hätte einen eigenen Spin-off verdient: Wie aus dem Polizisten der Tod wurde.«

Magda lächelte. »Woher kennst du den Begriff Spin-off?«

»Du vergisst, dass das Revier zum Mittelpunkt der Künstlerwelt erklärt wurde.«

»Du Armer, hast viel leiden müssen«, flüsterte sie, ohne den Blick von der Bühne zu wenden.

Der Chor verstummte und das Licht ging aus. Blackout, auch ein Begriff, den Goldberg unfreiwillig gelernt hatte. Einige Sekunden lang blieb es still. Dann brandete der Applaus auf. Magda fuhr klatschend von ihrem Sitz hoch. Frenetisch, dachte Goldberg, wie er es ihnen prophezeit hatte.

Arno Menzinger hatte sich zeit seines Lebens Unsterblichkeit gewünscht, und in einem kleinen Ort an der Elbe war es ihm gelungen. In Kophusen würde sein Name noch lange nachhallen.

Der Roman spielt hauptsächlich in bekannten Regionen, doch bleiben die Geschehnisse reine Fiktion. Sämtliche Handlungen und Charaktere sind frei erfunden.

Danke

Als Erstes möchte ich Eva Cichon danken. Ohne ihre Kreativität, ihren bemerkenswerten Ideenreichtum und vor allem ohne ihre schier unerschöpfliche Geduld, würde es meine Buch-Cover in der Form nicht geben. Diese Zusammenarbeit ist nicht zuletzt dank ihrer famosen Kochkünste sehr kostbar für mich.

Sandra Schlichenmaiers unerschütterlichen Begeisterung für meine Bücher und der fachkundigen Ortskenntnis ist es zu verdanken, dass sich meine Protagonisten an der einen oder anderen Stelle nicht verfahren. Ihr wegweisender Fingerzeig und ihre Anmerkungen zur Logik waren gerade am Anfang sehr wertvoll.

Iris Kunz hat mich durch eine beiläufig geäußerte Bemerkung angeregt, meine Hauptfigur nicht zu vernachlässigen. Für Goldberg bedeutet dies in den nächsten Bänden, neue emotional aufreibende Turbulenzen. Sorry Philip, aber bedank' dich bei Iris!

Es gibt drei Inszenierungen, die ich hier nicht unerwähnt lassen möchte. Zum einen ist das der Jedermann in der Kleinstadt, uraufgeführt vom Pinneberger Forum Theater, in der ich seinerzeit die Rolle des Teufels übernehmen durfte. Des Weiteren ist es die Salzburger Festspiel-Version aus dem Jahr 2013 und last but not least natürlich der Hamburger Jedermann in der Speicherstadt. Jeder dieser Aufführungen ist es zu verdanken, dass ich den Jedermann nach Kophusen geholt habe. Trotzdem gilt selbstverständlich: Die Handlung ist frei erfunden. Jegliche Ähnlichkeiten mit lebenden oder toten Personen sind nicht beabsichtigt!

Meinem Lektor Stefan Wendel danke ich wie immer für sein akribisches Aufspüren des Verzichtbaren und seiner unverzichtbaren Präzision. Seine wunderbar amüsanten Kommentare trösten dabei, und machen die Nachbearbeitung, aller schmerzenden Streichungen zum Trotz, zu einem alljährlichen Vergnügen.

Sonja Hartl danke ich dafür, dass sie mir größtmögliche Sicherheit gibt. Egal, wie intensiv der Text vorher kontrolliert worden ist, sie deckt immer noch wieder kapitale Fehler auf und entlarvt selbst unschuldig anmutende doppelte Leerzeichen, die sich unbemerkt in den Text geschlichen haben.

Doch all das wäre unnütz ohne Sie! Ein ganz besonderer Dank geht daher an all meine LeserInnen dort draußen, den BuchhändlerInnen und Bücherei-LeiterInnen, und allen anderen Veranstaltern, die mich für eine Lesung zu sich einladen. Kurz gesagt: Ich danke allen Menschen, die sich stetig und unablässig um das Kulturgut Buch bemühen und es nicht aufgeben. Totgesagte leben ja bekanntlich länger.

Zum Schluss gilt mein Dank all jenen, die mich auf meinem persönlichen Weg begleiten, unterstützen und natürlich fortwährend inspirieren: Ohne Euch wäre ich nicht die, die ich bin!

LESEPROBE

Nicole Wollschlaeger

ELBGIFT

Kriminalroman

Der vierte Fall für Kommissar Philip Goldberg

1

Henriette Stein saß mit vorgebeugtem Oberkörper auf der Kante ihres Bettes. In der einen Hand hielt sie die Spritze. Mit der anderen schob sie die vordersten Zehen ihres rechten Fußes auseinander. Der Stich kostete sie jedes Mal Überwindung. Aber falls sie diese Geschichte nicht überlebte, musste sie dafür sorgen, dass ihr Leichnam rechtsmedizinisch untersucht werden würde, und dafür brauchte es einen triftigen Grund.

Sie atmete tief durch. Dann setzte sie die Kanüle an und stach sie durch die Haut. Die farblose Flüssigkeit in der Spritze wich dem Druck und verschwand in ihrem Fuß. Geschafft. Vorsichtig entfernte sie die Nadel und presste das Wattepad auf das Einstichloch. Kurz spürte sie, wie die Flüssigkeit ihren Mittelfuß entlanglief, oder bildete sie sich das nur ein? Nein, sie war sich sicher, dass sie es fühlen konnte. Henriette legte die Spritze zur Seite. Gedanklich ging sie noch einmal alles durch. Prüfend zog sie die Schublade ihres Nachttischs auf und tastete nach dem Bogen. Das transparente Stück Papier lag noch dort. Ganz hinten. Sie hoffte, dass man es bei der Räumung ihrer Wohnung nicht achtlos entsorgen würde, sondern die richtigen Schlüsse zog. Nur für den Fall, dass Bärbel sie heute für verrückt erklärte. Die Vorstellung, dass man ihre Nachricht nicht rechtzeitig erkannte, bereitete ihr Kopfzerbrechen. Sicher, es war umständlich so, aber ihre letzte Hoffnung ruhte auf Bärbel und mit ihr auf der örtlichen Polizei. Der Kommissar schien klug genug, ihr Manöver zu durchschauen. Eine von vielen Maßnahmen, falls ihre alte Freundin ihr heute keinen Glauben schenken würde. Niemand glaubte diese skandalösen Vorfälle. Sie ahnte, dass sie erst sterben musste, bevor man ihre Geschichte ernst nahm.

Sie schloss die Lade und warf einen kritischen Blick auf ihre Zehen. Es blutete nie. Vorsichtig schlüpfte sie in den schwarzen Keilpumps. Mit dem Wattepad und der Spritze in der Hand erhob sie sich vom Bett und kehrte ins Wohnzimmer zurück.

Ihr gefiel die Wohnung. Vom ersten Augenblick an hatte sie sich in diesen Rohdiamanten verliebt. Der Stuck an den fast vier Meter hohen Decken verlief durch sämtliche Zimmer. Die smaragdgrünen Samtvorhänge mitsamt dem riesigen Lüster hatte sie aus ihrer Villa in Wewelsfleth mitgenommen. Alles war perfekt arrangiert. Obwohl sie wusste, dass sie nicht lange bleiben würde, hatte sie sich bei der Einrichtung Mühe gegeben. Ihr Aufenthalt hier sollte so angenehm wie möglich sein, egal wie lang er dauerte. Es war schade, aber langsam wurde es zu gefährlich. Sie fühlte sich nicht mehr sicher.

Zum Glück war die ELB-Residenz ein nobler und zugleich gepflegter Altersruhesitz, in dem man es wunderbar aushielt. Keines dieser scheußlichen Pflegeheime, in denen man sein Leben mit überlasteten Altenpflegern fristete, seine kostbare Lebenszeit womöglich mit Linsenbildern oder Kastanienmännchen vergeudete. Ein weiterer Vorzug dieses waghalsigen Unterfangens war die Nähe zu ihrer langjährigen Freundin. In ihrem Alter blieben nicht mehr viele übrig. Bärbel Thomsen war vor einiger Zeit zu ihren Kindern nach Kophusen zurückgekehrt. Sie beide kannten sich seit der Schulzeit. Vor ihrer Rückkehr hatten sie sich aus den Augen verloren gehabt. Jetzt verbrachten sie so viel Zeit wie möglich miteinander. Zusammen schwelgten sie in alten Erinnerungen, sprachen über das Weltgeschehen, und Bärbel wurde nicht müde, von ihren beiden Kindern zu erzählen. Es gefiel Henriette. Fast war es wie früher, aber eben nur fast.

Seit drei Monaten wohnte sie bereits in ihrem neuen Zuhause, dem privaten Seniorenstift am Rande von Kophusen. Vor ihrem Einzug hatte sie umfangreiche Recherchen betrieben, bis sie sich sicher war, dass es sich um das richtige Stift handelte. Als sie vor einigen Tagen Weber gegenüber eine Andeutung gemacht hatte, hatte er sie nur ausgelacht, was nicht bedeutete, dass er unschuldig war. Aber dadurch war der Punkt erreicht, an dem Vorkehrungen getroffen werden mussten. Unter keinen Umständen durften mit ihr alle Informationen verschwinden. Ihren alten Freund und Hausarzt hatte sie bereits eingeweiht, doch er glaubte ihr nicht so recht, also musste sie dafür sorgen, dass es jemand anders tat. Selbst auf die Gefahr hin, dass sie ihre beste Freundin in Schwierigkeiten brachte. Heute Nachmittag würde sie Bärbel einweihen. Nicht in ihrem Zimmer, aber später im Park, wenn sie spazieren gingen. Hier hatten die Wände Ohren und vielleicht sogar Augen, davon war Henriette überzeugt. Und falls es nötig sein würde, Bärbel zu überzeugen, würde sie ihr den Keller zeigen.

Kurz vor seinem Tod hatte ihr Ehemann ein Geständnis abgelegt, das sie bis ins Mark erschüttert hatte. Fünf Monate war das jetzt her und hatte sie seitdem nicht mehr losgelassen, verfolgte sie bis in ihre Träume. In ihr war der Entschluss gereift, diese himmelschreiende Ungerechtigkeit aufzudecken. Zugegeben, sie gefiel sich in der Rolle des Racheengels, der sie alle zur Rechenschaft zog, aber zuallererst ging es ihr um die Würde eines jeden Menschen. Und um das Recht auf Selbstbestimmung.

Richard und sie waren kinderlos geblieben. Verwandte gab es nicht. Sie hatte nichts zu verlieren. Ironischerweise hatte Richards Reichtum ihr den Platz in diesem noblen Etablissement verschafft. Um auf Nummer sicher zu gehen, hatte sie ihr Testament gemacht und es an der richtigen Stelle hinterlegt. Das war der einzige Makel ihres Plans, aber er hielt sie nicht davon ab, bis in letzter Konsequenz zu handeln.

Henriette warf einen letzten Blick auf den Tisch, wo die Karaffe mit dem Sherry bereitstand. Die beiden Gläser fügten sich perfekt in das Arrangement. Daneben lag das Buch. Sie musste dafür sorgen, dass Bärbel es an sich nahm. Den Bogen hatte sie bewusst an anderer Stelle deponiert. Falls man beides bei ihr fand, geriet es womöglich in die falschen Hände. War sie schon paranoid? Möglich, aber es gab nicht viele, denen sie hier trauen konnte. Vorsicht war oberstes Gebot. Nervös blickte sie auf die Uhr an ihrem Handgelenk. Beinahe hätte sie es vergessen. Das Spritzbesteck! Hastig huschte sie zu dem Mülleimer in der Küche und warf es hinein. Es klopfte. Henriette zuckte zusammen. Sie zupfte ihre Bluse zurecht. Plötzlich hielt sie inne. Henriette eilte zum

Schrank und schaltete ihre nagelneue Errungenschaft ab. Eine weitere Maßnahme zu ihrem Schutz. Jetzt war alles bereit. Wenn das ihr letzter Tag werden würde, war sie mehr als zufrieden. Sie war glücklich. Strahlend öffnete sie die Tür.

In der rechten Hand hielt Bärbel einen riesigen Strauß Blumen. Die Tulpen leuchteten in den Farben des Frühlings. Gerührt zählte Henriette mindestens dreißig Stück. Richard hatte sich nie halb so viel Mühe gemacht.

»Du siehst blendend aus«, sagte Bärbel.

»Danke. Komm herein.« Henriette schloss die Tür hinter ihnen und drehte sich zu ihr. »Sind die für mich?«

»Entschuldige, natürlich!« Bärbel streckte die Hand mit den Blumen aus. »Ich hoffe, sie gefallen dir.«

»Sie sind wunderhübsch.« Henriette nahm ihre Lieblingsvase aus dem Wohnzimmerschrank und füllte sie in der angrenzenden Küche mit Wasser. »Setz dich.«

»Du hast es dir hier wirklich schön gemacht. Obwohl ich immer noch nicht verstehe, was du als kerngesunde Frau hier eigentlich willst«, rief Bärbel. »Dein Haus in Wewelsfleth bietet alle Annehmlichkeiten, und du kommst doch noch allein zurecht. Oder gibt es da etwas, was du mir verschweigst?«

Ja, aber nicht mehr lange, dachte Henriette, als sie mit dem Strauß in der Vase in die Stube zurückkehrte. »Lass uns über etwas anderes reden.«

Bärbel hatte auf einem der ledernen Cocktailsessel Platz genommen. Die Sessel stammten aus den Sechzigerjahren. Eine kostbare Erinnerung an die Zeit, als Richard und sie noch glücklich verheiratet waren. Henriette stellte die Vase auf den Esstisch, der an der gegenüberliegenden Wand stand.

»Ich wage gar nicht zu fragen, was du für diese Wohnung bezahlst.«

Inzwischen war Henriette es gewohnt, auf derlei Bemerkungen nicht zu reagieren. Anfangs hatte sie das Gefühl gehabt, sich für den Reichtum ihres Mannes entschuldigen zu müssen. Doch im Laufe der Jahre wurde es weniger, bis es ihr schließlich gleichgültig war, was die anderen über sie dachten.

»Ich möchte dir etwas geben.« Henriette setzte sich ihrer Freundin gegenüber. Sie nahm das Buch vom Tisch.»Es ist mir sehr wichtig, dass du es an dich nimmst und sorgfältig aufbewahrst.« Bärbel sah sie irritiert an, doch Henriette ließ sich nicht beirren.»Bitte, mir zuliebe. Es ist eine Erinnerung an mich und vielleicht wird es dir irgendwann ebenso viel bedeuten wie mir.«

»Ein Buch?«

Henriette zuckte mit den Schultern und lächelte geheimnisvoll. Hier konnte sie nicht darüber sprechen. Obwohl Bärbel den Grund nicht zu verstehen schien, wie sollte sie auch, verstaute sie den Roman in ihrer Handtasche, die sie auf dem Boden neben dem Sessel abgestellt hatte. Sobald sie nach draußen gingen, würde sie es ihr erklären können.

»Und jetzt zum Aperitif.« Henriette füllte die Sherrygläser, ein altes Ritual, das sie immer noch pflegte. Vor dem Kaffee, der auf dem Esstisch auf sie wartete, gab es einen Aperitif. Sie reichte Bärbel ein Glas.

»Zum Wohl«, sagte diese und hob das ihre leicht an.

»Santé!« Henriette prostete ihr in der Luft zu und nahm den ersten Schluck. Der Sherry rann ihren Hals hinab und wärmte ihren Magen während Bärbel genüsslich an dem Glas roch.

»Ein guter Tropfen«, urteilte ihre beste Freundin.

Henriette war nervöser, als sie erwartet hatte. Sie nahm noch einen großen Schluck, auch wenn es nicht sehr damenhaft war, so hastig zu trinken. Als sie ihr Glas gerade wieder abstellen wollte, spürte sie einen brennenden Schmerz in der Magengegend. Im ersten Moment schob sie es auf den Alkohol, dann schien es ihr die Aufregung zu sein. Das bevorstehende Geständnis brachte sie zweifellos durcheinander. Als die Übelkeit einsetzte, wurde sie misstrauisch.

»Entschuldige«, sagte sie und versuchte aufzustehen. Doch ihr Körper gehorchte ihr nicht. Ihre Gliedmaßen versagten ihr den Dienst. Sie fiel zurück in den Sessel.

»Henriette, was ist mit dir?«

»Ich ... mir ...« Ihr war schwindlig. Gleichzeitig hatte sie das Gefühl, jemand schnürte ihr die Kehle zu. Panik stieg in ihr auf. Die Schmerzen schossen ihr tief in den Brustkorb. Achtlos ließ sie das Glas fallen und griff sich ans Herz. »Ich glau ...« Ihre Stimme versagte.

Die Bilder vor ihren Augen verschwammen. Schemenhaft bekam sie mit, wie Bärbel aufsprang und ihr die Bluse öffnete. Sie wollte aufstehen, aber sie war zu schwach. Die Erkenntnis traf sie wie ein Schlag auf den Hinterkopf. Sie würde nicht mehr mit ihrer besten Freundin sprechen können. Es war zu spät. »Das Buch ...«, hauchte sie, bevor sie leblos zusammensackte.

2

Fassungslos betrachtete Bärbel den erschlafften Körper ihrer besten Freundin. Bislang hatte sie nicht viele tote Menschen gesehen. Ihren verstorbenen Mann ausgenommen, waren es insgesamt drei. Er war der Einzige gewesen, den sie hatte sterben sehen. Bis jetzt. Sie riss sich von dem Anblick los. Wo war der Alarmknopf? Suchend schaute sie sich um, bis sie ihn neben dem Lichtschalter entdeckte. Hastig drückte sie den Knopf, und das rote Licht an der Wand blinkte auf. Unschlüssig blieb sie stehen. Die Gedanken schwirrten in ihrem Kopf.

Bärbels Blick fiel auf das Glas am Boden. Es war heil geblieben. Der Sherry hatte eine kleine Pfütze auf dem Parkett gebildet. Die Polizistenmutter in ihr erwachte. Sie folgte dem Impuls und kniete sich nieder. Mithilfe des Stofftaschentuchs, das sie aus der Handtasche kramte, hob sie das Glas vorsichtig auf und schnupperte daran. Der Sherry roch nicht ungewöhnlich. Doch das bedeutete nichts, das wusste sie. Verstört schüttelte sie den Kopf und stellte das Glas auf dem Tisch ab. Warum sollte jemand Henriette vergiften? Das ergab überhaupt keinen Sinn. Die Situation verwirrte sie, womöglich stand sie unter Schock. Neben dem Glas stand die Karaffe, in der die braune Flüssigkeit schimmerte. Erneut kam ihr der Gedanke, eine Probe zu nehmen, aber sie hatte nichts dabei, das als Behälter dienen konnte. Gerade als sie auf dem Weg in die Küche war, sprang die Tür auf und eine Krankenschwester eilte herein.

»Was ist passiert?« Sie sah sich im Raum um.

Ehe Bärbel antworten konnte, entdeckte die Schwester Henriette am Boden und kniete sich neben sie. »Auf einmal hatte sie Schmerzen und dann …«, Bärbel zögerte, »… war sie tot.«

Es laut auszusprechen, trieb ihr die Tränen in die Augen. Sie konnte es noch immer nicht glauben. Henriette war tot. Beklommen beobachtete sie die Schwester, die routiniert nach dem Handgelenk ihrer Freundin griff. Nachdem sie sich vergewissert hatte, dass jede Hilfe zu spät kam, ließ sie ihre Hand über Henriettes Augen gleiten und schloss die Lider. Den Impuls, sie zu bitten, nichts anzufassen, unterdrückte Bärbel. Es kam ihr irrational vor. Und doch ließ sie der Gedanke nicht los, dass hier etwas nicht stimmte. Nicht stimmen konnte. Henriette starb nicht einfach so vor ihren Augen. Eine kerngesunde Frau.

Die Schwester hielt in der Bewegung inne und schwieg einen Moment, als wolle sie der Toten die letzte Ehre erweisen. Bärbel verspürte den Drang, etwas zu tun oder loszuschreien, auch wenn sie wusste, dass es nichts mehr gab, was sie für Henriette tun konnte. Die Erkenntnis erreichte ihr Gehirn und setzte sie schachmatt. Sie ließ sich in den Sessel fallen.

»Mein herzliches Beileid, Frau Thomsen.« Zwischen

den Brauen der Schwester bildete sich eine Falte. »Ist mit Ihnen alles in Ordnung?«

Bärbel nickte stumm, ohne den Blick von Henriette zu nehmen. Sie hatte sich hübsch gemacht, sogar ein bisschen Rouge aufgelegt. Ihr Alter sah man ihr nicht unbedingt an. Statt Ende sechzig hätte sie genauso gut in den Fünfzigern sein können. Henriette war immer die Hübschere von ihnen beiden gewesen.

»Frau Stern klagte seit einigen Wochen über Herzbeschwerden«, erklärte die Schwester.

Bärbel sah sie ungläubig an. »Herzbeschwerden?«, fragte sie.

Der mitfühlende Blick dieser Frau ließ ihr die Tränen in die Augen schießen. Warum hatte Henriette nichts davon erwähnt? Das war unmöglich, sie sprachen doch über alles. Mit dem Handrücken wischte sie sich über die Wangen. Dabei fiel ihr Blick auf das aufgenähte Emblem des Stifts, das die unifarbene Bluse der Schwester zierte. Dazu trug sie eine schwarze Hose. Man legte Wert darauf, eine Pflegeheimatmosphäre zu vermeiden. Bärbel war es von Anfang an reichlich übertrieben erschienen, doch sie schob den unpassenden Gedanken beiseite.

»Kommen Sie, ich rufe den Arzt und begleite Sie in die Besucherlounge. Dort können Sie sich erholen.«

Vermutlich hatte die junge Frau recht, aber etwas in ihr sträubte sich gewaltig, Henriette einfach allein zurückzulassen. Die Schwester fasste sie am Arm. Unfähig, sich zu wehren, ließ sie sich von ihr aufrichten und kam mit wackligen Beinen zum Stehen. Behutsam löste sie sich aus dem Griff der Krankenschwester und wandte sich Henriettes Körper zu. Ihr Kopf wurde von der seitlichen Lehne des Sessels gestützt. Es sah fast so aus, als wäre sie erschöpft eingeschlafen. Wenn es doch nur so wäre! Bärbel beugte sich zu ihr und gab ihr einen sanften Kuss auf die Stirn.

»Leb wohl, mein Engel«, flüsterte sie. Zärtlich streichelte sie ihr über das Gesicht. Ihren Ehemann hatte sie damals auf die gleiche Art und Weise verabschiedet. Es war eine reflexhafte Geste, die ihr in dem Moment, in dem sie ihre Hand zurückzog, schmerzlich bewusst wurde. Sie fragte sich, ob man mit der Zeit Übung darin bekam, Menschen beim Sterben zu begleiten.

Die Besucherlounge befand sich im Erdgeschoss des Gebäudes, ein eleganter Salon, der von wuchtigen Bücherregalen dominiert wurde. Von der teuren, mit schlichten Ornamenten gemusterten Tapete war kaum noch etwas sichtbar. Bärbel saß in einem der Sessel, ihre Tasche auf dem Schoß, und schaute durch eine der weißen Flügeltüren, die einen Spalt offen stand. Man hatte ihr ein Glas Wasser und einen Schnaps gebracht. Doch Bärbel hatte beides nicht angerührt. Die ganze Zeit fragte sie sich, was in Henriettes Zimmer vor sich gehen mochte. Soweit ihr bekannt war, hatte sie keine Angehörigen. Jemand musste sich um die Bestattung kümmern, alles in die Wege leiten. Seltsamerweise hatten die beiden nie über ihren Tod gesprochen. Er schien ihnen noch zu weit weg. Sie waren noch nicht in dem Alter, in dem man den kalten Hauch des Todes spürte. Was sie wieder zu der Frage brachte, was Henriette überhaupt bewogen hatte hierherzuziehen. Sie hatte es ihr nie erzählt.

Wie lange sie bereits schon so dasaß und ihren zusammenhangslosen Gedanken nachhing, wusste sie nicht mehr. Ihr war jegliches Zeitgefühl abhandengekommen. Erst als die Schwester von eben hastig an den Flügeltüren Richtung Ausgang vorbeigehuscht war, holte sie das in die Gegenwart zurück. Bärbel stand auf und eilte zum Fenster, die Tasche noch immer umklammert, als wäre sie ein schützender Schild. Der Blick auf die Auffahrt ließ sie zugleich erschrecken und erstaunen. Sie hatte nie zuvor einen cremefarbenen Leichenwagen gesehen. Das hätte Henriette gefallen, dachte sie. Womöglich hatte sie sich das sogar gewünscht. Tränen bahnten sich ihren Weg. Zwei Männer stiegen aus dem Auto. In schwarzen Anzügen schritten sie über den Kies zu der Schwester, die auf der breiten Treppe auf sie wartete. Sie gaben sich die Hand, dann verschwanden sie aus Bärbels Blickfeld. Der Leichenwagen besaß ein Hamburger Nummernschild, demnach war es kein ortsansässiges Unternehmen. Kurz musste sie an Peters Schwager denken, der ein Beerdigungsinstitut in Wilster betrieb, drängte den Gedanken jedoch beiseite.

Noch bevor sie zu dem Sessel zurückkehren konnte, traten die beiden Männer ein. Sie nickten ihr zu und setzten sich schweigend. Aus der Nähe betrachtet wurde ihr klar, weshalb man nicht den Schwager von Peter, sondern diese Herren beauftragt hatte. Ihre dunklen Anzüge sahen aus wie maßgeschneidert. Bärbel war beeindruckt. Henriette hatte ein üppiges Vermögen von ihrem Mann geerbt, das ihr erlaubte, selbst nach dem Tod einen Fünf-Sterne-Service in Anspruch zu nehmen. Sie blieb neben dem Sessel stehen und beobachtete, wie die Schwester ihnen Kaffee sowie eine Schale mit Keksen brachte und wieder verschwand. Man schien sich zu kennen. Die Bestatter verzogen keine Miene. Schweigend nippten sie an den eleganten weißen Tassen. Die Kekse rührten sie nicht an. Auf Bärbel wirkte die Situation wie eine Szene aus einem Bühnenstück. Unwillkürlich musste sie an die Todesszene im Kophusener Jedermann denken, als ihr Sohn Hauke, der den Tod gespielt hatte, seinen Kollegen Peter als Jedermann abholte. Wie taktlos, tadelte sie sich und streifte die Erinnerung rasch ab.

Das Knarzen der alten Treppe in der Eingangshalle war so laut, dass man es bis in den angrenzenden Salon hören konnte. Einige Augenblicke später betrat ein Mann im dunkelbraunen Anzug den Raum. Darüber trug er einen weißen eleganten Arztkittel. Die drei gaben sich die Hand, bevor er sich ihr zuwandte.

»Frau Thomsen?«

Bärbel nickte.

»Mein Name ist Professor Marcus Weber. Ich leite die ELB-Residenz. Mein aufrichtiges Beileid.« Er streckte seine Hand aus, die Bärbel umständlich ergriff, um ihre Tasche nicht fallen zu lassen.

»Danke.« Sie versuchte, den Kloß in ihrer Kehle loszuwerden, allerdings ohne Erfolg. Ihr Blick fiel auf das Stethoskop, das um den Hals des Arztes hing, sicher hatte es vor wenigen Sekunden auf Henriettes Brustkorb gelegen. Eine weitere Flut von Tränen wollte aus ihre Augen treten, doch sie verbot es ihnen. Nicht jetzt, dafür war später noch genügend Zeit. Der Professor legte ihr sanft die Hand auf die Schulter.

»Es war Herzversagen. Sie hätten nichts tun können. In den letzten Tagen klagte sie über Herzbeschwerden. In Absprache mit ihrem Hamburger Hausarzt hatte ich ihr ein leichtes Präparat verschrieben.«

»So plötzlich?«, stieß sie hervor.

»Ja, leider viel zu früh.«

Der dicke Kloß in ihrem Hals hinderte sie am Sprechen.

»Ich werde Frau Stein gleich gründlich untersuchen, bevor ich alles Weitere veranlasse. Sie hatte keine lebenden Verwandten mehr, deshalb hatte sie uns vorsorglich mit ihren Angelegenheiten betraut. Es war ihr Wunsch, verbrannt und anschließend auf See bestattet zu werden. Wir haben einen genauen Ablauf für diese Fälle. Sie können sicher sein, dass wir uns strikt an die Wünsche von Frau Stein halten. Viele unserer Reisenden haben keine Angehörigen mehr, sodass wir uns um alles kümmern.«

Der Arzt sprach leise. Seine Hand war nicht von Bärbels Schulter gewichen. Sie konnte die Wärme durch das dünne Kleid spüren, doch irgendwie fühlte es sich unbehaglich an.

»Sie hat viel von Ihnen erzählt, Frau Thomsen. Sie haben ihr am nächsten gestanden. Über den Termin der Seebestattung werde ich Sie informieren. Erfahrungsgemäß dauert das etwas. Ich werde den Totenschein ausstellen, und die Kollegen überführen sie dann ins Krematorium.«

Bärbel biss sich auf die Unterlippe. Sie konnte die Tränen kaum noch unterdrücken.

»Jetzt möchte ich Sie nicht weiter unnötig mit Formalitäten belästigen. Frau Thomsen, Sie können natürlich bleiben, solange Sie wollen. Wenn Sie etwas brauchen, sagen Sie meinen Mitarbeitern bitte Bescheid.«

»Kann ich noch einmal hoch in die Wohnung?«

»Im Moment nicht. Wenn Sie einen Augenblick Geduld haben, dann können Sie sie noch einmal sehen, bevor die Kollegen sie mitnehmen.«

»Verstehe.« Bärbel schluckte trocken.

Professor Weber drückte ihr die Hand zum Abschied. Dann wandte er sich an die Männer neben ihr, die noch immer in den Sesseln saßen. »Meine Herren, Sie können schon mitkommen.«

»Dürfen wir den Sarg gleich hochbringen?«

Bärbel spürte den Stich. Aus verschwommenen Augen sah sie, wie Weber das Gesicht verzog. »Ja, aber bitte seien Sie diskret.« Er wandte sich zum Abschied um: »Entschuldigen Sie uns bitte, Frau Thomsen.«

Bärbel blieb allein zurück. Sie versuchte, sich klarzumachen, dass das alles gerade tatsächlich passierte, dass Henriette vor ihren Augen gestorben war. Es fühlte sich unwirklich an. Auf einmal sehnte sie sich nach einem anderen Menschen. Sie zog ihr Mobiltelefon aus der Handtasche und rief einem spontanen Einfall folgend Peter Brandt an. In den letzten Wochen hatten Peter und Henriette sich angefreundet. Insgeheim hatte Bärbel schon auf ein Happy End zwischen den beiden gehofft, aber die zwei ließen es sehr langsam angehen. Viel zu langsam für Bärbels Geschmack. Aber sie wusste, dass Peter Henriette sehr gemocht hatte. Außerdem war er Polizist, genau das, was sie jetzt brauchte. Das Gespräch dauerte nicht lange, er versprach, sich sofort ins Auto zu setzen.

Während sie auf Haukes Freund und Kollegen wartete, verstärkte sich das ungute Gefühl. Ihr Drang, oben im Appartement nach dem Rechten zu sehen, wurde spürbar größer. Doch Bärbel hatte keinerlei Befugnis. Es war ausgesprochen zuvorkommend gewesen, dass der Professor sie in die Abläufe eingeweiht hatte. Dazu bestand keinerlei Verpflichtung. Bärbel ertappte sich bei dem Gedanken, dass sie froh über die gesetzliche Untersuchung des Amtsarztes war. Vor jeder Einäscherung wurde der Leichnam nochmals von einem unabhängigen Sachverständigen überprüft, das wusste sie von der Bestattung ihrer Mutter. Nicht dass sie Fremdverschulden ernsthaft in Betracht zog, aber es gab ihr ein besseres Gefühl. Die Erinnerungen an den Tod ihres Mannes vor einigen Jahren holten sie plötzlich ein. Die Zeit im Hospiz war für sie am schlimmsten gewesen. Zu sehen, wie es dem Ende entgegenging, ohne dass sie etwas tun konnte. Der Krebs war langsam gekommen, doch umso schneller hatte er zugeschlagen.

»O Gott, Bärbel, was ist passiert?«

Sie schreckte aus ihren Gedanken auf. Peter stand in der Tür zum Salon. Er musste die Strecke zum Stift gerast sein.

»Setz dich«, sagte sie um Fassung bemüht und deutete mit einer fahrigen Handbewegung auf den Sessel neben sich. Die Handtasche war dabei zu Boden gefallen. Achtlos ließ sie sie dort liegen.

»Wie geht es dir?«, fragte Peter.

Bärbel ignorierte seine Frage. »Sie war kerngesund, wie ist das möglich?«

»Herzversagen kommt überraschend.«

»Aber nicht bei Henriette. Ihr Herz war stark wie das eines Elefanten. Sie hatte nie Herzprobleme. Angeblich klagte sie in letzter Zeit über Herzbeschwerden, hat mir die Schwester gesagt. Aber das ist doch Quatsch! Das hätte sie mir erzählt.«

»Vielleicht wollte sie dich nicht beunruhigen?«

Bärbel schüttelte vehement den Kopf. »Da stimmt was nicht.«

»Was willst du damit sagen?«

Bärbel biss sich auf die Unterlippe. »Nicht hier …«

Peter sah sie irritiert an. »Sie wird in jedem Fall von einem zweiten Arzt angeschaut, bevor sie verbrannt wird«, versuchte er sie zu besänftigen.

»Gut so.« Bärbel stutzte kurz. »Woher weißt du, dass sie verbrannt werden wollte?«

»Sie hat es mir erzählt.«

»Darüber habt ihr gesprochen?«

»Bärbel, beruhige dich! Ich weiß, es ist sehr schmerzhaft für dich.«

Sie räusperte sich. »Sie ist noch oben in ihrer Wohnung. Kannst du mal hochgehen und schauen, ob wirklich alles seine Richtigkeit hat?«

Bärbel war hin- und hergerissen. Ihre Gedanken wirbelten in ihrem Kopf.

Behutsam legte Peter den Arm um sie. »Ich denke, sie wird gerade untersucht.«

»Ja, aber hoffentlich macht der Weber das ordentlich und verpfuscht nicht sämtliche Spuren.«

»Was denn für Spuren?«

»Du weißt genau, wovon ich rede.« Abrupt stand sie auf. »Na komm.«

»Wo willst du denn jetzt hin?«

»Nach oben in die Wohnung natürlich.« Bärbel spürte Wut in sich aufwallen.

»Dazu haben wir keine Berechtigung«, wandte er ein.

»Peter, du bist Polizist. Wie heißt das bei euch? Gefahr in Verzug?«

»Gefahr im Verzug.«

»Egal, du weißt, was ich meine.«

»Bärbel, das geht nicht«, insistierte er halbherzig.

»Dann rufe ich eben Hauke an.«

»Das ändert nichts an der Gesetzeslage.«

»Dann kümmere ich mich eben selbst darum.« Sie griff nach der Handtasche, machte auf dem Absatz kehrt und marschierte aus dem Salon.

»Bärbel, bitte reiß dich zusammen!« Peter kam hinter ihr her.

Unbeirrt nahm sie die letzten Stufen und bog am Ende der Treppe links in den Flur ab. Es dauerte keine zwei Minuten, da standen sie vor der geschlossenen Tür.

»Du kannst da jetzt nicht einfach reingehen. Professor Weber ist vielleicht noch mitten in der Untersuchung.«

Bärbel ignorierte ihn. Sie klopfte, trat aber ein, ohne eine Antwort abzuwarten. Der Arzt war nicht mehr da. Die Bestatter hatten Henriette schon in den Sarg gebettet. Zögernd kam Bärbel einige Schritte näher. Der Anblick ihrer toten Freundin übermannte sie erneut. Nun konnte sie einen Schluchzer nicht länger unterdrücken. Sie spürte Peters unbeholfene Umarmung. Ihr Blick ruhte auf dem auch im Tode noch so vertrauten Gesicht ihrer besten Freundin. Was sie darin las, zerstreute den letzten Zweifel, dass Henriette eines natürlichen Todes gestorben war.

Philip Goldbergs erster Fall!

»Nicole Wollschlaeger gelingt es (...), vielschichtige Charaktere, dichtes atmosphärisches Lokalkolorit und eine
durchaus spannende Geschichte zu entwickeln. Man darf
gespannt sein, was von der Autorin noch kommt.«
Hamburger Abendblatt

Nicole Wollschlaeger
ELBSCHULD
Der erste Fall für
Philip Goldberg

ISBN: 9783741255526
Auch als eBook erhältlich.

Hilde Deterding ist davon überzeugt Morddrohungen aus dem
Jenseits zu erhalten. Als an ihrem vergifteten Hund die Spuren
menschlicher Asche gefunden werden, nimmt Goldberg die
Ermittlungen zum Leidwesen seiner beiden Kollegen auf. Und
schon bald stecken sie in einem kuriosen Fall, der auch in ihm
alte Geister wecken wird.

Mehr Information unter:
www.nicolewollschlaeger.de

Die ELB-Krimireihe geht weiter!

»Oft begegnet man seinem Schicksal auf eben jener
Straße, die man einschlägt, um es zu vermeiden.«

Nicole Wollschlaeger
ELBSCHMERZ
Der zweite Fall für
Philip Goldberg

ISBN: 9783744874229
Auch als eBook erhältlich

Das neue Ayurveda-Zentrum Namaste ist ein Ort der Stille
und innerer Einkehr. Bis plötzlich eine Patientin spurlos verschwindet. Kommissar Goldberg und seine beiden Kollegen,
die nur an einem teambildenden Yoga-Kurs teilnehmen wollten, befinden sich unversehens in ihrem nächsten Fall. Alles
deutet auf eine Entführung hin. Als eine rätselhafte Krähe aus
Schnee das Verschwinden zweier weiterer Patienten ankündigt,
scheint es auch dieses Mal nicht mit rechten Dingen zuzuge-
hen. Und schon bald entpuppt sich das Namaste als Schauplatz
eines weit zurückliegenden Dramas, das unwillkürlich auf eine
menschliche Katastrophe zusteuert.

Philip Goldberg ermittelt wieder!

»Die Erkenntnis traf sie wie ein Schlag auf den Hinterkopf. Sie würde nicht mehr mit ihr sprechen können.
Es war zu spät ...«

Nicole Wollschlaeger
ELBGIFT
Der vierte Fall für
Philip Goldberg

ISBN: 9783744883139
Auch als eBook erhältlich

Herzversagen, attestiert der medizinische Direktor, als in Kophusens
exklusiver Seniorenresidenz eine kerngesunde Bewohnerin zusam-
menbricht und stirbt. Doch Polizeiobermeister Peter Brandt hegt
Zweifel an der natürlichen Todesursache. Gemeinsam mit seinen
Kollegen Philip Goldberg und Hauke Thomsen stellt er heimlich Nachforschungen an. Wenig später wird in dem Seniorenstift
eingebrochen, und der Hausarzt der Verstorbenen ist spurlos ver-
schwunden. Spätestens als tatsächlich ein Mord geschieht, liegt
auf der Hand: In der noblen Seniorenresidenz ist etwas faul. Die
Kripo aus Itzehoe übernimmt, doch die drei Kophusener Polizisten lassen sich den Fall nicht so einfach wegnehmen und
ermitteln auf eigene Faust weiter ...

Eine Fantasy-Geschichte für Kinder

Schatten über Nargon
Die Kugel des Kummers

Nicole Wollschlaeger
Schatten über Nargon
Die Kugel des Kummers
Kinderbuch

ISBN: 978374487417-5
Auch als eBook erhältlich

Eigentlich wollte sich Daniel auf dem Jungsklo nur vor Matze und seiner Gang verstecken. Als jedoch plötzlich ein kleiner buckliger Mann namens Marvinius in der Toilettenkabine auftaucht, wartet eine ganz andere Herausforderung auf ihn: Marvinius nimmt ihn mit ins Land Nargon, wo Daniel die Kugel des Kummers zurückholen soll, die der teuflische Burbas Bittermund gestohlen hat. Ehe er sichs versieht, steckt Daniel mitten in einem haarsträubenden Abenteuer. Doch zumindest steht ihm mit Herrn Tasso ein ausgewachsener Drache zur Seite. Aber kann Daniel ihm wirklich trauen?

FSC
www.fsc.org

MIX

Papier aus ver-
antwortungsvollen
Quellen
Paper from
responsible sources

FSC® C105338